UNE FILLE COMME ELLE

chez le même éditeur

Et si c'était vrai..., 2000
Où es-tu ?, 2001
Sept jours pour une éternité..., 2003
La Prochaine Fois, 2004
Vous revoir, 2005
Mes amis, mes amours, 2006
Les Enfants de la liberté, 2007
Toutes ces choses qu'on ne s'est pas dites, 2008
Le Premier Jour, 2009
La Première Nuit, 2009
Le Voleur d'ombres, 2010
L'Étrange Voyage de Monsieur Daldry, 2011
Si c'était à refaire, 2012
Un sentiment plus fort que la peur, 2013
Une autre idée du bonheur, 2014
Elle et lui, 2015
L'Horizon à l'envers, 2016
La Dernière des Stanfield, 2017

Marc Levy

UNE FILLE
COMME ELLE

roman

Robert Laffont I Versilio

Illustrations de Pauline Lévêque

© Éditions Robert Laffont, S.A.S., Paris,
Versilio, Paris, 2018
ISBN 978-2-221-15786-2
Dépôt légal : mai 2018

À toi ma complice depuis si longtemps.
À mes enfants qui m'émerveillent à chaque instant.

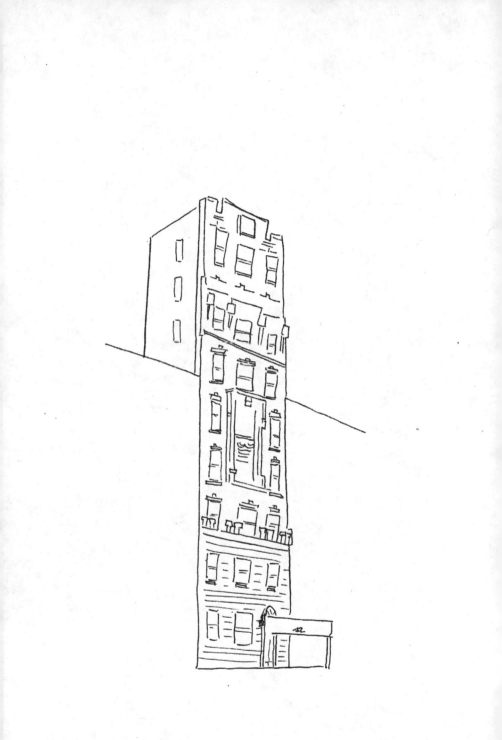

Mon journal au fil des jours

Le jour où ma montre s'est arrêtée

Il y a d'abord eu cette odeur, comme lors d'un feu d'artifice, et la noirceur qui revient dans la nuit quand le bouquet final s'éteint.

Je me souviens d'avoir entrouvert les paupières et vu les yeux de mon père où se mêlaient la fureur et les larmes. Puis mes parents réunis, se tenant côte à côte, un tableau tellement improbable que j'ai cru à un tour que me jouait la morphine.

L'infirmière prenait ma tension. Il m'arrive le soir en m'endormant de revoir son visage. On m'a parfois complimentée sur mon sourire, mes amis disaient qu'il me donne un certain charme ; celui de Maggie est incomparable. Ceux qui la croisent en dehors de l'hôpital ne voient qu'une femme aux formes généreuses, ceux qui la connaissent savent que ce corps abrite un cœur en proportion, et qu'on ne me dise plus jamais que seule la minceur est belle.

Julius était adossé à la porte, la gravité de son regard m'avait effrayée, il s'en était rendu compte et ses traits s'étaient radoucis. J'aurais voulu faire une blague, trouver un bon mot pour tous les détendre. J'aurais pu leur demander par exemple si j'avais remporté la course, je suis certaine que papa se serait marré, enfin peut-être pas. Mais aucun son ne sortait de ma bouche — là j'ai vraiment eu peur. Maggie m'a rassurée, j'avais un tube dans la gorge, je ne devais surtout pas essayer de parler, ni même de déglutir. Maintenant que j'avais repris connaissance, on allait me l'ôter. Je n'avais plus du tout envie de faire rire mon père.

Chloé

*

1.

En cette fin d'après-midi, alors que débute son heure de pointe, Deepak a déjà effectué trois voyages. Un aller-retour au 7e étage pour monter M. Williams, un chroniqueur de la chaîne Fox News. Un autre pour descendre M. Groomlat, le comptable qui occupe un bureau au 1er étage. Et maintenant un trajet vers le 6e, avec le golden retriever des Clerc, un couple de Français. Leur gouvernante récupérera l'animal sur le palier, confiera à Deepak un billet de dix dollars qu'il remettra aussitôt au promeneur de chiens qui attend son dû dans le hall.

Deepak consulte sa montre, Mme Collins ne tardera pas à l'appeler. La veuve doit s'évertuer à fermer sa porte à triple tour, comme si quelqu'un pouvait pénétrer dans l'immeuble sans qu'il l'ait accueilli. Mais les manies des occupants, au N° 12, Cinquième Avenue, font partie de son quotidien ; plus encore, elles le constituent.

Après avoir aidé Mme Collins à retirer sa clé du verrou, il la conduit au rez-de-chaussée avant de remonter presto au 1er. Mlle Chloé l'attend devant la grille, elle le salue en souriant, elle a dû naître avec un sourire aux lèvres. En entrant dans l'ascenseur, elle lui demande comment s'est passée sa journée, ce à quoi il répond :

— Avec ses hauts et ses bas, mademoiselle.

Mettre la cabine parfaitement à niveau avec les paliers est tout un art. Deepak le fait les yeux fermés, mais lorsqu'il convoie Mlle Chloé, de son bureau au 1er étage vers l'appartement qu'elle occupe au 8e, il prête une attention particulière.

— Mademoiselle sortira ce soir ? demande Deepak.

Question qui n'a rien d'indiscret, puisqu'il s'agit simplement d'avertir son collègue de nuit, au cas où Mlle Chloé ait besoin de ses services.

— Non, un bain chaud et je file au lit. Mon père est là ?

— Vous le saurez en rentrant chez vous, lui répond-il.

Deepak a deux religions, l'hindouisme et la discrétion. Depuis trente-neuf ans qu'il est liftier dans un immeuble cossu de la 5e Avenue, il n'a jamais révélé la moindre information sur les allées et venues de ses employeurs, encore moins à leurs proches.

*

Le ℕ° 12, Cinquième Avenue, est un immeuble en pierre de taille de huit étages qui comptent un appartement chacun, sauf au 1er où se trouvent deux bureaux. À raison d'une moyenne de cinq allers-retours par étage et par jour, la hauteur entre les paliers étant ce qu'elle est, Deepak parcourt 594 kilomètres par an. Depuis le début de sa carrière, il en a effectué 22 572. Deepak conserve précieusement un petit carnet dans la poche intérieure de sa redingote, où il comptabilise ses voyages à la verticale, comme le font les aviateurs avec leurs heures de vol.

Dans un an, cinq mois et trois semaines, il aura parcouru 23 448 kilomètres, soit exactement trois mille fois la hauteur du Nanda Devi. Un exploit et le rêve de toute une vie. La « Déesse de la joie » étant, comme chacun le sait, la plus haute montagne complètement contenue en territoire indien.

Entièrement manuel, l'ascenseur de Deepak est une antiquité, il n'en subsiste d'ailleurs plus que cinquante-trois dans tout New York à être actionnés par une manette, mais pour ceux qui vivent dans cet immeuble, il est le vestige de tout un art de vivre.

Deepak est dépositaire d'un savoir-faire en voie d'extinction, et il ne sait pas si cet état de fait l'attriste ou l'enorgueillit.

Tous les matins à 6 h 15, Deepak entre au ℕ° 12, Cinquième Avenue, par la porte de service. Il emprunte les marches qui mènent au sous-sol et se dirige vers son placard dans la remise. Il suspend ses pantalons trop grands et ses tricots aux couleurs passées et enfile une chemise blanche, un pantalon de flanelle et une redingote dont le plastron arbore fièrement en broderie dorée l'adresse de son lieu de travail. Il lisse ses cheveux fins en arrière et pose une casquette sur son crâne, puis il jette un coup d'œil dans le petit miroir accroché à la porte du cagibi, et monte prendre la relève de M. Rivera.

La demi-heure suivante, il astique sa cabine, d'abord le bois verni avec un chiffon doux et de l'encaustique, puis la manette en cuivre. Monter à bord de son ascenseur c'est faire un court voyage dans une voiture de l'Orient-Express, ou, si l'on relève la tête pour admirer la fresque Renaissance qui orne le plafond, grimper au ciel dans le cercueil d'un roi.

Un ascenseur moderne coûterait bien moins cher à la copropriété. Mais comment quantifier la valeur d'un bonjour, d'une écoute attentive ? Comment estimer la patience de celui qui règle avec délicatesse les conflits de voisinage, l'importance de celui qui éclaire vos matins d'une parole aimable, vous renseigne sur le temps, vous gratifie d'une pensée le jour de votre anniversaire, veille sur votre appartement quand vous êtes en voyage, vous rassure de sa présence quand vous rentrez seul pour affronter la nuit ? Liftier est bien plus qu'un métier, c'est un sacerdoce.

Depuis trente-neuf ans, les journées de Deepak se ressemblent. Entre les heures de pointe du matin et de la fin d'après-midi, il s'installe derrière son comptoir d'accueil dans le hall. Lorsqu'un visiteur se présente, il ferme la porte de l'immeuble et le conduit à bord de son ascenseur. Il réceptionne aussi les paquets, nettoie deux fois par jour le grand miroir de l'entrée et les surfaces vitrées de la porte en fer forgé. À 18 h 15, quand M. Rivera vient prendre la relève, Deepak lui confie son royaume. Il redescend au sous-sol, suspend sa chemise blanche, son pantalon de flanelle et sa redingote, pose sa casquette sur l'étagère, réintègre sa tenue de ville, lisse ses cheveux en arrière, jette un coup d'œil dans le miroir et traîne sa silhouette jusqu'au métro.

Washington Square est une station peu fréquentée, Deepak trouve toujours une place, qu'il cède à la première passagère alors que la rame se remplit à la station de la 34e Rue. Lorsqu'elle se vide à la 42e Rue, Deepak se rassied, déplie son journal et lit les nouvelles du monde jusqu'à la 116e Rue. Puis il parcourt à pied les sept cents mètres qui le séparent de son domicile. Il effectue ce trajet matin et soir, sous le soleil d'été comme sous les pluies d'automne ou les tempêtes de neige qui battent les ciels d'hiver.

À 19 h 30, il retrouve sa femme et dîne en sa compagnie. Lali et Deepak n'ont dérogé à cette règle qu'une fois en trente-neuf ans. Lali en avait alors vingt-six, Deepak, fébrile, lui tenait la main dans l'ambulance, les contractions s'enchaînaient. Ce qui devait être le plus beau jour de leur vie marqua un drame dont ils ne reparlèrent jamais.

Un jeudi sur deux, Lali et Deepak dînent en amoureux dans un petit restaurant de Spanish Harlem.

Deepak affectionne son existence routinière autant qu'il aime son épouse. Mais ce soir-là, alors qu'il s'installait à table, cette routine allait prendre fin.

*

2.

Le vol d'Air India s'achevait sur le tarmac de l'aéroport John Fitzgerald Kennedy. Sanji se leva pour attraper son sac dans le compartiment à bagages, se rua vers la passerelle, ravi d'être le premier à sortir de l'avion, et s'engagea à vive allure dans les coursives. Il arriva essoufflé dans la grande halle où s'alignaient les guérites de l'immigration. Un officier, peu affable, l'interrogea sur les motifs de sa visite à New York. Sanji répondit qu'il effectuait un voyage d'études et présenta la lettre d'invitation de sa tante qui se portait garante de sa solvabilité. L'officier ne prit pas la peine de la lire, mais releva la tête pour examiner Sanji. Moment d'incertitude où, sur un simple délit de faciès, tout visiteur étranger peut être conduit dans une salle d'interrogatoire avant de se voir renvoyé vers son pays d'origine. L'officier finit par tamponner le passeport, griffonna la date d'expiration de son droit à séjourner sur le territoire américain et lui ordonna de circuler.

Sanji récupéra sa valise sur le tapis roulant, franchit le contrôle des douanes et marcha vers le point de rendez-vous où attendaient les chauffeurs de limousine. Il repéra son nom sur la pancarte que l'un d'eux tenait en main. Le chauffeur le délesta de son bagage et l'escorta jusqu'à la voiture.

La Crown noire roulait sur la 495, se faufilant dans la circulation fluide à la nuit naissante, la banquette était moelleuse et Sanji, rompu par un long voyage, eut envie de somnoler. Son chauffeur l'en empêcha en entamant la conversation, alors que les tours de Manhattan se dessinaient dans le lointain.

— Affaires ou plaisir ? demanda-t-il.

— Les deux ne sont pas incompatibles, répondit Sanji.

— Tunnel ou pont ?

Le chauffeur rappela que Manhattan était une île, il fallait donc choisir par où l'atteindre, puis il assura que la vue depuis le Queensboro Bridge valait le court détour.

— Vous arrivez d'Inde ?

— De Mumbai, confirma Sanji.

— Alors vous finirez peut-être par devenir chauffeur, comme moi, c'est ce que font la plupart des Indiens qui débarquent ici ; d'abord les Yellow Cab, Uber pour les plus futés, et pour une petite poignée d'élus, une limousine comme celle-ci.

Sanji regarda le médaillon agrafé sur la boîte à gants. À côté de la photographie du chauffeur étaient inscrits son nom, Marius Zobonya, et son numéro de licence, 8451.

– Il n'y a pas de médecins, d'enseignants ou d'ingénieurs polonais à New York ?

Marius se gratta le menton.

– Pas que je sache. Après tout, le kiné de ma femme est slovaque, concéda-t-il.

– Heureuse nouvelle qui me remplit d'espoir, j'ai horreur de conduire.

Le chauffeur en resta là. Sanji sortit son portable de sa poche pour consulter ses messages. Le programme de son séjour à New York s'annonçait chargé. Il était préférable qu'il se débarrassât tout de suite de ses obligations familiales. La tradition exigeait de remercier cette tante qui lui avait si aimablement adressé une lettre de recommandation, d'autant plus aimablement qu'il ne l'avait jamais rencontrée.

– Nous sommes loin de Harlem ? demanda-t-il au chauffeur.

– C'est vaste, Harlem, Est ou Ouest ?

Sanji déplia la lettre et vérifia l'adresse au dos de l'enveloppe.

– Au 225 East, 118e Rue.

– Un petit quart d'heure, annonça le chauffeur.

– Très bien, allons-y, je me rendrai au Plaza après.

La voiture remonta la voie express bordant l'East River puis la Harlem River pour finir sa course devant un immeuble en brique rouge des années soixante-dix.

— Vous êtes sûr que c'est là ? demanda Marius.

— Oui, pourquoi ?

— Parce que Spanish Harlem est le quartier portoricain.

— Ma tante est peut-être une Indienne de Porto Rico, rétorqua Sanji sur un ton ironique.

— Je vous attends ?

— S'il vous plaît, je n'en ai pas pour longtemps.

Par prudence, il récupéra son bagage dans le coffre et avança vers le bâtiment.

*

Lali posa la marmite sur la table, souleva le couvercle, et le fumet se répandit dans la salle à manger. Deepak s'était étonné en rentrant de la voir habillée en sari, elle n'en portait jamais, mais qu'elle lui ait préparé son plat préféré le surprit encore plus. Elle le réservait aux soirs de fête. Le bon sens avait peut-être fini par rattraper son épouse. Pourquoi ne se régaler qu'en de rares occasions ? Aussitôt servi, Deepak commenta l'actualité du jour, il aimait faire un résumé circonstancié de ce qu'il avait lu dans le métro. Lali l'écouta d'une oreille distraite.

— J'ai peut-être oublié de te dire que j'ai reçu un appel de Mumbai, mentionna-t-elle en le resservant.

— De Mumbai ? répéta Deepak.

— Oui, de notre neveu.

– Lequel ? Nous devons avoir une bonne vingtaine de neveux et nièces que nous ne connaissons pas.

– Le fils de mon frère.

– Ah, bâilla Deepak qui sentait le sommeil le gagner. Il va bien ?

– Mon frère est mort depuis vingt ans.

– Pas lui, ton neveu !

– Tu le constateras très bientôt.

Deepak reposa sa fourchette.

– Qu'entends-tu exactement par « très bientôt » ?

– La communication était mauvaise, répondit Lali d'un ton laconique. J'ai cru comprendre qu'il souhaitait passer du temps à New York et qu'il avait besoin d'une famille d'accueil.

– Et en quoi cela nous concerne ?

– Deepak, depuis que nous avons quitté Mumbai, tu me rebats tant les oreilles avec tes grandes tirades sur les splendeurs de l'Inde qu'il m'arrive parfois d'avoir l'impression qu'elle s'est figée dans le temps comme une peinture rupestre. Alors voici l'Inde qui vient à toi, tu ne vas tout de même pas t'en plaindre ?

– Ce n'est pas l'Inde qui vient à moi, mais ton neveu. Et que sais-tu de lui ? Est-il fréquentable ? S'il a besoin que nous l'hébergions, c'est qu'il doit être sans le sou.

– Comme nous l'étions en arrivant ici.

– Mais nous étions bien décidés à travailler, pas à squatter chez des inconnus.

– Quelques semaines, ce n'est pas la fin du monde.

– À mon âge, quelques semaines, c'est peut-être tout ce qu'il me reste !

– Tu es grotesque quand tu deviens mélodramatique. De toute façon, tu n'es pas là de la journée. Je me réjouis de lui faire visiter la ville, tu ne vas pas me priver de ce plaisir ?

– Et où dormira-t-il ?

Lali jeta un regard vers le bout du couloir.

– Il n'en est pas question ! s'insurgea Deepak.

Il posa sa serviette, traversa le salon et ouvrit la porte de la chambre bleue. Il l'avait peinte ainsi trois décennies plus tôt. Démonter le berceau fabriqué de ses mains avait été l'expérience la plus douloureuse de sa vie. Depuis lors, il n'entrait dans cette chambre qu'une fois l'an, s'asseyait sur la chaise qu'il avait installée près de la fenêtre et faisait une prière silencieuse.

Deepak eut le souffle coupé en voyant la façon dont sa femme avait transformé la pièce.

Lali arriva dans son dos et l'entoura de ses bras.

– Un souffle de jeunesse ne peut pas nous faire de mal.

– Et il arriverait quand, ce neveu ? demanda Deepak, alors qu'on sonnait à l'interphone.

*

En attendant son invité sur le palier, Lali ajusta son sari et passa sa main sur ses cheveux relevés en un chignon maintenu par un peigne de corne claire.

Sanji poussa la porte de l'ascenseur, il portait un jean, une chemise blanche, une veste taillée sur mesure et des chaussures de sport élégantes.

– Je ne t'imaginais pas comme ça, dit-elle un peu gênée. Tu es ici chez toi.

– J'en doute, grommela Deepak derrière elle. Je vais servir un thé à notre invité de passage, pendant que tu iras te changer.

– N'écoute pas ce vieux grincheux, intervint Lali. Decpak se moque de ma tenue, j'ignorais quel genre d'homme frapperait à notre porte. Notre famille était si conservatrice.

– L'Inde a pas mal changé. Vous m'attendiez ?

– Bien sûr que je t'attendais. Tu lui ressembles beaucoup, soupira Lali, en le regardant, j'ai l'impression de revoir ce frère auquel je n'ai plus parlé depuis quarante ans.

– Ne l'embête pas avec ces vieilles histoires, il doit être épuisé, intervint Deepak en escortant son hôte vers la salle à manger.

Lali revint après avoir troqué son sari contre un pantalon et une blouse, elle trouva les deux hommes attablés, échangeant quelques paroles de circonstance, non sans effort. Elle servit des biscuits, demanda à son neveu s'il avait fait bon voyage, et énonça tous les lieux qu'elle souhaitait lui faire visiter. Lali s'efforçait de parler pour deux, son mari étant peu disert. Sanji guettait le moment où il pourrait s'en aller sans être discourtois, il musela un bâillement qui offrit à Deepak l'occasion d'annoncer qu'il était grand temps que chacun aille se reposer.

– Ta chambre est prête, annonça Lali.

– Ma chambre ? s'inquiéta Sanji.

Elle prit son neveu par le bras et l'entraîna vers la chambre bleue. Sanji regarda la pièce avec circonspection.

Sur un canapé-lit en velours à grosses côtes, Lali avait étendu des draps orangés, posé deux oreillers à fleurs et un patchwork cousu main. Elle avait aussi réquisitionné la console de l'entrée pour en faire un petit bureau d'appoint sur lequel elle avait disposé un pot en terre cuite rempli de fleurs en papier.

– J'espère que la décoration te plaira, je suis si heureuse de te recevoir chez nous.

Elle alla tirer les rideaux et lui souhaita bonne nuit.

Sanji regarda sa montre, il était 19 h 15. L'idée de sacrifier une junior suite au Plaza avec vue sur Central Park pour une chambre de six mètres carrés dans Spanish Harlem le terrifiait, et il chercha par quel subterfuge se tirer de ce guêpier sans infliger un affront à sa tante. Prisonnier de la bienséance, il appela le chauffeur, la gorge nouée, pour le prévenir qu'il n'avait plus besoin de ses services. Et en entendant couiner le canapé-lit sous ses fesses, il se mit à rêver au *king size* dans lequel il aurait dû s'endormir.

*

Au № 12, Cinquième Avenue, Chloé ouvrait la porte de son appartement de deux cent cinquante mètres carrés. Elle posa ses clés sur le guéridon de l'entrée et avança dans le couloir. Avec ses photos accrochées aux murs, ce couloir était une véritable galerie de sa vie. Elle en aimait certaines, comme celle de son père à trente ans, avec sa chevelure épaisse et sa gueule d'Indiana Jones qui rendait folles ses copines de lycée, en détestait d'autres, comme celle d'une remise de médaille après une course à San Francisco où sa mère tirait une tête de cent pieds de long à la veille du jour où elle avait fait sa valise, et éprouvait une certaine nostalgie devant celle du chien qui avait fait partie de la famille quand ses parents et elle en formaient encore une.

Un rai de lumière provenait de la bibliothèque. Elle y entra en silence et observa son père. Sa chevelure était toujours aussi dense, mais sa rousseur n'était plus que cendre. Le professeur Bronstein, penché à son bureau, annotait des copies.

– Tu as passé une bonne journée ? questionna-t-elle.

– Enseigner le keynésianisme à une assemblée d'étudiants boutonneux est plus réjouissant qu'il n'y paraît. Et ton casting, demanda-t-il sans relever les yeux, concluant ?

– Je le saurai dans quelques jours si on me convoque à un second entretien, à moins que je ne reçoive la sempiternelle lettre m'expliquant pourquoi je n'ai pas été retenue.

– Tu ne dînes pas avec Schopenhauer ?

Chloé regarda son père et recula vers la porte.

– Un tête-à-tête avec ta fille au restaurant te tente ? Je serai prête dans une demi-heure, ajouta-t-elle avant de se retirer.

– Vingt minutes ! lui cria-t-il.

– C'est le temps qu'il faut pour remplir la baignoire. Le jour où tu auras fait réparer la plomberie, je tiendrai tes délais ! entendit-il au loin.

Le professeur Bronstein ouvrit un tiroir, fouilla ses papiers à la recherche d'un vieux devis, et se désola devant le montant de l'acompte exigé. Il le remit en place et replongea dans ses corrections jusqu'à ce que Chloé frappe à sa porte… beaucoup plus tard.

– J'ai appelé M. Rivera, dépêche-toi.

M. Bronstein enfila sa veste et rejoignit sa fille sur le palier. La grille de l'ascenseur était déjà ouverte, Chloé entra la première dans la cabine, son père se faufila derrière elle.

– Deepak m'avait laissé entendre que vous ne sortiriez pas ce soir, s'excusa presque le liftier de nuit.

– Changement de plan, répondit Chloé, joyeuse.

Rivera actionna la manette, la cabine descendit.

Au rez-de-chaussée, il fit coulisser la grille et s'écarta pour laisser passer Chloé.

Dehors, le ciel était bleu nuit, la température douce.

– Allons en face, chez Claudette, suggéra le professeur.

– Nous ne pouvons pas abuser indéfiniment de leur générosité, un jour il faudra bien régler notre ardoise.

– Indéfiniment non, mais encore quelque temps, oui, et puis tu vas être contente, j'ai payé l'épicier aujourd'hui.

– Dînons plutôt chez Mimi, je t'invite.

– Tu es allée demander de l'argent à ta mère ? questionna M. Bronstein, soucieux.

– Pas exactement, je lui ai rendu visite, nous devions passer un moment ensemble, mais elle était occupée à faire ses valises. Son gigolo l'emmène au Mexique, enfin, c'est plutôt elle qui l'emmène. Alors pour se faire pardonner, elle a sorti quelques billets de son sac, en me suggérant vivement d'aller acheter des vêtements.

– C'est peut-être ce que tu aurais dû faire.

– Quoi que je porte, ce n'est jamais à son goût, alors que toi et moi partageons celui de la cuisine française, dit-elle en descendant l'avenue.

– Pas si vite, je suis à pied, moi ! protesta M. Bronstein. Et arrête d'appeler Rodrigo ainsi, ils vivent ensemble depuis quinze ans.

– Il en a vingt de moins qu'elle et elle l'entretient.

Ils longèrent Washington Square Park et descendirent Sullivan Street. M. Bronstein entra chez Mimi, une hôtesse les accueillit, annonçant à haute voix que leur table était prête. Pourtant, une dizaine de clients attendaient au bar… Les habitués bénéficiaient de certaines faveurs. Le professeur s'installa sur la banquette et, pendant qu'un serveur ôtait la chaise en face de lui pour laisser place au fauteuil de Chloé, elle s'approcha d'un couple qui ne les avait pas quittés du regard.

– C'est un modèle Karman S115, une édition limitée. Je vous le recommande vivement, il est très confortable et se plie facilement, précisa-t-elle avant de rejoindre son père.

– Je vais prendre les gnocchi à la parisienne, et toi ? demanda-t-il d'un air crispé.

Elle préféra une soupe à l'oignon et commanda deux verres de pomerol.

– Lequel de vous deux a posé un lapin à l'autre ? questionna M. Bronstein.

– De quoi parles-tu ?

– Tu m'as dit ce matin que tu rentrerais tard et je t'ai entendue fouiller dans ta penderie pendant un long moment.

– Une soirée entre filles, mais après mon audition j'étais si fatiguée que…

– Chloé, je t'en prie !

– Julius est débordé, j'ai juste pris les devants.

– S'appeler Schopenhauer quand on est prof de philo vous oblige à la plus grande rigueur, je suppose ! ironisa son père.

– Tu veux bien changer de sujet, s'il te plaît, papa ?

– Qu'est devenue cette femme dont tu t'occupais ? Si je me souviens bien, son compagnon la traitait comme un accessoire. Tu m'expliquais il n'y a pas si longtemps que le comportement de cet homme était la cause de son malheur et, paradoxalement, la source de son bonheur.

– Ce n'est pas ce que je t'ai expliqué, en tout cas pas comme ça. Elle souffre d'un genre de syndrome de Stockholm, elle se considère si peu qu'elle se sent redevable de l'amour qu'il lui porte.

– Tu lui as suggéré de le quitter pour quelqu'un de plus aimable ?

– Mon rôle se limite à écouter mes patients et à les aider à prendre conscience de ce qu'ils expriment.

– Tu as au moins trouvé comment résoudre son problème ?

– Oui, j'y travaille, en lui apprenant à être plus exigeante, et elle fait beaucoup de progrès, mais si tu cherches à me dire quelque chose, sois plus direct.

– Simplement que tu ne dois pas être moins exigeante qu'une autre femme.

– C'est ta façon de changer de sujet ? Toi, tu souffres du syndrome du père jaloux.

– Tu as peut-être raison, si j'avais pu te consulter avant que ta mère ne me quitte… mais tu n'avais que treize ans, soupira le professeur. Pourquoi t'acharnes-tu à courir les castings alors que tu excelles dans ce que tu fais ?

– Parce que je débute ma carrière de thérapeute, que je n'ai que trois patientes et que nos caisses sont vides.

– Ce n'est pas à toi de subvenir à nos besoins. Si tout se passe bien, je signerai bientôt un cycle de conférences qui remettra nos finances à flot.

– Mais qui t'éloigneront et t'épuiseront, il est temps que je redevienne autonome.

– Nous devrions déménager. Cet appartement est au-dessus de nos moyens, les charges nous accablent.

– Je me suis reconstruite deux fois dans cet appartement, quand nous avons quitté le Connecticut et après mon accident, et puis c'est là que je veux te voir vieillir.

– Je crains que mes vieux jours ne soient déjà là.

– Tu n'as que cinquante-sept ans, les gens qui nous observent sont convaincus que nous sommes un couple.

– Lesquels ?

– À la table, dans mon dos.

– Alors comment sais-tu qu'ils nous regardent ?

– Je le sens, c'est tout.

Les soirées entre Chloé et son père s'achevaient souvent par un petit jeu qu'ils pratiquaient avec un plaisir complice. Silencieux, ils se regardaient fixement et chacun devait deviner ce que l'autre pensait, en l'orientant par de simples mimiques ou des mouvements de tête. Leur manège passait rarement inaperçu auprès de leurs voisins de table. Rares instants où Chloé savourait qu'on l'observe, car alors c'était elle que l'on regardait et non son fauteuil.

*

3.

Les rideaux à fleurs en organza tamisant à peine la lumière du jour, Sanji ouvrit les yeux aux premiers instants du matin. Il se demanda où il était, mais le rose et le bleu dont la chambre s'était colorée le lui rappelèrent tout de suite. Il enfouit sa tête sous l'oreiller et se rendormit. Quelques heures plus tard, il attrapa son portable sur la table de nuit et sauta du lit. Il s'habilla à la hâte et sortit de la pièce, les cheveux ébouriffés.

Lali l'attendait à la table de la cuisine.

– Alors, tu veux aller visiter le MET ou le Guggenheim ? Ou peut-être préfères-tu une promenade dans Chinatown, Little Italy, NoLita, SoHo, ce que tu voudras.

– Où est la salle de bains ? questionna-t-il, hagard.

Lali n'essaya pas de cacher sa déception.

– Prends ton petit déjeuner, ordonna-t-elle.

Sanji s'assit sur la chaise que Lali avait repoussée du pied.

– D'accord, concéda-t-il, mais rapidement, je suis en retard.

– Quel genre de travail fais-tu, si ce n'est pas indiscret ? demanda-t-elle en versant du lait sur un bol de céréales.

– Je suis dans la high-tech.

– Et ça veut dire quoi, être dans la high-tech ?

– Nous concevons des technologies nouvelles qui facilitent la vie des gens.

– Pourrais-tu me concevoir un neveu qui me sortirait un peu de mon quotidien ? Avec lequel je pourrais me balader et qui me parlerait de mon pays ou qui me donnerait des nouvelles de ma famille à laquelle je n'ai plus parlé depuis si longtemps ?

Sanji se leva et se surprit à embrasser sa tante sur le front.

– Promis, enchaîna-t-il, gêné de cette effusion spontanée, dès que je le pourrai, mais là je dois vraiment aller bosser.

– Alors file, je m'habitue déjà à ta présence. Au cas où l'idée te traverserait l'esprit, il est hors de question que tu dormes ailleurs que sous mon toit durant ton séjour à New York. J'en serais terriblement vexée. Tu ne te risquerais pas à offenser un membre de ta famille, n'est-ce pas !

Sanji quitta l'appartement peu après, n'ayant plus d'autre choix que d'y laisser sa valise.

Il découvrit Spanish Harlem par une belle journée de printemps. Des vitrines bariolées, des trottoirs bondés, des rues encombrées où résonnait un concert de klaxons, il ne manquait plus que les rickshaws à cette pagaille. Vingt heures d'avion pour se retrouver téléporté dans une version portoricaine de Mumbai, et le coup de grâce fut porté quand il dut appeler le Plaza pour annuler sa réservation, juste avant de s'engouffrer dans le métro.

L'Inde s'était modernisée depuis que sa tante l'avait quittée, mais certaines traditions avaient la peau dure, et parmi elles, le respect que l'on doit à ses aînés.

*

Sanji ressortit du métro à la station de la 4e Rue, en retard à son rendez-vous. En longeant les grilles de Washington Square Park, il entendit une mélodie. Au lieu de contourner le parc, il le traversa, avançant tel un enfant suivant le joueur de flûte de Hamelin. Au milieu d'une allée jouait un trompettiste. Ses notes s'élevaient entre les branches des tilleuls d'Amérique, des érables de Norvège, des ormes chinois et des catalpas du Nord. Une vingtaine de promeneurs formaient un attroupement autour du musicien. Envoûté, Sanji s'approcha et s'installa sur un banc.

– Ce sera notre morceau, il ne faudra pas l'oublier, chuchota une jeune femme assise près de lui.

Surpris, il tourna la tête.

– Il y a toujours un air qui marque le moment d'une rencontre, enchaîna-t-elle, enjouée.

Elle était resplendissante.

– Je plaisantais, vous aviez l'air si absorbé que vous en étiez touchant.

– Mon père jouait divinement bien de la clarinette. *Petite Fleur* était son air préféré, ce morceau a bercé toute mon enfance…

– Le mal du pays ?

– Je crois que ça va encore, je ne suis pas là depuis longtemps.

– Vous venez de loin ?

– De Spanish Harlem, à une demi-heure d'ici.

– Touchée, nous sommes quittes, répondit-elle, amusée.

– J'arrive de Mumbai, et vous ?

– Du coin de cette avenue.

– Vous venez souvent dans ce parc ?

– Presque tous les matins.

– Alors j'aurai peut-être le plaisir de vous revoir, je dois filer.

– Vous avez un prénom ? demanda-t-elle.

– Oui.

– Enchantée, « Oui », moi c'est Chloé.

Sanji sourit, la salua de la main et s'éloigna.

*

L'immeuble où travaillait Sam se trouvait à l'angle de West 4th Street et de Macdougal, bordant le côté sud du parc. Sanji se présenta à l'accueil, une hôtesse le pria de patienter.

– Tu n'as pas changé, s'exclama Sanji en revoyant son ami

– Toi non plus, toujours aussi ponctuel. Ils n'ont pas de service de réveil au Plaza ?

– J'ai pris un autre hôtel, répondit nonchalamment Sanji, on se met au boulot ?

Sam et Sanji s'étaient rencontrés quinze ans plus tôt sur les bancs d'Oxford. Sanji suivait une filière informatique, Sam un cursus en économie. L'Angleterre parut plus étrangère à Sam qu'elle ne le fut pour Sanji.

De retour en Inde, Sanji créa une entreprise qui avait prospéré depuis. Sam occupait à New York un poste de chargé de clientèle dans une société de courtages financiers.

L'amitié nouée entre les deux expatriés perdura par mails, l'un et l'autre échangeant régulièrement des nouvelles, et quand Sanji se mit en tête de lever des fonds aux États-Unis afin de donner un nouvel élan à ses projets, il avait naturellement fait appel à Sam. Sanji détestait parler argent, ce qui pour un chef d'entreprise était déconcertant.

La matinée fut consacrée à élaborer le dossier qu'ils soumettraient bientôt aux investisseurs. Les projections chiffrées étaient alléchantes, mais Sam jugeait l'exposé de Sanji brouillon, et il n'avait cessé de le reprendre.

– Tu es beaucoup trop vague et hors sujet, nos mandants doivent voir en toi un partenaire au long terme, et pas seulement le concepteur d'une application, aussi géniale soit-elle. C'est l'Inde qui les fait rêver.

— Tu veux que je porte un turban et que je roule les « r » pour faire exotique ?

— Ce serait plus chic que ce jean et cette chemise froissée. L'Amérique ne manque pas de concepteurs de logiciels, ce sont les centaines de milliers d'utilisateurs de ton réseau social pour la seule région de Mumbai qui feront fantasmer les bailleurs de fonds.

— Et si c'était toi qui le faisais, cet exposé ? Tu as l'air de savoir mieux que moi ce qu'il faut dire ou ne pas dire.

Sam dévisagea son ami. Sanji descendait d'une lignée indienne fortunée. Les parents de Sam étaient de simples commerçants du Wisconsin, et ils avaient mis dix ans à rembourser l'emprunt qui avait financé ses études.

Réussir ce coup prouverait à son employeur qu'il était digne de missions de grande envergure et lui offrirait peut-être un siège de partenaire associé, l'occasion de changer de vie.

Sam, pragmatique, ne jalousait en rien Sanji, au contraire, il l'admirait. Mais il comptait bien user de la réputation de sa famille pour appâter ses clients, même si pour des raisons louables Sanji ne voulait s'en prévaloir en aucun cas.

— Après tout, pourquoi pas, répondit-il. À la fac, j'étais bien meilleur que toi à l'oral.

— Si les cours avaient été en hindi, les choses auraient été différentes.

– Ça reste encore à prouver. Va faire un tour ; quand tu reviendras je te ferai une présentation de ton projet, tu me diras si je ne suis pas plus convaincant que toi !

– Et dans combien de temps dois-je revenir pour admirer ta prestation ?

– Une heure, il ne m'en faut pas plus ! répondit Sam.

En sortant de l'immeuble, Sanji se retrouva devant les grilles du parc, le trompettiste s'en était allé et avec lui la mélodie de *Petite Fleur*. Alors il appela sa tante pour la convier à déjeuner.

*

Lali le rejoignit une demi-heure plus tard devant la fontaine de Washington Square Park.

– J'ai des envies de grande cuisine, je te laisse choisir le meilleur restaurant du quartier, et tu es mon invitée bien sûr, dit Sanji en accueillant sa tante.

– Inutile de gaspiller de l'argent, je nous ai apporté un panier avec plein de bonnes choses.

Alors qu'elle étendait déjà une nappe en papier sur la pelouse, déployait assiettes en carton et couverts en plastique, Sanji se demanda si le sort s'acharnait contre lui.

– C'est drôle que nous nous retrouvions dans ce parc, remarqua Lali.

– Pourquoi ? Les bureaux de mon partenaire sont tout près d'ici.

– Mon partenaire aussi travaille tout près d'ici.

– Comment était mon père quand vous étiez enfants ?

– Il était réservé, toujours en train d'observer les autres. Un peu comme toi. Ne prétends pas le contraire, hier soir tu n'as pas quitté Deepak du regard. Mais tu n'as pas dû voir grand-chose, car derrière ce visage renfrogné se cache un homme plein de surprises. D'ailleurs, il n'a jamais cessé de me surprendre.

– Que fait-il dans la vie ?

– Mais c'est un véritable interrogatoire, alors que toi tu ne me dis rien ! Il conduit.

– Un taxi ?

– Un ascenseur, s'amusa Lali. Il a passé sa vie dans une cabine, encore plus vieille que lui.

– Comment vous vous êtes rencontrés ?

– Au parc de Shivaji. J'adorais assister aux matchs de cricket. Je m'y rendais chaque dimanche. C'était mon moment de liberté. Si mon père avait appris que j'allais voir des garçons sur un terrain de jeu, j'en aurais pris pour mon grade. Deepak était un formidable batteur. Il a fini par remarquer cette jeune fille assise toute seule sur les gradins. J'étais jolie dans ma jeunesse. Un jour, alors que le score était assez serré, Deepak a regardé dans ma direction et a raté son lancer, ce qui n'a pas manqué de surprendre tout le monde, car il excellait à éliminer les bowlers de l'équipe adverse. Tout le monde, sauf moi. La partie terminée, il est venu s'asseoir deux rangs en dessous du mien, il n'était pas question que quelqu'un nous surprenne. Il m'a dit que je lui avais coûté une sérieuse humiliation, et que pour me faire pardonner, je devais accepter de le revoir. Ce que j'ai fait le dimanche suivant, mais cette fois nous avons quitté le parc et sommes allés marcher le long de la baie de Mahim. Nous nous sommes installés au pied d'un temple qui donne sur la jetée. Nous avons commencé à parler et n'avons plus jamais cessé. Bientôt quarante années de vie commune, et quand il part le matin, il me manque ; au point qu'il m'arrive parfois de venir me promener dans ce parc, il travaille au bas de la 5e Avenue, au numéro 12, précisa-t-elle en pointant du doigt l'arche de Washington Square Park. Mais il déteste que j'aille le déranger. Cette satanée demeure est son royaume.

Lali se tut et dévisagea son neveu.

— C'est à moi que tu ressembles, pas à mon frère. Je le vois dans ton regard.

— Tu vois quoi ? questionna Sanji, moqueur.

— De la fierté et des rêves.

— Je dois aller travailler.

— Tu repars dans ta high-tech ? demanda-t-elle.

— Ce n'est pas un lieu, mais mon royaume à moi. Je suis pris à dîner ce soir, ne m'attendez pas, je rentrerai sans faire de bruit.

— Je t'entendrai quand même. Amuse-toi bien, et demain, ou un autre jour, nous irons visiter quelques-uns de mes lieux favoris.

Sanji raccompagna sa tante jusqu'à la station de métro ; en repartant vers les bureaux de Sam, ses yeux se posèrent sur l'auvent du $\mathcal{N}^o$ 12, Cinquième Avenue.

*

Les halls témoignent de l'histoire d'un immeuble, de celles des occupants, de cet étrange voisinage de gens qui se connaissent à peine. Les grands moments de leurs vies parcourent les cages d'escalier, naissances, mariages, divorces, décès, mais les murs épais des demeures bourgeoises ne laissent rien filtrer de leur intimité.

Le hall où Sanji venait de pénétrer était panneauté de boiseries en chêne. Un grand lustre, des appliques en cristal éclairaient un luxe précieux, miroitant sur le sol en marbre avec sa rosace centrale en étoile dont les branches filaient vers les points cardinaux. Rien n'avait été laissé au hasard pour préserver le cachet original. Sur le comptoir de la réception trônait un téléphone en bakélite surgi d'une autre époque ; jadis, on s'en servait pour appeler le concierge, mais il ne grelottait plus depuis longtemps. Un cahier noir, dont les pages se remplissaient paresseusement des noms des visiteurs, était grand ouvert. Et derrière ce comptoir, Deepak somnolait. Le déclic de la porte cochère n'y changea rien.

Sanji toussota et Deepak sursauta.

– Que puis-je faire pour vous ? demanda-t-il poliment en rajustant ses lunettes.

Lorsqu'il y vit clair, sa mine se fronça.

– Que fais-tu ici ?

– Je suis venu voir cet endroit dont ma tante m'a dit le plus grand bien.

– Tu n'es jamais entré dans un immeuble ? Tu vis dans le slum de Dharavi ?

– Je voulais découvrir le fameux ascenseur…

– Dont Lali t'a aussi parlé, je suppose.

– Il paraît qu'il est magnifique et qu'il faut être un expert pour le piloter.

– C'est vrai, répondit-il, cédant à la flatterie.

Deepak se retourna pour vérifier qu'ils étaient seuls. Il s'empara de sa casquette et la posa sur son crâne. Sanji reconnut que dans ce bel uniforme, son oncle par alliance avait l'allure d'un commandant de bord.

– Bon, grommela-t-il, à cette heure-ci, personne n'appelle, alors suis-moi, nous allons faire un tour, mais discrètement, c'est bien compris ?

Sanji acquiesça. Il avait l'impression d'avoir été autorisé à visiter un musée après la fermeture. Deepak fit coulisser la grille de l'ascenseur et pria son neveu d'entrer dans la cabine. Main sur la manette, il attendit quelques instants, comme pour donner un peu plus de solennité au court voyage qu'ils allaient entreprendre.

– Écoute, dit-il, chaque bruit a son importance.

Sanji distingua un crépitement électrique, puis le ronronnement du moteur qui s'éveillait, et la cabine s'éleva lentement dans un souffle aérien.

– Tu vois, ajouta Deepak, il joue une partition, une note différente à chaque entre-palier, je les reconnais les yeux fermés, elles m'indiquent où je me trouve, à quelle seconde je devrai abaisser ce levier pour poser la cabine en douceur.

L'ascenseur s'arrêta au 5e. Deepak, immobile, guettait un témoignage d'admiration ; il semblait y accorder tant d'importance que Sanji prit un air impressionné.

– La descente est encore plus belle et demande beaucoup de doigté, à cause du contrepoids qui est plus lourd que nous. Tu comprends ?

Sanji acquiesça de nouveau. Mais alors que la cabine s'ébranlait, le portable de Deepak sonna. Il actionna la manette et arrêta l'ascenseur.

– On est en panne ? demanda Sanji.

– Tais-toi, je réfléchis. On m'appelle au huitième, dit-il en actionnant le levier.

La cabine remonta, bien plus vite que précédemment.

– Vous pouvez même régler la vitesse ?

– Ce doit être M. Bronstein, pourtant ce n'est pas un horaire habituel. Reste derrière moi et ne dis rien. S'il te salue, tu le salues en retour, comme si tu étais un simple visiteur.

Une jeune femme attendait sur le palier du 8e dans son fauteuil roulant, dos tourné, pour entrer en marche arrière.

– Bonjour, mademoiselle, dit poliment Deepak.

– Bonjour Deepak, mais nous nous sommes déjà salués deux fois ce matin, répondit-elle en reculant.

Sanji se plaqua derrière elle contre la paroi.

– Vous ne vous arrêtez pas pour déposer monsieur ? demanda Chloé alors qu'ils passaient le 1er étage.

Deepak n'eut pas besoin de se justifier, l'ascenseur venait de se poser au rez-de-chaussée. Il fit coulisser la grille et arrêta in extremis Sanji qui s'apprêtait à aider Chloé à sortir. Deepak se précipita dans le hall pour lui ouvrir la porte.

– Vous avez besoin d'un taxi, mademoiselle ?

– Oui, s'il vous plaît, répondit-elle.

C'est alors que les événements s'enchaînèrent. Un livreur se présenta avec un paquet tandis que trois coups de sonnette retentissaient derrière le comptoir. Deepak pria le coursier de bien vouloir patienter, ce qui sembla lui déplaire fortement.

– Trois coups, c'est M. Morrison, grommela Deepak, bon, je m'occupe d'abord de votre taxi.

– Et mon colis, qui s'en occupe ? protesta le livreur en les suivant sur le trottoir.

Chloé s'en saisit, le posa sur ses genoux et signa le bon de livraison.

– Ah, c'est pour les Clerc. Que peut-il bien contenir ? s'exclama-t-elle, malicieuse.

Deepak lança un regard pressant à son neveu qui attendait sous l'auvent. Sanji s'avança devant Chloé et s'empara du colis.

– Je vais le déposer sur le comptoir, à moins que vous ne vouliez l'ouvrir avant ? lui dit-il.

Il s'exécuta et ressortit aussitôt. Deepak était au milieu de l'avenue, sifflet aux lèvres et bras tendu, à l'affût d'un taxi. Pourtant, trois Yellow Cab aux lanternons allumés venaient de passer.

– Je ne veux pas me mêler de ce qui ne me regarde pas, mais ça continue de sonner, l'informa Sanji.

– Deepak, allez donc chercher M. Morrison, je peux me débrouiller seule, intervint Chloé.

– Je me charge du taxi, proposa Sanji en s'approchant de son oncle.

– Attention, pas n'importe lequel, chuchota Deepak, uniquement ceux qui ont une porte latérale coulissante…

– J'ai compris ! Je ne sais pas qui est ce M. Morrison, mais il n'a pas l'air d'être très patient.

Deepak hésita, et, pris de court, rentra dans l'immeuble, laissant Sanji en compagnie de Chloé.

– Tout va bien ? lui demanda-t-il.

– Pourquoi ça n'irait pas ? répondit-elle, de marbre.

– Pour rien, il me semblait vous avoir entendue murmurer.

– J'aurais dû partir plus tôt, je vais être en retard.

– Un rendez-vous important ?

– Oui, très… enfin, je l'espère.

Il bondit sur la chaussée et stoppa un taxi… qui n'était pas du modèle prescrit par son oncle.

– C'est très gentil à vous d'avoir failli vous faire écraser, lâcha Chloé en avançant vers lui, et je ne voudrais pas paraître ingrate, mais je vais avoir du mal à monter dans celui-ci.

– Vous êtes en retard, non ?

Sans plus attendre, Sanji se pencha vers elle, la souleva dans ses bras et la déposa délicatement sur la banquette arrière. Puis il plia le fauteuil, le rangea dans le coffre et revint fermer la portière.

– Et voilà, dit-il, très content de lui.

Chloé le regarda fixement.

– Je peux vous poser une petite question ?

– Bien sûr, répondit-il, penché à la portière.

– Je fais comment à l'arrivée ?

Sanji en resta perplexe.

– À quelle heure, ce rendez-vous ?

– Dans quinze minutes, juste le temps qu'il faut pour s'y rendre, si la circulation n'est pas trop dense.

Sanji regarda sa montre, contourna le taxi et s'installa à côté de Chloé.

– Allons-y, dit-il.

– Aller où ? s'inquiéta Chloé

– Ça dépend de l'endroit où vous vous rendez.

– Park Avenue et 28e Rue.

– C'est dans ma direction, répondit-il alors que le taxi démarrait.

Un silence s'installa. Chloé tourna la tête vers la vitre, Sanji fit de même de son côté.

– Il n'y a pas de quoi être gêné, finit-il par dire. Je vous dépose et…

– En fait, je repensais à ma plaisanterie dans le parc tout à l'heure, j'espère que vous ne l'avez pas mal interprétée. Je suis désolée, je n'imaginais pas que nous allions nous recroiser dans une ville aussi grande, encore moins le même jour. Que faisiez-vous dans mon ascenseur ?

– Je montais et je descendais.

– C'est une de vos distractions favorites ?

– C'est quoi votre rendez-vous important ? Si ce n'est pas indiscret.

– Un casting, pour décrocher un rôle. Et vous, qu'allez-vous faire du côté de la 28e Rue ?

– Un casting aussi, mais face à des investisseurs.

– Vous êtes dans la finance ?

– Ce rôle, pour la télé ou pour le cinéma ?

– J'ignorais que nous avions ce point commun avec les Indiens.

– Nous ?

– Je suis juive. Athée, mais juive.

– Et quel point commun avons-nous ?

– Répondre à une question par une autre question.

– On ne peut pas être indien et juif ?

– Vous venez de me donner raison !

La voiture se rangea le long du trottoir.

– Pile à l'heure ! Je vous expliquerai ce que je fais dans la vie si le hasard nous offre l'occasion de nous revoir, répondit Sanji en descendant.

Il alla ouvrir le coffre, déplia le fauteuil, et y installa Chloé.

– Et pourquoi nous reverrions-nous ?

– Bonne chance pour le rôle, dit-il avant de remonter dans le taxi.

Elle regarda la voiture faire demi-tour au carrefour et repartir vers le bas de la ville.

*

Le portable de Sanji n'avait cessé de vibrer durant tout le trajet, et il s'était bien gardé de décrocher. Sam devait trépigner d'impatience dans son bureau.

Sanji arriva, incapable de justifier son retard et encore moins cet air béat qui ne le quittait plus ; Sam l'accueillit fraîchement. Dans ce contexte, après avoir écouté la prestation de son ami et bien qu'il trouvât qu'elle manquait de poésie, il n'eut pas le courage de le lui faire savoir.

La décision fut prise, demain matin Sam présenterait le projet devant l'un de ses gros clients et Sanji se contenterait de faire acte de présence, en majesté.

Ils dînèrent dans Chinatown. Avant de le quitter, Sam proposa à Sanji de le déposer à son hôtel.

– C'est gentil, mais je dors à Spanish Harlem, répondit-il.

– Qu'est-ce que tu fous à Spanish Harlem ? s'inquiéta Sam.

Sanji expliqua le malentendu qui l'avait contraint à s'installer chez sa tante.

– Pourquoi tu ne m'as pas demandé cette lettre ?

– Je t'avais déjà pas mal sollicité.

– Tu es malade ! Sacrifier le confort d'une suite, le service en chambre et les petits déjeuners au lit du Plaza pour aller chez des étrangers, ce n'est pas du courage, c'est de l'abnégation.

– Ce ne sont pas des étrangers, corrigea Sanji en grimpant dans un taxi.

*

Les ressorts du canapé-lit lui cisaillaient le dos. Sanji se leva et repoussa le rideau. La gaieté bruyante des rues de Spanish Harlem le ramena à nouveau vers Mumbai. Sanji croyait aux petits signes de la vie et il s'interrogea sur l'enchaînement de circonstances qui l'avait conduit dans cette chambrette avec vue sur une épicerie portoricaine, chez une tante inconnue. Lui qui avait fui les siens avec une détermination farouche !

La rupture avait eu lieu le jour où son père s'était effondré au beau milieu d'une phrase lors d'un repas de famille. On l'avait à peine couché sur son lit de mort que ses oncles débattaient déjà de l'avenir du Mumbai Palace Hotel. Sanji s'était promis de ne jamais leur ressembler. Il les avait écoutés en silence parler à mots couverts de l'héritage, de la nouvelle répartition des rôles dans la gestion du palace, avant de s'éclipser pour se recueillir devant la dépouille d'un homme dont il avait beaucoup appris, mais avec lequel il n'avait pas eu le temps de partager grand-chose. Ses oncles jugèrent qu'une mère ne pouvait s'occuper seule de son enfant. Un fils avait besoin d'une autorité paternelle et ils décidèrent de prendre l'orphelin sous leur tutelle. À compter de ce moment, Sanji s'était juré de leur échapper.

Pensions et précepteurs furent le lot d'une jeunesse sévère ; Sanji guettait les vacances où il retrouvait enfin sa mère. On l'éloigna un peu plus en l'envoyant à Oxford, et la séparation définitive avec les siens se fit à son retour d'Angleterre. Sanji retrouva par hasard un vieux copain de classe. La conversation avait vite dévié sur les filles. La règle implicite autorisait les jeunes à se fréquenter tant qu'il s'agissait de s'amuser. Décider qui aimer revenait aux familles.

Sanji eut une idée. Puisque la frivolité de leur jeunesse leur serait bientôt confisquée, autant se donner les moyens d'en profiter au maximum. Comment ? En développant une application qui permettrait de faire des rencontres sans attendre que le hasard s'en mêle, et surtout en élargissant son horizon hors du cercle des relations familiales ou professionnelles. Le réseau social qu'il imagina allait être bien plus sophistiqué que ceux développés par les Américains. Les premières versions de son programme ne tardèrent pas à séduire plusieurs milliers d'utilisateurs, et leur nombre ne cessa de croître. Il fallait investir pour perfectionner l'interface de l'application, embaucher du personnel, louer des bureaux, communiquer pour attirer de plus en plus de monde. Sanji avait hérité de la fortune de son père, bien qu'elle se trouvât pour une grande partie dans les actions du Mumbai Palace Hotel, dont il détenait désormais le tiers. Le succès dépassa toutes ses espérances. Un an après sa mise en œuvre, la plate-forme atteignit le cap des cent mille utilisateurs. Elle approchait aujourd'hui du million.

Un article paru dans le *Daily News* se fit l'écho de cette réussite, mais le journaliste avait soulevé un problème qui hantait la société indienne : le réseau social créé par Sanji était-il en train de faire changer radicalement les mœurs, et jusqu'où pouvait-on le laisser aller ? Cet article, qui ne passa pas inaperçu, créa une vive discorde entre Sanji et ses oncles. Seule sa mère resta son alliée, bien qu'elle ne comprît pas grand-chose à ce que son fils faisait. Il était heureux et c'était la seule chose qui comptait à ses yeux.

Venu à son chevet alors qu'elle traversait une longue maladie, il entreprit un jour de feuilleter des albums de photos, et s'arrêta sur un visage qu'il ne connaissait pas. Il apprit par sa mère que la jeune femme de la photo était la sœur de son père. Une tante qu'il n'avait jamais pu rencontrer puisqu'elle avait abandonné les siens pour aller convoler avec un moins-que-rien aux États-Unis.

Sa mère rétablie, Sanji put se consacrer entièrement à ses affaires. La croissance exigeait de trouver de nouveaux capitaux. Les banques indiennes étaient réticentes, pour des raisons d'éthique liées à la nature d'une entreprise que la presse conservatrice ne cessait de fustiger. Sanji eut donc l'idée d'aller démarcher les investisseurs là où ses concurrents avaient prospéré… Une demande de visa, une lettre adressée à une tante inconnue et un malentendu l'avaient conduit sur cet affreux canapé-lit.

Sanji referma le rideau, curieux de savoir comment se manifesterait le prochain signe…

– Tu n'arrives pas à dormir ? demanda Lali en ouvrant la porte de sa chambre. Remarque, moi non plus, je suis insomniaque. Je ne sais pas si c'est une maladie ou une bénédiction, moins on dort et plus on vit, n'est-ce pas ?

– Les médecins suggèrent le contraire.

– Tu as faim ? Veux-tu que je te réchauffe quelque chose ? Viens, nous ne risquons pas de réveiller Deepak, dit-elle en jetant un regard vers sa chambre, un tremblement de terre n'y suffirait pas.

Sanji s'installa à la table de la cuisine, Lali sortit une assiette de *bibenca* et coupa deux parts généreuses de la pâtisserie aux amandes.

– Et toi, insomnie ou décalage horaire ?

– Ni l'un ni l'autre, je réfléchissais.

– Tu as des soucis ? Tu as besoin d'argent ? demanda Lali.

– Mais non, qu'est-ce qui te fait penser une chose pareille ?

– Je connais tes oncles. À la mort de papa, ils m'ont spoliée de ma part d'héritage. Oh, je me doute bien que ces appartements vétustes qu'il possédait ne valaient pas grand-chose, mais c'est le principe, tu comprends, ajouta-t-elle en sortant son porte-monnaie de son sac.

– Range ça, veux-tu, je m'en sors très bien tout seul.

– On ne fait rien de grand tout seul, ceux qui le pensent sont imbus d'eux-mêmes.

– Ton mari est bien tout seul dans son ascenseur.

— Deepak travaille main dans la main avec un collègue qui assure le service de nuit. J'ai accepté toutes ses lubies, même celles qui n'ont aucun sens, lui ai accordé toutes les libertés, mais j'ai toujours exigé qu'il dorme à mes côtés.

— Vous avez vraiment quitté l'Inde pour vivre ensemble ?

— Je ne sais pas ce qu'il en est aujourd'hui, mais à mon époque, les mariages étaient arrangés et les jeunes gens n'avaient pas leur mot à dire. Il n'était pas dans mon tempérament de me soumettre. Deepak n'appartenait pas à notre caste, mais nous nous aimions et étions résolus, quoi qu'il en coûte, à ne pas laisser de vieux croûtons décider de notre avenir. Nous avions sous-estimé le « quoi qu'il en coûte » et nous avons dû fuir Mumbai avant que Deepak ne se fasse tuer par ton grand-père ou l'un de tes oncles.

— Papa n'aurait jamais permis une chose pareille !

— Il s'est rangé du côté des hommes, ce qui fut pour moi une trahison terrible, car de mes trois frères, ton père était mon seul complice. Il aurait pu prendre mon parti, se dresser contre les archaïsmes d'une famille où l'hypocrisie régnait en maître ; il ne l'a pas fait. Mais je ne devrais pas parler de lui ainsi devant toi, ce n'est pas convenable.

La nuit était bien avancée, Sanji et Lali se séparèrent, mais ni l'un ni l'autre ne réussit à trouver le sommeil.

*

Au № 12, Cinquième Avenue, tout le monde dormait depuis longtemps, sauf Mme Collins dont le réveil venait de sonner. La charmante vieille dame qui occupait l'appartement du 5e étage enfila sa robe de chambre et se rendit dans son salon. Elle recouvrit la cage de son perroquet d'un foulard de soie noire et repartit vers sa cuisine. Elle déverrouilla les loquets de la porte de service qu'elle entrebâilla. Elle passa ensuite dans sa salle de bains, se farda les joues devant le miroir, vaporisa un peu de parfum sur sa nuque, et retourna aussitôt se glisser sous ses draps. Puis elle attendit en feuilletant un magazine.

*

Le jour où j'ai quitté l'hôpital

Au début, je me servais d'une planchette en bois. Je la posais à cheval entre le lit et l'assise du fauteuil et je glissais dessus pour passer de l'un à l'autre. C'est Maggie qui m'avait appris ce truc. Je n'étais pas sa première patiente et elle avait une façon de vous expliquer les choses qui ne vous laissait pas le temps d'avoir peur. Elle m'avait promis qu'un jour je n'en aurais plus besoin, à condition de me muscler les bras. Toutes ces années de courses pour avoir des jambes en béton, et maintenant qu'elles n'étaient plus là, il fallait recommencer à zéro depuis les épaules et la nuque.

Un matin, le docteur Mulder m'a dit qu'il n'avait plus de raison de me garder. Il avait l'air triste en m'annonçant cette nouvelle, et j'ai pensé qu'il avait peut-être envie que je reste plus longtemps. Comme j'avais un peu le béguin pour lui et que Maggie m'avait donné en douce un dernier comprimé d'Oxy, je lui ai proposé de partir avec moi. Il a ri et m'a tapoté l'épaule en me déclarant qu'il était fier de moi. Et puis il m'a priée de me préparer, à ce qu'il paraissait des gens m'attendaient dehors. Quelles gens ? Vous verrez, a-t-il répondu avec un petit sourire pour que je l'épouse sur-le-champ.

Je n'ai pas compris, mais à ce moment-là, je n'avais qu'une seule idée en tête, m'imprégner de son visage, de son odeur, tant que je le pouvais encore. Un autre avant et son après se dessinaient. Avec et sans le docteur Mulder.

Installée sur le fauteuil que papa poussait, j'ai parcouru le couloir. Les aides-soignants, les infirmières, les standardistes, les médecins de service, levaient le pouce en l'air, applaudissaient à mon passage, et me félicitaient. Une joyeuse bande de dingues, parce que c'était à moi de les applaudir, de les embrasser, de leur dire que j'avais découvert auprès d'eux une humanité que je ne soupçonnais pas, mais qui m'avait donné la force de supporter la douleur. Et je n'étais pas au bout de mes surprises : une fois arrivée dans le hall, ce fut la stupéfaction.

Des journalistes, des caméras, des flashs qui crépitaient, des policiers pour me protéger, et une centaine d'anonymes venus des quatre coins de la ville me congratuler. Je me suis mise à pleurer comme une Madeleine, bouleversée par toute cette attention, et j'ai recommencé à pleurer dans la voiture, quand j'ai compris qu'on ne me félicitait pas d'avoir presque atteint la ligne d'arrivée, mais d'avoir survécu.

*

4.

En sortant de son casting, Chloé eut envie de se promener sur Madison Avenue. Après tout, pourquoi ne pas s'offrir une robe ou un bustier pour faire plaisir à sa mère, ou mieux encore à elle-même. Elle longea les vitrines, entra dans deux magasins, et renonça à acheter le moindre vêtement. L'air était empreint de ce parfum printanier qui met du baume au cœur, le trottoir était dégagé, son casting s'était plutôt bien passé, elle avait tout pour être heureuse sans recourir à des dépenses superflues. Elle contourna Madison Park. Du nord au sud, la 5e Avenue descendait en pente douce, elle pouvait aisément rentrer par ses propres moyens.

Quand elle apparut sous l'auvent de son immeuble, Deepak se précipita pour lui ouvrir la porte et l'escorta jusqu'à l'ascenseur.

— Votre bureau ou votre domicile ? demanda-t-il, main sur la manette.

— À la maison, s'il vous plaît.

La cabine s'éleva.

– J'ai obtenu le rôle, Deepak. Les enregistrements commencent la semaine prochaine, confia Chloé au 1er étage.

– Mes félicitations. Un beau rôle ? demanda-t-il au 2e.

– C'est surtout un livre que j'adore.

– Alors, il faudra que je m'empresse de le lire, ou plutôt non, j'attendrai de pouvoir l'écouter, corrigea-t-il à la hauteur du 3e étage.

– L'homme dans la cabine tout à l'heure, demanda Chloé au 4e, c'est un client de M. Groomlat ?

– Je ne peux pas me souvenir de tous les visiteurs.

Le 5e étage s'effaça en silence.

– Il s'est tout de même occupé du paquet pour les Clerc, et de me trouver un taxi.

Deepak fit mine de réfléchir jusqu'au 7e.

– Je ne lui ai pas prêté plus attention que cela. Il m'avait l'air courtois et disposé à rendre service.

– Il était indien, me semble-t-il.

8e étage. Deepak arrêta la cabine et ouvrit la grille.

– J'ai pour principe de ne jamais questionner les gens qui montent dans mon ascenseur, encore moins sur leurs origines, ce serait tout à fait inconvenant de ma part.

Sur ce, il salua Chloé et redescendit aussitôt.

*

Sam reposa le combiné, l'air circonspect, son patron le convoquait, sans se préoccuper de savoir s'il était occupé. Ce genre de sommation n'augurait rien de bon. Sam chercha ce qu'on pourrait lui reprocher. Pas le temps d'y réfléchir, Gerald, le secrétaire de son employeur, toquait à la cloison vitrée et sur le cadran de sa montre, ce qui était on ne peut plus clair. Sam attrapa un bloc-notes et un crayon, et remonta le couloir avec des pieds de plomb.

M. Ward était au téléphone. Il ne lui proposa pas de s'asseoir, pire encore, il lui tourna le dos en pivotant son fauteuil vers la baie vitrée qui surplombait Washington Square Park. Sam l'entendit se confondre en excuses et promettre à son interlocuteur que des sanctions seraient prises. M. Ward reposa le combiné et lui fit face.

– Vous voilà, vous ! explosa-t-il.

Assurément rien de bon, conclut Sam.

– Vous vouliez me voir ? questionna-t-il.

– Vous avez perdu la tête ?

– Non, répondit Sam en se touchant le crâne.

– Je vous déconseille l'humour, il m'arrive de vous trouver marrant, mais pas aujourd'hui.

– Que s'est-il passé aujourd'hui ? demanda timidement Sam.

– Qui est ce clodo que vous avez présenté ce matin à l'un de nos plus gros mandants ?

Les pièces du puzzle s'assemblèrent pour former l'image du visage hagard de Sanji arrivant débraillé, en retard à leur rendez-vous.

– C'est un dossier très prometteur avec des plus-values conséquentes à la clé.

– Un site de rencontres en Inde ? Et pourquoi pas un club de striptease au Bangladesh pendant qu'on y est !

– Ce n'est pas ce que vous imaginez, bredouilla Sam.

– Je n'imagine rien, et la seule chose qui m'importe est ce qu'a compris notre client. « Mon cher Ward, si je suis un investisseur, et pas des moindres, de votre société de conseil, c'est parce que j'étais jusque-là convaincu de partager avec vous certaines valeurs, la moralité en est une à laquelle je suis aussi attaché que celle de mes placements, blabla… blablabla… », je vous épargne les détails d'un entretien pénible et vous en livre la conclusion qui vous concerne : « Que votre clown de service ne revienne pas me voir ! » La version intégrale a duré quinze minutes ! J'espère que vous avez compris le point de vue de mon ami.

– C'est on ne peut plus clair, répondit Sam, stoïque.

– Alors exécution ! ordonna M. Ward en le congédiant d'un doigt pointé vers la porte.

Sam sortit du bureau et tomba nez à nez avec Gerald, qui ne cachait pas son plaisir.

– J'en connais un qui vient de se faire brosser, et pas dans le sens du poil, ricana-t-il.

– Très chic, c'est vraiment la peine de dépenser une fortune en vêtements de marque pour être aussi élégant.

– L'élégance, je la porte en moi, répondit Gerald, outré.

– Alors elle est bien cachée, mon vieux.

Gerald était à deux doigts d'en avaler sa cravate, mais Sam se fichait éperdument des états d'âme du secrétaire de son patron. Il avait encaissé les coups sans rien dire depuis trop longtemps, il partait travailler le matin avec la rage au cœur et rentrait le soir la rage au ventre. Cette fois, c'en était assez.

Il se souvint d'un proverbe indien que Sanji lui répétait à loisir quand ils étaient à Oxford : « Il y a une quantité incroyable de gouttes d'eau qui ne font pas déborder le vase. »

– Je me demande si c'était vraiment un proverbe ou encore l'une de ces citations tirées d'une lecture ? murmura-t-il, devant Gerald qui ne comprit pas un mot.

Là, le vase était plein, et il se décida à jouer le tout pour le tout, non par jeu d'ailleurs, mais par fierté. Il repoussa brusquement Gerald qui lui barrait le passage et repartit vers le bureau de M. Ward.

– Juste une question, quand votre ami place son argent dans une société d'armement, ou qu'au lendemain des élections il mise un gros paquet sur un consortium chimique réputé pour être l'un des plus gros pollueurs de la planète, la valeur morale de ses actions ne lui pose pas de problème ? Ne prenez pas la peine de m'inviter à m'asseoir.

Sam se laissa choir dans le fauteuil face à son patron médusé.

– Vous connaissez le yin et le yang, le pile ou face d'une pièce qu'on jette en l'air ? Vous allez comprendre où je veux en venir. Vous saviez que les deux clowns qui ont inventé le portable que vous avez en main ont commencé leurs recherches dans un garage, récupérant des composants défectueux dans les poubelles de la Lockheed ? Alors, chiffonniers ou génies ? Laissez-moi vous raconter deux-trois choses sur celui que vous avez traité de « clodo » – et attention, j'en connais de très sympathiques. Sanji est issu d'une famille plus fortunée que cette société de courtage, si fortunée qu'il vivait dans une demeure aux allures de palais. Son père est mort quand il avait douze ans. Ses oncles ont assuré sa tutelle. Le jour de ses dix-huit ans ils l'ont envoyé à Oxford, c'est là que nous nous sommes connus. À son retour en Inde, Sanji a fait deux découvertes. La première dans le testament de son père. Pour de sombres histoires de famille, il ne pouvait disposer de son héritage avant d'avoir trente ans. L'héritage en question est un complexe hôtelier en plein centre de Mumbai. La deuxième chose que Sanji a découverte, ou plutôt comprise, était que la dureté pour ne pas dire la violence de ses oncles pendant son adolescence n'avait qu'un but : le tenir à l'écart de la gestion de ce palace qu'ils s'étaient approprié. Et ils étaient bien décidés à prolonger leur tutelle au-delà de sa majorité. Pour être plus précis, ils s'étaient arrangés pour régenter sa vie selon leur bon vouloir. En rentrant d'Oxford, Sanji aurait pu se tenir docile quelques années de plus, attendre de pouvoir jouir de sa fortune, mais il leur a claqué la porte au nez. Raconté comme ça, on pourrait croire qu'il s'agit d'un acte de bravoure sans grandes conséquences, mais lorsque vous vous retrouvez sans un sou, à la rue, et que c'est une rue de Mumbai, c'est une autre paire de manches. Vous n'aviez pas tout à fait tort en le traitant de clochard, parce qu'il a passé un paquet de nuits à dormir sans toit au-dessus de sa tête. Mais mon ami est un battant, digne et fier. Il a trouvé des petits boulots, il a réussi à se loger décemment et n'a jamais perdu son incroyable soif de connaissance. Il est curieux de tout, aucune expérience ne semble lui faire peur. Je crois que c'est ce que j'admire le plus chez lui. Dans un bar où il travaillait comme serveur, il a retrouvé un vieux copain d'école. Ce copain avait une idée folle, Sanji l'a développée, son projet est devenu une entreprise, une très belle entreprise. Alors maintenant la question qui se pose est assez simple. Combien de types comme votre gros client sont passés devant ce fameux garage, où deux jeunes aux allures de hippies trituraient des composants défectueux, et combien rêveraient aujourd'hui de s'y être arrêtés ? Sanji a récupéré ses parts du Mumbai Palace Hotel, il lui suffirait de les nantir pour se passer de nos services, mais il ne veut rien faire qui puisse contrarier ses oncles. Moi, si j'avais enduré le quart de ce qu'ils lui ont fait, je n'aurai pensé qu'à leur nuire. Pas lui ; il semble qu'en Inde, le respect que l'on doit à ses aînés prime sur tout. Je ne peux pas m'empêcher de penser que ce code d'honneur relève d'un masochisme aggravé. Remarquez, c'est un peu à l'image de ma relation avec vous depuis toutes ces années. Alors maintenant, jouons cartes sur table, vous entrez dans ce garage ou pas ? Et si c'est non, je vous libère mon bureau dès ce soir.

M. Ward considéra Sam avec beaucoup d'attention et de curiosité. Il pivota son fauteuil vers la baie vitrée, tournant le dos à son employé.

— Faites-moi porter ce dossier, je vais à nouveau l'étudier.

— C'est inutile, vous me payez pour ça.

— Vous y croyez au point de mettre votre carrière en jeu ? Vous savez que si cette affaire tourne mal, vous serez grillé, et pas seulement ici.

— Et si ça tourne plus que bien et que je vous ouvre les portes du marché indien, vous savez que je ne me contenterai pas d'une médaille ?

Ward fit demi-tour et plongea son regard dans celui de Sam.

— Fichez-moi le camp avant que je ne change d'avis.

*

Sam fit état à Sanji d'un entretien prometteur qu'il avait eu avec son patron, se gardant bien de relater les détails de sa conversation. Quand un homme aussi influent que M. Ward se décidait sur un dossier, un pas était franchi qui méritait d'être fêté.

– Pourrais-tu arriver une fois à l'heure et vêtu normalement ? supplia Sam.

– Dix minutes, ce n'est pas vraiment arriver en retard.

– Deux heures hier !

– Ah oui, mais hier, c'était pour une bonne cause, j'ai dû faire un détour pour déposer une femme qui avait un rendez-vous très important.

– Parce que le nôtre n'était pas important, peut-être ! Qui est cette femme, je la connais ?

– Non. Moi non plus, d'ailleurs.

Sam le regarda, stupéfait.

– Ça se confirme, tu es un grand malade !

– Si tu l'avais vue, tu ne dirais pas ça, répondit Sanji.

– Elle était comment ? cria Sam.

Sanji s'éloigna sans lui répondre.

En passant devant l'immeuble où travaillait son oncle, il releva la tête vers les fenêtres du 8e étage, et se demanda si sa passagère avait décroché son rôle. Il l'espéra pour elle et continua sa marche. Sur Union Square, au milieu d'un concert de klaxons étourdissant, il renonça à prendre un taxi et s'engouffra dans le métro.

Il en ressortit à Spanish Harlem. Ici, pas d'immeubles en pierre de taille, ni d'auvents sur les trottoirs et encore moins de portiers en livrée. De simples bâtisses en briques rouges et blanches cohabitaient avec de grands ensembles d'habitations à loyer modéré. Les effluves, les couleurs, les façades écorchées, l'asphalte défoncé, les détritus qui jonchaient les trottoirs, ce mélange de langues qu'on entendait, formaient un paysage bigarré bien plus proche des rues de sa jeunesse.

De retour à l'appartement, Sanji trouva Lali assise sur le canapé du salon, penchée sur une broderie. À grand renfort de grimaces elle s'efforçait de retenir ses lunettes qui glissaient au bout de son nez, pendant que Deepak dressait le couvert sur la table de la cuisine.

— Tu dînes avec nous ? demanda-t-il en guise de bonsoir.

— Et si je vous invitais au restaurant ?

— Nous ne sommes pas jeudi que je sache, répondit Deepak.

— Très bonne idée, intervint Lali. Où pourrions-nous aller pour changer un peu ? ajouta-t-elle en jetant un regard vers son mari.

— Je goûterais bien à la cuisine américaine, suggéra Sanji.

Deepak poussa un long soupir et rangea les couverts dans le buffet. Il décrocha sa gabardine au portemanteau de l'entrée et attendit. Lali abandonna son ouvrage et lança un clin d'œil à son neveu.

— C'est à trois blocs d'ici, annonça Deepak en ouvrant la marche.

Au carrefour, Lali traversa la rue bien que le signal piétonnier vînt de passer au rouge. Deepak se garda de la suivre et retint son neveu par le col.

– Tout s'est bien passé avec Mlle Chloé ?

– Je lui ai trouvé un taxi, pourquoi ?

– Pour rien, enfin… elle m'a posé des questions à ton sujet.

– Quel genre de questions ?

– Ça ne te regarde pas.

– Comment ça, ça ne me regarde pas ?

– Mon ascenseur est un confessionnal, je suis tenu au secret professionnel.

Le feu passa au rouge, Deepak reprit sa marche comme si de rien n'était. Un peu plus tard, il s'arrêta devant la vitrine bariolée du restaurant Le Camaradas.

– Dans ce quartier, la cuisine locale est portoricaine, dit-il en poussant la porte.

*

Au 𝒩o 12, Cinquième Avenue, M. Rivera installait son poste de radio sous le comptoir. Il cala la fréquence sur une station qui commentait un match de hockey et se plongea dans la lecture d'un roman policier. La nuit était à lui.

Les Bronstein étaient rentrés depuis longtemps.

Au 7e, les Williams s'étaient fait livrer à dîner par deux traiteurs. Un chinois pour monsieur, qui rédigeait sa chronique dans son bureau, un italien pour madame, qui dessinait dans le sien. Ce qui laissa penser à M. Rivera que leur xénophobie ne les empêchait pas d'apprécier la cuisine étrangère.

M. et Mme Clerc regardaient la télévision dans leur petit salon. Quand la cabine passait à la hauteur du 6e, on distinguait le son qu'ils montaient chaque fois qu'ils faisaient l'amour.

Les Hayakawa avaient quitté la ville aux premiers jours du printemps pour rejoindre leur maison de Carmel, ils ne reviendraient qu'à l'automne.

M. Morrison, le propriétaire de l'appartement du 3e était à l'opéra ou au théâtre comme chaque soir, et comme chaque soir il dînerait au Bilboquet et rentrerait ivre mort vers 23 heures.

Les Zeldoff ne sortaient jamais, sauf pour aller à l'église les soirs de grand-messe. Madame lisait à haute voix un livre sur la vie des mormons, monsieur l'écoutait en s'ennuyant religieusement.

Quant à M. Groomlat, il avait quitté son bureau du 1er depuis belle lurette. Leurs horaires respectifs les empêchaient de se croiser, à l'exception de la première quinzaine d'avril où le comptable travaillait tard le soir. Sa haute saison, comme il s'amusait à dire, ses clients devant envoyer leur déclaration d'impôts avant le 15. En décembre aussi, au moment des étrennes.

À 23 heures, M. Rivera posa son polar, convaincu d'avoir résolu l'intrigue, et aida M. Morrison à rentrer chez lui, ce qui ne fut pas une mince affaire, vu l'état dans lequel ce boit-sans-soif s'était encore mis. Il dut l'accompagner dans sa chambre, le soutenir jusqu'à son lit et lui ôter ses chaussures avant de redescendre à son poste.

À minuit, il verrouilla la porte de l'immeuble, glissa dans sa poche le téléphone portable de service, une trouvaille des occupants de l'immeuble pour le joindre à tout moment, et emprunta l'escalier de service. Il arriva à bout de souffle au 5e étage, s'épongea le front et poussa délicatement la porte de service qui était entrebâillée.

Mme Collins l'attendait dans sa cuisine, un verre de bordeaux à la main.

– Tu as faim ? demanda-t-elle. Je suis sûre que tu n'as pas eu le temps de dîner.

– J'ai avalé un sandwich avant de quitter la résidence, mais je ne serais pas contre un verre d'eau, dit-il en lui déposant un baiser sur le front. Ces escaliers finiront par avoir raison de mes jambes.

Mme Collins lui remplit un grand verre d'eau, s'assit sur ses genoux et posa la tête sur son épaule.

– Allons nous coucher, murmura-t-elle, la journée fut longue à t'attendre.

M. Rivera se déshabilla dans la salle de bains où un pyjama neuf, lavé et repassé, l'attendait plié sur la tablette en marbre du lavabo. Il l'enfila et rejoignit Mme Collins dans son lit.

– Il est magnifique, tu n'aurais pas dû.

– Je suis allée flâner chez Barney's, j'étais certaine qu'il t'irait à merveille.

– On dirait qu'il a été fait sur mesure, répondit M. Rivera en admirant le tombé du pantalon.

Il se glissa sous les draps, vérifia que l'alarme du réveil était réglée sur 5 heures et éteignit la lampe de chevet.

— Comment va-t-elle ? chuchota Mme Collins.

— Elle était calme, presque de bonne humeur, les médecins ont ajusté encore une fois les doses. Elle m'a pris pour le peintre qui rafraîchit le couloir et m'a félicité pour mon travail. Elle se rappelle encore aimer le bleu.

— Et ton livre, tu as trouvé le coupable ?

— C'est l'infirmière, ou la femme de chambre, ou peut-être qu'elles sont complices, je le saurai demain.

M. Rivera se blottit contre Mme Collins, ferma les yeux et s'endormit.

*

Il arrivait parfois que les fantômes de ses jambes réveillent Chloé au milieu de la nuit. Ce soir ce n'était pas la douleur qui la tenait éveillée. Assise dans son lit, elle s'exerçait à interpréter son texte. Elle s'appliquait même à exécuter les gestes et mimiques qui s'accordaient aux intentions des personnages dans les parties dialoguées du roman.

Elle revint au début du chapitre, allant puiser dans les graves pour jouer la voix d'Anton. Dans le livre, le jeune palefrenier allait bientôt chercher à impressionner la jeune fille qu'il courtisait. Chloé bomba le torse à la façon d'un jeune coq. Et lorsque la jeune fille enfourcha sa monture pour s'élancer au galop, Chloé referma l'ouvrage et l'abandonna sur son lit. Elle releva ses draps, se glissa sur son fauteuil, et avança à la fenêtre. Elle observa la rue dans la lumière rosée du point du jour. Un homme promenait son chien, une femme passa à sa hauteur et poursuivit sa route d'un pas pressé. Un couple en habits de soirée descendait d'un taxi...

Chloé soupira et tira les rideaux. Son regard se posa sur le livre. Elle était une actrice invisible, une comédienne qui s'efforçait de poursuivre autrement sa carrière.

Elle se rendit dans la cuisine pour préparer du thé.

La bouilloire frémissait quand un fracas suivi d'un cri terrible retentit dans l'escalier de service. Le loquet était trop haut pour qu'elle l'atteigne. Chloé tenta de se hisser à la force d'un bras. N'y parvenant pas, elle plaqua sa joue contre la porte et écouta... un gémissement, puis ce fut le silence.

Elle recula son fauteuil, fit promptement demi-tour, éteignit le gaz, s'engagea dans le couloir et alla tambouriner à la chambre de son père. Au saut du lit, M. Bronstein apparut devant sa fille, les cheveux ébouriffés.

– Qu'est-ce qui t'arrive ? s'inquiéta-t-il.

– Suis-moi, dépêche-toi !

Elle l'entraîna vers la cuisine et lui expliqua avoir entendu quelqu'un tomber dans la cage d'escalier.

M. Bronstein descendit à la hâte. Quatre étages plus bas il cria à sa fille d'appeler les secours.

– Que se passe-t-il ? hurla-t-elle, rageant de ne pas pouvoir le découvrir elle-même.

– Ne perds pas de temps, je descends leur ouvrir.

Elle fonça vers sa chambre, attrapa son portable et composa le 911. Puis, regagnant sa vigie, elle ouvrit les rideaux en grand.

Son père attendait sur le trottoir, elle perçut le son strident d'une sirène, une ambulance se rangea au pied de l'immeuble. Deux ambulanciers s'engouffrèrent par la porte de service, derrière M. Bronstein.

Elle fit quatre allers-retours entre la fenêtre de sa chambre et la cuisine.

Les secouristes ressortirent, chargeant un brancard à l'arrière de l'ambulance, sur lequel reposait un homme dont le visage était couvert par un masque à oxygène.

Chloé guetta son père devant la porte de l'appartement. Il apparut à l'autre bout du couloir.

– Impossible d'emprunter l'ascenseur, dit-il à bout de souffle. M. Rivera est dans un sale état.

*

Le jour où ils ont changé mes bandages

Le docteur Mulder m'a demandé si je voulais voir mes genoux, m'expliquant que certains amputés le souhaitaient, d'autres non, alors dans le doute j'ai suggéré que je pourrais peut-être n'en regarder qu'un seul.

Je savais ce que j'avais perdu, mais je n'avais pas conscience de l'étendue des blessures. À l'endroit où mes mollets auraient dû se trouver, ma peau ressemblait à un paysage lunaire. Je suis restée tétanisée. Julius a préféré sortir. Maggie m'a passé une compresse sur le front et papa a rejoint Julius dans le couloir, probablement pour nous laisser entre femmes, ou que je ne le voie pas pleurer.

Ensuite Maggie m'a dit que dans les jours à venir, Oxy, Dilaudid et fentanyl allaient devenir mes meilleurs amis, mais seulement pour quelques jours. Je ne devais en aucun cas m'attacher trop à eux. J'étais fascinée par la bonté de ceux qui me soignaient, Maggie m'appelait son « petit bout de miel », peut-être que l'état de mes genoux lui avait inspiré cette image. À chaque centimètre *de bandes que le médecin ôtait, il me demandait si j'avais mal. Je dois avouer que leur humanité fut d'un grand réconfort. Si j'avais pu les emmener tous les deux à la maison… mais le retour était encore loin.*

Je tenais la main de Maggie – en vérité, je lui écrasais les doigts et elle me répétait que je m'en tirais comme une chef, que j'étais formidable. Et puis quand Mulder a arraché les dernières bandes, la douleur a été si violente que j'ai vomi mon petit déjeuner ; Julius était revenu dans la chambre, Maggie lui a tendu le bassinet, une scène d'un romantisme à vous couper le souffle. Après je ne me souviens plus de rien, Maggie a dit que j'en avais suffisamment enduré et elle n'a pas attendu l'avis de Mulder pour me médicamenter. Elle a planté une seringue dans la perfusion qui me rentrait dans le bras et j'ai fait un grand plongeon.

Quand j'ai rouvert les yeux, Julius était toujours là. Je voulais savoir si j'avais dormi longtemps, comme si c'était important. Ce qui m'importait était de savoir combien de temps il était resté près de moi. Il m'a regardée attentivement et m'a dit, avec une fragilité qui ne lui res-semblait pas, que ce serait bien de me laver les cheveux. Puis il a sangloté, et c'est moi qui l'ai consolé. Il ne cessait de répéter à quel point il était désolé – désolé de quoi ? Je lui ai répondu de ne pas l'être, ce n'était pas sa faute. Mais il insistait, rien ne serait arrivé s'il n'avait pas privilégié son travail au détriment de ce voyage que nous devions faire en Italie. Je lui ai fait remarquer que j'aurais très bien pu me faire écraser par une voiture, les Italiens conduisent comme des dingues, alors il s'est reproché de ne pas m'avoir accompagnée. Qu'est-ce que ça aurait changé, il n'aurait pas couru à ma place... Pourquoi vos proches ressentent-ils le besoin de culpabiliser quand quelque chose de grave vous arrive ? Peut-être est-ce leur façon d'entreprendre le deuil d'une vie qui ne sera plus jamais la même. Un avant, un après. En pensant à l'après, j'ai fixé Julius et lui ai confié qu'il ne me devait rien. Il m'a demandé si c'était OK pour mes cheveux, si j'acceptais qu'il me les lave, sous la surveillance de Maggie. Il paraît qu'ils avaient gardé l'odeur de « 14 h 50 ». Je ne sais pas nommer ce qui s'est passé, alors j'ai baptisé ainsi l'instant où ma montre s'est arrêtée... à 14 h 50.

*

5.

À 6 h 15, Deepak passa par la porte de service, descendit revêtir son uniforme au sous-sol et remonta prendre ses fonctions. Malgré ces prémices routinières, ce matin n'allait ressembler à aucun autre. Le hall était en pleine effervescence, les Clerc, les Williams et les Zeldoff s'entretenaient avec M. Bronstein. M. Morrison somnolait adossé au mur, Mme Collins faisait les cent pas dans un état paroxystique, seule Mlle Chloé était absente. Cette excitation générale laissa Deepak sans voix, quand une énigme le rappela vite à la réalité. Qui avait conduit tout ce beau monde au rez-de-chaussée, puisque son collègue manquait à l'appel ?

M. Bronstein fut le premier à remarquer sa présence et vint vers lui, la mine défaite.

— Mon cher Deepak, je suis désolé, il y a eu un accident. M. Rivera est tombé dans l'escalier de service.

— Que fichait-il dans l'escalier de service à 5 heures du matin ? s'exclama M. Williams.

— La question est sans grande importance pour l'instant, c'est de sa santé que nous devons nous inquiéter, répondit Mme Clerc, encore vêtue d'un déshabillé léger.

— Qu'ont dit les ambulanciers ? intervint Mme Williams, volant au secours de son mari.

— Rien, mais il souffrait d'une fracture ouverte à la jambe droite, heureusement sans effusion de sang. Bien que sonné, il était conscient. Je lui ai parlé, il avait toute sa tête, précisa le professeur.

— Prions pour qu'il la garde, souffla M. Zeldoff en reluquant discrètement le décolleté de Mme Clerc.

— Espérons qu'ils lui auront fait passer un scanner à son arrivée à l'hôpital, ajouta sa femme en lui donnant un coup de pied dans le tibia.

— Quel hôpital ? demanda Deepak, impassible.

— J'ai demandé à ce qu'on le transporte au Beth Hospital, un de mes amis, médecin, y travaille, répondit M. Bronstein.

— Bien, je devine que chacun de vous souhaite regagner ses appartements au plus vite, mais pour cela il nous faudra effectuer deux voyages, nous allons donc procéder dans l'ordre, annonça Deepak sur un ton qu'aurait emprunté le commandant d'un navire pris dans la tempête.

Il fit l'appel de ses voyageurs, les Zeldoff, M. Morrison qui roupillait debout, un mystère en soi, et enfin, Mme Collins… Deepak la chercha du regard avant de la surprendre en train de fouiller derrière son comptoir. Elle ouvrit le tiroir, le referma aussitôt, puis se pencha par terre.

— Je peux vous être utile ? chuchota Deepak.

Mme Collins venait de trouver son bonheur, elle se releva et lui confia un livre de poche qu'il glissa discrètement dans la sienne.

– Vous pouvez compter sur moi, dit-il sobrement. Si vous voulez bien vous diriger vers l'ascenseur et en chemin réveiller M. Morrison, je vous en serai infiniment reconnaissant...

Une centaine de mètres parcourus à la verticale et quelques minutes plus tard, Deepak, enfin seul dans sa cabine, abaissa l'assise du strapontin, s'assit et enfouit sa tête dans ses mains. Il devait prévenir sa femme qu'il resterait tard ce soir. Les occupants auraient besoin de ses services pour rentrer chez eux en fin de journée ; ensuite, il filerait à l'hôpital. Qui allait assurer le service de nuit ? Combien de temps les propriétaires se résoudraient à emprunter les escaliers après son départ ? Il n'avait pour l'instant pas la moindre réponse, et un obscur pressentiment lui serra la poitrine.

*

La vie reprit un cours presque normal. Deepak fit sa tournée habituelle. Il monta la gouvernante des Clerc, redescendit leur golden retriever qu'il confia au promeneur de chiens. À 9 heures, M. Groomlat arriva dans le hall.

– Vous faites une drôle de tête ce matin, dit le comptable en entrant dans la cabine.

Heureusement, son bureau se trouvait au 1er et Deepak n'eut pas à répondre.

À 10 heures, M. Williams fit appel à ses services, Deepak était en route vers le 7e quand M. Zeldoff le sonna à son tour. Inutile d'arrêter la cabine, les gens avaient horreur de monter quand ils voulaient descendre et il le récupéra sur le chemin du retour. M. Zeldoff et M. Williams se saluèrent de nouveau.

– Franchement, que fichait-il à 5 heures du matin dans l'escalier ? marmonna le chroniqueur de Fox News qui ne ratait jamais une occasion de soupçonner quelqu'un de quelque chose.

– Je n'en ai pas la moindre idée, soupira M. Zeldoff qui en avait rarement, sauf en présence de sa voisine française du 6e.

Deepak sentit leurs regards converger vers ses épaules, ou peut-être vers sa casquette… et il se garda bien de leur parler, sauf pour leur souhaiter une bonne journée en leur ouvrant la grille. Les deux hommes se quittèrent sur le trottoir.

Un peu plus tard, ce fut le tour des Clerc, qui partaient toujours ensemble.

Mme Williams travaillait chez elle, Mme Zeldoff ne travaillait pas du tout, Mme Collins ne sortait jamais le matin, M. Morrison jamais avant 15 heures, jusque-là il cuvait, la gouvernante des Clerc n'allait faire les courses qu'à l'heure du déjeuner, avant midi elle passait l'aspirateur. Deepak avait un peu de temps devant lui.

Il s'installa derrière son comptoir pour compulser le vieil annuaire qui se trouvait dans le tiroir et appela l'hôpital.

Ce matin-là ne ressemblait décidément à aucun autre. Ce qui ne s'était pas produit depuis long-temps, si longtemps que Deepak était bien incapable de s'en remémorer la date, arriva. Le téléphone en bakélite se mit à grelotter. Deepak l'observa, intrigué, et finit par décrocher le combiné.

– Vous avez eu de ses nouvelles ? questionna Mme Collins d'une voix fébrile.

– J'ai appelé l'hôpital, madame, il est encore au bloc opératoire, mais ses jours ne sont pas en danger.

Il entendit un soupir de soulagement.

– Je partage votre sentiment, poursuivit Deepak, rappelez-moi par le même canal, entre 14 h 30 et 15 heures, le hall sera tranquille, chuchota-t-il avant de reposer délicatement l'appareil.

Son portable se mit à vibrer, ce ne pouvait être que Mlle Chloé. À l'époque où l'ascenseur avait été construit, personne ne se souciait du bien-être des gens en fauteuil. Les boutons d'appel étaient placés trop haut pour elle.

Deepak monta la chercher au 8e, elle l'attendait sur le palier.

– J'ai pensé qu'il serait bien que quelqu'un soit à ses côtés quand il se réveillera, confia-t-elle au cours de la descente.

– C'est délicat de votre part, mademoiselle.

– C'est moi qui l'ai entendu tomber, j'étais dans la cuisine quand...

Et comme ce matin-là ne ressemblait déci-dément à aucun autre, Deepak sortit de sa réserve légendaire et l'interrompit.

– C'est la chaudière, souffla-t-il. Elle se met en marche à 5 heures, la vapeur remonte dans les tuyaux, au 4ᵉ étage ils sont trop proches du mur, ils vibrent et font un bruit d'enfer, comme si quelqu'un tapait avec un marteau. Alors il faut aller cogner dessus pour arrêter le vacarme. C'est comme ça qu'il a dû se casser la figure.

– Probablement, mais pourquoi me racontez-vous cela ?

– Je crois que M. Williams s'interroge.

Il l'accompagna dans la rue, héla un taxi et l'aida à s'y installer.

– Ne vous tracassez pas, une jambe cassée, ce n'est pas si grave, dit-elle en retenant la portière.

– Ce n'est pas à vous que j'oserais dire le contraire, mais à son âge, c'est tout de même quelque chose, soupira Deepak.

– Je vous appellerai dès que j'aurai de ses nouvelles.

Deepak la remercia de la peine qu'elle se donnait et rentra dans l'immeuble, plus secoué qu'il ne voulait se l'avouer.

*

Chloé regardait M. Rivera dormir, dos tourné à la fenêtre. Quand elle s'était trouvée à sa place et que les forces de la vie lui rendaient des couleurs, son regard s'envolait sur la cime d'un érable. Elle y avait vu défiler les saisons, le bois noir de l'hiver, les frondaisons, les feuillages d'été, et la rousseur d'automne.

Une infirmière entra pour vérifier la perfusion et pendant qu'elle prenait la tension de M. Rivera, Chloé l'interrogea sur son état de santé. L'infirmière hésita à lui répondre qu'il retrouverait l'usage de sa jambe. Quand elle repartit, Chloé fut prise d'une peur panique.

– Ça va aller, murmura-t-elle sans savoir à qui, d'elle ou de M. Rivera, elle s'adressait.

M. Rivera entrouvrit les yeux et les referma en grimaçant. Chloé voulut partir sur-le-champ, mais elle resta les bras ballants sans pouvoir rien y faire. Elle allait appeler son père pour qu'il vienne la chercher, quand une femme apparut dans l'encadrement de la porte.

Elle portait une jupe en tweed, un chemisier blanc et un tricot. Elle attendit quelques instants avant de s'approcher du lit, posa sa main sur le drap et effaça un pli.

– Il fait partie de ma vie depuis vingt ans, et je le connais à peine, n'est-ce pas étrange ?

– Je n'en sais rien, balbutia Chloé.

– Mon mari me parle de lui comme l'on parle d'un frère, un frère que vous ne croisez que le matin et le soir.

– Je ne fais pas partie de sa famille, confia Chloé.

– Je sais qui vous êtes, répondit Lali, en s'asseyant sur une chaise. Il vous apprécie beaucoup. Mon mari, j'entends. Je suppose que M. Rivera aussi, on ne change pas entre le jour et la nuit, n'est-ce pas ?

– Vous êtes Mme Deepak ?

– Mme Sanjari. « Deepak » est son prénom. Remarquez, « Mme Deepak » change un peu de l'ordinaire, il vous appelle bien « Mlle Chloé ». Je vais prendre la relève, rentrez chez vous, vous êtes toute pâle.

Chloé ne répondit pas. Lali se plaça derrière son fauteuil et l'entraîna vers le couloir.

– Moi aussi j'ai les hôpitaux en horreur, dit-elle en la poussant vers les ascenseurs. Voulez-vous que nous allions boire un thé ?

– Je crois que j'aimerais beaucoup cela.

À la sortie de l'hôpital, Chloé souhaita reprendre le contrôle de son fauteuil.

– Pardonnez-moi, mais je n'aime pas qu'on me pousse, ça me donne l'impression qu'on me promène.

– Tout à l'heure vous ne vous en plaigniez pas, alors si vous n'y voyez pas d'inconvénient, je vais continuer à vous pousser, d'autant que nous avons quelques pas à faire, enfin façon de parler.

– Où m'emmenez-vous ? demanda Chloé.

– Je connais un endroit où l'on sert des pâtisseries formidables, c'est à quelques blocs d'ici, de quoi brûler les calories que nous reprendrons sur place.

– À ce train-là, je ne risque pas de brûler grand-chose…

Le salon de thé portait le nom étrange de Chi-kalicious, ce qui amusa Chloé, car elle avait trouvé chez Lali une forme d'autorité bienveillante à la Mary Poppins.

– Pourquoi me regardez-vous ainsi ? demanda Lali en se régalant d'un baba au rhum.

– Je vous regarde comment ?

– Ce n'est pas mon appétit qui vous gêne, j'espère ? Je n'ai pas déjeuné, et puis je n'ai aucune honte à être gourmande.

– Non, ce n'était pas cela.

– Vous m'imaginiez différemment ?

– Je ne vous ai jamais imaginée. Deepak est un homme si discret.

– Mon mari vous a connue adolescente, il vous conduit dans son ascenseur matin et soir, vous arrête un taxi chaque fois que vous en avez besoin, qu'il pleuve ou qu'il vente, il porte vos paquets, prend de vos nouvelles chaque jour, et la seule excuse que vous trouvez pour ne rien savoir de sa vie serait sa discrétion ? Mes voisins de palier sont cubains, ils ont trois enfants et deux petits-enfants, ceux qui vivent au-dessus de nous sont portori-cains, elle est enseignante et lui électricien. Il y a vingt-quatre logements dans notre immeuble et je connais tout le monde.

– À ce petit jeu, je pourrais vous surprendre. Si vous saviez le temps que j'ai passé recluse chez moi – plus à épier les allées et venues des passants dans la rue que mes voisins, cela dit. Mais je peux néanmoins vous confier que les Zeldoff sont de vrais bigots, si une ampoule claque, ils prient pour que quelqu'un la change, si leur porte grince, ils prient pour que Deepak graisse les gonds, en fait, ils prient tout le monde, comme ça eux n'ont rien à faire. M. Morrison est un alcoolique élégant, un ivrogne curieux de tout, mais qui ne comprend jamais rien à rien, un vrai personnage. Les Clerc, un couple de Français installés depuis longtemps à New York, vivent dans leur bulle. Je les aime bien, ils possèdent une galerie d'art à Chelsea. Ils sont très amoureux. De vrais tourtereaux et pas des plus pudiques. Mme Clerc porte des décolletés qui ne laissent pas indifférent ce bon M. Zeldoff, mon père non plus pour être honnête, mais je n'ai rien dit… Mme Collins est une veuve joyeuse, en apparence tout du moins, elle a toujours un mot aimable. Elle avait un bichon qui aboyait à longueur de journée. À sa mort, Mme Zeldoff a prié pour avoir enfin la paix, mais le perroquet de Mme Collins s'est mis à aboyer à sa place. Et les Williams, ah les Williams, eux se prennent au sérieux comme personne, M. Williams est chroniqueur économique à Fox News, alors il va de soi qu'il sait tout sur tout. Mon père dit que c'est un imbécile convaincu que la vie se résume à l'économie. Papa connaît son sujet, il est professeur d'économie, à NYU. Quant à Mme Williams, difficile d'être plus retorse que cette femme. Les faux-culs sont les pires. Chaque fois que je la croise dans l'ascenseur, je m'amuse à avancer discrètement mon fauteuil pour lui rouler sur les pieds, et elle est tellement hypocrite qu'elle n'ose rien dire.

– Vous êtes un sacré numéro, s'esclaffa Lali. Puisque vous ne touchez pas à ce gâteau, je vous le confisque. Et vous, qui êtes-vous ? Je n'ai pas la discrétion de mon mari, je serais plutôt tout le contraire.

– J'étais actrice. J'ai fait mes classes de comédienne au studio Stella Adler, enchaîné des petits rôles et fini par en décrocher un dans une série.

– Et maintenant ?

– Je prête ma voix pour enregistrer des livres audio.

– Vous travaillez bénévolement ?

– Non, les cachets ne sont pas très importants, mais...

– Puisque vous ne prêtez pas votre voix, et que vous êtes payée pour votre travail, pourquoi parler au passé ? Vous êtes toujours actrice, me semble-t-il.

– Oui, enfin pas de celles qui signent des autographes.

– J'étais couturière, vous croyez que j'en ai signé, des autographes ?

Lali s'essuya délicatement le coin des lèvres. Les deux femmes s'observaient.

– Mon mari rentrera tard ce soir, épuisé, mais il repartira à l'aube prendre son service, peut-être même plus tôt que d'habitude. Si je le laissais faire, il s'installerait un lit de camp au sous-sol, pour que vos soirées ne soient pas perturbées durant l'absence de M. Rivera. Mon mari pousse le sens du devoir à l'extrême. Et moi, je m'inquiète de ce qu'il adviendra de nous.

– La copropriété trouvera vite un remplaçant, je suis certaine que M. Groomlat s'en charge déjà, les choses rentreront bientôt dans l'ordre, ne vous inquiétez pas, j'y veillerai.

– Veillez surtout à ce que M Groomlat ne convainque pas vos voisins de faire un autre choix. Les temps changent, c'est dans l'ordre des choses, mais si celles-ci venaient à changer dans votre immeuble… si Deepak n'accomplit pas son exploit, il ne s'en remettra pas.

– Quel exploit ?

– Vous vous moqueriez de lui, nous en parlerons une autre fois, je dois rentrer. Ne lui dites pas que nous nous sommes vues. Deepak vit dans un hall et dans une cabine d'ascenseur, il aime que son monde soit cloisonné.

Lali se laissa inviter, elle s'en alla sans se soucier un instant d'aider Chloé à trouver un taxi d'un modèle qui lui convienne.

*

6.

– Qu'entends-tu par « à la source » ? demanda Sanji.

– Chez toi, en Inde.

– Ils ont appelé ma banque à Mumbai ?

– Si ce n'était que ça...

Et comme Sanji ne semblait pas comprendre la situation, Sam lui fit un aveu.

– Je n'avais pas le choix, tu débarques de loin avec un projet ambitieux, comment voulais-tu que je fasse sans recommandation ? Tu serais américain, européen encore, mais...

– Mais j'arrive du tiers-monde, d'un pays de brigands et de bidonvilles, c'est ce que tu penses ? L'Inde est d'une modernité qui vous surpasse en tout, sauf pour l'arrogance, s'emporta Sanji.

– Mais dont les richesses sont entre les mains d'un tout petit nombre d'élus.

– Ce n'est pas le cas chez vous ? Réussir est impossible sans un bon pedigree ! Qu'avez-vous fait de votre rêve américain ?

– Je n'ai pas dit que c'était impossible. Enfin Sanji, quelques semaines pour lever une somme pareille, sois réaliste.

– Je ne t'avais imposé qu'une seule condition, maintenir ma famille à l'écart de mes affaires. Je compte sur toi pour que cela ne se reproduise plus, le problème est clos.

– Pas tout à fait clos, pour être honnête, grommela Sam. Tes oncles t'ont littéralement torpillé. « Un vagabond, un rat d'hôtel, un fantaisiste déshérité… », et je t'épargne le reste.

– Ils ont dit ça de moi ? Alors ils veulent toujours la guerre.

– Il serait temps que tu te décides à leur rendre la pareille, si leur fiel se propage dans les milieux financiers, nos prochains rendez-vous vont tourner court. Maintenant, je vais te poser une question, tu as le droit de m'envoyer bouler, même de me virer, mais je ne peux pas faire autrement.

– Tu veux savoir s'ils disent la vérité !

Sam récupéra son porte-documents sur la table de réunion.

– OK, je démissionne, et tu veux que je te dise, c'est peut-être mieux comme ça. Tu crois être le seul à jouer ton avenir dans cette affaire ! Que penses-tu qu'il m'arrivera si mon boss apprend que je présente à nos plus gros clients un type à qui je fais confiance parce que je me suis bien marré avec lui en Angleterre et qu'il a une bonne tête ?

– Au bon look d'Indien, ricana amèrement Sanji.

– Un drôle de type en tout cas, répondit Sam du tac au tac. Et où réside votre client quand il est à New York, mon cher Sam ? À Harlem, chez un oncle et une tante qu'il ne connaît pas. C'est la voiture de son chauffeur qui est garée dans la rue ? Ah non, il se déplace en métro… Et pourquoi était-il retard chez un de nos principaux mandants ?…

– J'aurais dû débarquer à dos d'éléphant… Les préjugés ont la vie dure.

Sanji se rendit à la fenêtre.

– Mes oncles n'admettent pas que je possède un tiers du palace et encore moins que je ne leur sois pas soumis. Ma volonté d'exister hors de la famille est un affront. Ils veulent me voir échouer, que je les supplie de me reprendre auprès d'eux. Je me moque de m'enrichir un peu plus. Je veux réussir pour les mettre en échec. À toi de décider si tu veux m'aider ou non.

Sam mâchonna son crayon, songeur.

– Il est comment, ce palace ? demanda-t-il.

– Normal. Quatre cents chambres et suites, un centre de conférences, une piscine, un spa, trois restaurants et une déco prétentieuse à mon goût.

– Normal… et bien situé ?

– On ne peut mieux.

– Vous le possédez depuis toujours ?

– Pas tel quel. Mon grand-père avait acquis méthodiquement tous les appartements d'un ensemble d'immeubles en plein centre de Bombay. À sa mort, mon père et ses deux frères ont expulsé les locataires. Ils ont réuni les bâtiments et entrepris des travaux colossaux, c'est ainsi qu'est né le Mumbai Palace Hotel.

— Ça vaut dans les combien, une affaire comme ça ?

— Difficile à estimer, entre la valeur du patrimoine immobilier et celle de l'exploitation de l'hôtel... beaucoup d'argent.

— Et tu en détiens un tiers...

— Tu veux en venir où ?

— Tu as hérité d'un palace à côté duquel le Mark et le Carlyle auraient des airs de boutique-hôtel. Pourquoi avoir fait dix-sept heures d'avion pour tenter de lever vingt millions de dollars auprès d'investisseurs étrangers alors que n'importe quelle banque indienne te prêterait cette somme ?

— Parce que je ne veux pas avoir de dettes. Et si j'avais dû nantir une partie de mes actions en garantie d'un emprunt, j'aurais été obligé de me justifier auprès de ma famille.

— D'accord, dit-il, je te fais confiance. Je vais éteindre l'incendie et rassurer mon patron, tu me laisseras carte blanche. En contrepartie, si je réussis à lever les capitaux dont tu as besoin, tu m'emmènes avec toi.

— T'emmener où ?

— En Inde, dans ton paradis des nouvelles technologies et des laitages bio ! Si grâce à moi, ta boîte devenait un acteur majeur du marché, je ne me contenterais pas d'une petite commission. Je

veux un poste de directeur financier avec logement de fonction, et des stock-options !

Sanji le regarda, goguenard. Derrière ses airs de
concepteur génial, il n'en était pas moins un
négociateur avisé.

– D'accord, mais pas de logement de fonction,
répliqua-t-il en lui serrant la main.

*

En sortant des bureaux de Sam, Sanji se
demanda quel parti aurait pris son père : aurait-
il été son allié ou aurait-il renoncé à une guerre
fratricide ? Et il alla se promener dans les allées
de Washington Square Park.

Des étudiants de NYU avaient envahi les pelouses,
un peu plus loin des enfants escaladaient les
portiques de l'aire de jeux, des joueurs d'échecs
aux allures nonchalantes disputaient des parties
endiablées, près de la fontaine une danseuse
s'exerçait à faire des arabesques, mais la jeune
femme que Sanji espérait croiser manquait à ce
joyeux tableau.

*

Chloé contemplait l'unique robe longue de
sa penderie. Un cadeau de sa mère offert l'an
dernier, à l'occasion d'un gala de charité où elle

l'avait suppliée de l'accompagner. Mme ex-Bronstein courait les événements mondains pour vanter les talents de son compagnon sculpteur et assurer la promotion de ses œuvres. Ce soir, Chloé porterait cette robe pour Julius, il vouait une passion à Bette Midler, et la chance voulait que l'actrice se produise à Broadway dans une reprise de *Hello, Dolly !*

Chloé fréquentait rarement les salles de spectacle. Elle s'y faufilait toujours au dernier moment, quand les lustres s'éteignent, de peur que son fauteuil entrave la circulation dans les allées. Ce soir, elle entrerait dans la lumière. Julius était bel homme et, avec un peu de chance, elle croiserait une connaissance.

Elle attrapa la perche avec laquelle elle décrochait les affaires suspendues en haut de sa penderie et reposa la robe sur le lit d'un geste maîtrisé.

– Où en sommes-nous dans notre relation ? murmura-t-elle en se rendant dans sa salle de bains.

Elle alla se maquiller, releva ses cils d'un trait de mascara, atténua la pâleur de sa peau d'une touche de fard, et hésita devant un tube de rouge à lèvres.

Soudain, l'évidence s'imposa. Dépitée, Chloé avança son fauteuil jusqu'au salon pour téléphoner à Julius.

– Tu es prête ? questionna-t-il, je saute dans un taxi et je viens te chercher.

Chloé ne répondit pas.

– Si tu veux, poursuivit-il, après le spectacle nous irons dîner dans ce restaurant chinois que tu adores, il n'est pas très loin du Shubert Theater, nous pourrons même y aller à pied.

Et comme Chloé restait silencieuse, Julius finit par s'inquiéter.

– Quelque chose ne va pas ?

En effet, quelque chose n'allait pas.

Il fut désolé d'apprendre l'accident qui était arrivé à M. Rivera.

– Sale nouvelle, enfin pour lui surtout. Rien de trop grave, j'espère ?

– Je viens de te le dire, une jambe cassée.

– Un bon plâtre et il sera vite sur pied. Je comprends ton émotion mais tu ne peux pas laisser peser sur tes épaules tous les malheurs du monde.

– Je ne pense pas qu'une fracture du fémur entre dans la catégorie des malheurs du monde, répondit-elle sèchement. C'est à moi que je pensais. M. Rivera est notre liftier de nuit.

– Et alors ? demanda Julius.

– Alors sans lui pas d'ascenseur. Je peux descendre t'attendre dans le hall avant que Deepak ne termine son service, mais au retour, nous aurons un léger problème. Enfin… léger comme moi. Tu n'auras qu'à me porter dans tes bras.

Et là, ce fut Julius qui resta silencieux.

– J'arrête, ce serait trop d'efforts, même pour un prince charmant.

– Je n'ai rien dit.

– Je l'avais remarqué. Je te rembourserai ma place, ce n'est pas ta faute après tout.

– Qu'est-ce que tu racontes, tu n'as rien à me rembourser.

– De toute façon j'ai vu le film avec Streisand, je m'en moquais un peu de Bette Midler ; l'essentiel, c'est que toi tu ne la rates pas.

Schopenhauer réfléchissait.

– Je peux tenter d'échanger mes billets pour un autre soir.

– Tu m'as dit que c'était un miracle de les avoir obtenus. Tu me raconteras.

– Et ça va durer longtemps ce problème d'ascenseur ? Tu ne peux pas rester cloîtrée chez toi indéfiniment.

– Tu vas être en retard, nous discuterons de mes problèmes d'intendance un autre jour.

– Je ne peux rien faire d'autre ?

– Me dire comment tu es habillé.

– Tu vas te moquer de moi, j'ai sorti ce vieux smoking d'occasion... pour l'occasion. Et si je passais te voir après le spectacle ?

– Bonne soirée, Julius, dit-elle avant de raccrocher.

Chloé regagna sa chambre et ôta sa robe.

M. Bronstein attendait dans l'entrée, il rentrouvrit la porte palière et la fit volontairement claquer.

– Je suis là, cria-t-il.

Il était là depuis un bon moment. Il rejoignit Chloé et la trouva à la fenêtre.

– Tu n'en as pas marre d'observer cette avenue ?

— Il n'y a rien de passionnant à la télévision ce soir, répondit-elle.

Le professeur s'approcha de sa fille.

— N'ajoute rien, papa.

— J'irai voir M. Groomlat dès demain, cette situation ne peut pas durer.

— Je peux passer quelques soirées à la maison sans que ce soit un drame.

— Tu as raison, je n'ai rien à ajouter, même si je n'en pense pas moins. Je vais nous préparer à dîner.

Chloé se retourna vers lui.

— Et tu penses quoi exactement ?

*

M. Groomlat passait une sale matinée. Au point de regretter d'avoir brigué le poste de président de la copropriété. Comme Mme Collins refusait de lui vendre le bureau qu'il louait au 1er étage, il avait installé son pouvoir en prenant le contrôle de la gestion de l'immeuble. Jusqu'à ce jour, il n'avait pas eu à s'en plaindre. Il en retirait des honoraires consistants pour une peine qui n'était pas bien grande. Mais là, c'était le pompon. Les uns après les autres, les propriétaires étaient venus toquer à sa porte, sans avoir eu l'élémentaire courtoisie de prendre rendez-vous. Et tous pour lui assener la même rengaine : quand trouverait-on un remplaçant à M. Rivera ?

Mme Clerc la première, dont le chien avait de l'arthrose ; puis le professeur Bronstein, qui s'était plaint que sa fille soit prisonnière le soir ; les Williams, inquiets pour la réception qu'ils devaient donner la semaine suivante… comment allaient monter leurs précieux invités ? Et enfin Mme Zeldoff, venue le prier de trouver une solution au plus vite. Qu'elle aille brûler un cierge et lui fiche la paix.

Joindre quelqu'un au syndicat des liftiers semblait plus difficile qu'à la Sécurité sociale. Il avait déjà laissé trois messages. Qui de nos jours avait encore un répondeur ?… et leurs bureaux se trouvaient dans un quartier où M. Groomlat ne mettrait pas les pieds. Comme s'il avait le temps d'aller se perdre au fin fond de Brooklyn. Pour qu'on ne vienne pas lui faire de reproches, il posterait un courrier recommandé dans l'après-midi, à moins que…, songea-t-il en quittant précipitamment son bureau. Il appela l'ascenseur et Deepak apparut presque aussitôt.

— Bonjour monsieur, dit-il en ouvrant la grille.

— Nous nous sommes déjà salués ce matin.

— Vous ne descendez pas ?

— Non, j'ai juste une question à vous poser. Auriez-vous une connaissance susceptible de remplacer M. Rivera ?

— Hélas, il faut une expertise particulière.

— Et votre syndicat, à quoi sert-il alors ?

— À défendre nos intérêts, je suppose.

— Un de vos collègues à la retraite se réjouirait peut-être de reprendre un peu de service ?

– Possible, il faudrait le leur demander.

– C'est ce à quoi je m'évertue depuis des heures.

– Je comprends, soupira Deepak, vous souhaiteriez que je m'en charge.

– Ce serait bien aimable à vous... et dans votre intérêt.

– Je ferai de mon mieux, promit Deepak.

– Faites-le surtout immédiatement, je ne suis pas payé pour régler ce genre de contingences.

Groomlat rentra dans ses bureaux et Deepak redescendit dans le hall, agacé. Il n'avait pas attendu l'injonction du comptable pour agir. Et ses amis du syndicat avaient confirmé ses craintes. Avec la frénésie de constructions que connaissait la ville, même les portiers et concierges se faisaient rares, alors un liftier habilité à manœuvrer un ascenseur comme le sien, autant chercher une perle dans une coquille de moule. Et si le syndicat n'avait pas rappelé, c'était précisément parce que Deepak avait sollicité une petite faveur, même s'il était conscient que son stratagème, au mieux, retarderait l'inévitable. 862 kilomètres à gravir pour entrer dans le livre des records, ce n'était pas grand-chose à demander à la vie, d'autant que jusque-là il s'était toujours contenté de ce qu'elle lui avait offert.

Pour la forme, il patienta une heure avant de remonter voir le comptable. Il l'assura que le syndicat était au fait de la situation et faisait tout pour solutionner le problème, les recherches étaient en cours. En attendant, il prolongerait son service le soir. Afin de faciliter la vie de tout le monde.

– Vous vous arrangerez avec M. Rivera pour que vos heures supplémentaires viennent en déduction de son salaire. Les charges de cet immeuble sont déjà assez lourdes comme cela, vous le comprenez, j'espère.

– Vous n'aurez pas besoin de me les payer, répondit Deepak en s'en allant.

*

Sanji la reconnut de loin, à cause de la couverture rouge oblongue dont elle recouvrait ses hanches et qui semblait habiller la moitié de son corps.

Il s'installa sur un banc près d'elle et écouta le trompettiste jouer *St. Louis Blues*.

– Ce n'est pas moi qui vais initier la conversation à chacune de nos rencontres, finit par lâcher Chloé.

– Vous venez pourtant de le faire, répondit Sanji.

– Vous n'avez pas l'air dans votre assiette.

– Qu'est-ce qui vous fait dire ça ?

– Je suis thérapeute.

– Vous n'étiez pas actrice ?

– À New York, faire un seul métier est un luxe.

– Ce sont deux jolis métiers, même s'il est un peu triste que thérapeute en soit un. Plus les villes sont grandes, plus il est difficile de trouver une écoute attentive.

– Vous passiez par hasard ? demanda Chloé.

– Non, j'espérais vous revoir.

Elle se tourna vers le trompettiste.

– Quel menteur, c'est pour lui que vous êtes là.

– Je me demandais ce qu'aurait fait mon père à ma place, je guette un signe, dit-il en regardant à travers les branches du grand orme chinois.

– Vous pensez que les âmes errent dans les arbres ?

– Là-haut ou dans un autre monde.

– Et quelle question auriez-vous souhaité poser à votre père ?

– C'est compliqué.

– Ce qui est compliqué, c'est de formuler nos problèmes.

– Comme thérapeute, vous ne plaisantez pas !

– Ainsi, vous croyez aux signes, s'amusa Chloé.

– Et vous, qu'est-ce que vous faites ici ?

– J'aime regarder la vie autour de moi. Il fut un temps, pas si lointain d'ailleurs, où j'allais même me promener le soir dans des supermarchés. Attendez avant de vous moquer. On y croise toutes sortes de gens, des étudiants, les travailleurs de la nuit et beaucoup de personnes âgées qui fuient leur solitude.

– Vous n'avez plus l'air d'une étudiante et encore moins d'une personne âgée...

– C'était quoi ce rendez-vous près de la 28e Rue ? Vous aviez promis que si l'on se revoyait...

– Exact, j'avais promis... Un entretien avec des banquiers, j'ai créé une société qui a grandi et je dois l'aider à se développer encore plus.

– En résumé vous êtes un homme d'affaires.

– Un entrepreneur. Mes affaires vous intéressent vraiment ou vous m'interrogez par politesse ?

– Par politesse. Vos bureaux sont à New York ?

– À Mumbai, j'ai créé une sorte de Facebook indien, mais en beaucoup mieux, répondit Sanji avec fierté. Vous l'avez obtenu, ce rôle ?

– Oui.

– Un grand rôle ?

– Immense ! Je joue dix personnages.

– Le temps que vous passez au maquillage doit être interminable.

– Je joue sans fard, je suis une comédienne que les spectateurs ne voient pas.

– Comment ça ?

– J'enregistre des livres. La voix sans les images, le contraire du cinéma muet, mais j'y trouve une poésie semblable, pas vous ?

– Je n'ai encore jamais écouté un livre.

La grisaille avait envahi le ciel, une fine pluie se mit à courir sur les feuilles du grand orme chinois au-dessus de leurs têtes. Le trompettiste rangea son instrument dans une housse et s'en alla. Les gens se précipitèrent vers la sortie du parc. Sanji releva les yeux.

– Vous croyez que c'est un signe ?

– Vous lui avez posé une autre question ?

– Non.

– Alors c'est juste une pluie de printemps.

Il proposa de la raccompagner, mais Chloé assura qu'elle n'avait besoin d'aucune aide, elle serait au sec la première, lui dit-elle en le défiant. Avant que Sanji ne réagisse, elle était déjà à la grille. Elle lui adressa un au revoir de la main et disparut sur la 5e Avenue.

*

7.

M. Groomlat fouillait ses archives à la recherche d'une ancienne facture. Deux ans plus tôt, il avait proposé à la copropriété d'automatiser l'ascenseur. Le fabricant offrait alors un kit à un prix très raisonnable. Les émoluments des liftiers pesaient lourdement sur les charges, les éliminer aurait été un acte de bonne gestion, qu'il était convaincu de faire adopter aisément. Ce ne fut pas le cas. L'ascenseur à l'ancienne représentait un mode de vie auquel les occupants de l'immeuble étaient attachés. M. Bronstein s'opposa à ce que l'on congédie Deepak et M. Rivera après tant d'années de bons et loyaux services. On reparlerait de tout ça quand ils prendraient leur retraite. Mme Williams s'inquiéta du standing de l'immeuble, les Clerc de la disparition d'un charme indiscutable, Mme Collins était entrée dans une colère terrible, qui en avait surpris plus d'un, elle avait refusé d'en entendre davantage et avait quitté la réunion en claquant la porte. M. Morrison avait demandé qui appuierait sur les boutons quand les liftiers ne seraient plus là. Et comme personne n'avait pris la peine de lui répondre, il avait voté blanc. Les Zeldoff avaient compté les voix avant de se ranger à la majorité. La motion avait donc été rejetée.

Mais le comptable s'était gardé d'avouer qu'il avait pris la liberté d'acquérir le matériel. Il avait tenté d'annuler la commande, en vain, et avait habilement réparti le paiement dans les frais courants. Le kit avait été réceptionné par Deepak. Groomlat avait prétendu qu'il s'agissait d'un lot de pièces détachées acheté à bon prix, au cas où le moteur tomberait en panne, et lui avait ordonné de remiser les cartons au sous-sol.

L'accident de M. Rivera lui offrait une occasion inespérée. Il attendrait pour agir que les copropriétaires n'en puissent plus de grimper les escaliers. D'ici quelques jours, ce serait une véritable mutinerie. Il aurait enfin gain de cause et on le féliciterait d'avoir su anticiper ce problème.

Méticuleux, Groomlat préféra s'assurer que l'équipement était toujours à sa place. Il descendit au sous-sol en passant par l'escalier de service et gagna subrepticement la remise où les liftiers stockaient leur matériel d'entretien.

Il découvrit quantité de choses entreposées sur les étagères métalliques. En explorant le fond de la pièce, il aperçut enfin son bonheur sous une tuyauterie de chauffage. Deux grosses boîtes qu'il tira vers lui pour en vérifier le contenu. Le kit d'automatisation semblait en parfait état. Satisfait, il referma les cartons à la va-vite et les repoussa du pied avant de filer en catimini.

*

Les jours de pluie, les salissures de la rue souillaient les marbres de l'entrée. En fin d'après-midi, Deepak descendit au sous-sol chercher un seau et un balai-serpillière. Il s'arrêta sur le pas de la porte de sa remise, et chercha ce qui clochait. Ses yeux finirent par se poser sur deux cartons. Il devina qui les avait ouverts.

Le cœur gros, il remonta nettoyer son hall.

En bon gardien du temple, il resta fidèle au poste, attendant patiemment que tous les occupants soient rentrés chez eux.

À 20 h 30, Deepak enfila sa gabardine. Les trottoirs détrempés luisaient dans la nuit tombante. Il s'arrêta en chemin pour acheter une boîte de chocolats et se rendit au Beth Hospital. Il fit une moue dédaigneuse en appuyant sur le bouton de l'ascenseur, arpenta un couloir, interrogea une infirmière qui passait par là et frappa à la porte de la chambre de M. Rivera.

– Tu ne souffres pas trop ? s'inquiéta-t-il en observant la jambe en extension pendue à une poulie.

– Seulement quand je rigole, répondit Rivera.

Deepak posa les chocolats sur la table de nuit entre deux flacons d'antalgiques et un vieux magazine.

— Je nous ai mis dans de beaux draps, soupira Rivera.

— Je gère la situation, tu vois à quelle heure j'arrive.

— Les médecins m'ont dit que j'en avais pour deux mois.

— C'est un miracle que tu ne te sois pas tué dans ce fichu escalier, alors deux mois ce n'est pas si terrible.

Rivera soupira de nouveau.

— Quand ils sauront, ils voudront me virer.

— Ils sont tellement préoccupés à chercher quelqu'un pour te remplacer qu'ils se moquent bien des circonstances de ton accident, répondit Deepak.

— Si les assurances s'en mêlent, ils découvriront le pot aux roses.

— Je te dis de ne pas t'inquiéter ! J'ai inventé une histoire qui tient la route.

— Tu as tout de même une sale mine.

— Pour un type plâtré jusqu'à la hanche, tu ne manques pas d'humour.

S'ensuivit un nouveau silence. M. Rivera hésitait à poser la question qui le hantait.

— Elle est dans tous ses états, si tu veux le savoir, confia Deepak, mais elle finira par se calmer.

Rivera fit une grimace et renonça à se redresser dans son lit.

— Attends, je vais arranger tes oreillers.

— Ma femme aussi doit être dans tous ses états.

— J'irai lui rendre visite, promit Deepak.

— Comme si tu n'avais pas assez de soucis à cause de moi, et puis elle ne te reconnaîtra pas.

— Alors elle ne se rendra pas compte de ton absence.

— Tu sais, à bien y songer, je me demande si mon futur remplaçant ne devrait pas me remplacer pour de bon...

— De quoi te sens-tu coupable, imbécile ? Ton épouse erre dans un autre monde depuis dix ans, tu lui sacrifies chacun de tes moments libres. Tu as travaillé toute ta vie, et à ton âge, tu continues de mener une existence de forçat. Tu voudrais te crucifier pour avoir succombé à un peu de tendresse ?

— C'est que..., balbutia Rivera, je crois que c'est plus que de la tendresse.

— Du côté de Mme Collins ou du tien ?

— Des deux, j'espère.

Deepak fouilla la poche de sa gabardine et en sortit une édition de poche d'un roman policier qu'il posa sur le lit.

Rivera s'en empara, ses joues reprirent quelques couleurs, Deepak crut même le voir sourire.

Une aide-soignante entra dans la chambre et annonça sans ménagement que les heures de visite touchaient à leur fin.

Deepak se leva et enfila sa gabardine.

— Je reviendrai te voir demain, dit-il.

— Tu ne m'as toujours pas dit pourquoi tu tires cette tête de cent pieds de long.

— Le comptable est venu inspecter la réserve. Mais comme je te l'ai dit, je gère la situation, ils ne sont pas près de me confisquer mon rêve.

Il s'approcha du lit.

— Reprends des forces, je m'occupe de tout, assura-t-il en tapotant la main de son collègue.

Il piqua un chocolat dans la boîte et s'en alla.

*

Deepak avait décidé de se confier. S'il tardait trop, Lali le lui reprocherait. Mais partager ses inquiétudes sans alarmer sa femme ne serait pas chose facile. Le bonheur de son épouse passait avant son ascenseur et ses rêves d'exploits. À la fin du dîner, après lui avoir demandé comment s'était passée sa journée, il se contenta de poser une petite question anodine : y avait-il encore des ascenseurs manuels à Mumbai ?

Question qui, pour Lali, n'avait rien d'anodin.

*

Le jour où je suis rentrée à New York

J'ai refusé l'ambulance qu'on m'avait proposée, d'abord parce que je n'aime pas prendre la route. Petite fille, dès que nous montions dans la voiture de mon père pour aller faire des courses ou passer un après-midi de week-end à New York, la virée se transformait en calvaire, surtout pour mes parents. Je ne sais pas si c'était l'odeur du cuir, le balancement des suspensions, cette habitude de fixer le rétroviseur pour voir ce qui se passait derrière moi, mais je voyageais toujours avec une quantité impressionnante de sacs en papier que maman posait sur mes genoux avant le départ, et papa devait s'arrêter souvent pour s'en débarrasser au fur et à mesure que je les remplissais. À cinq ans, je ne voyageais plus qu'à jeun, et quand je criais ma soif, mes parents restaient totalement insensibles.

Jusqu'à mes treize ans, ils n'ont jamais osé me conduire à plus de cinquante kilomètres de la maison. Au moins leur divorce aura eu un avantage : maman a gardé la maison du Connecticut, c'est elle qui l'avait achetée, et papa et moi nous sommes installés à New York. Terminé la voiture ! Métro et bus allaient devenir les instruments d'une liberté quasi paradisiaque. Mais le mal des transports n'était pas la vraie raison de refuser cette ambulance pour rentrer chez moi : j'étais arrivée ici en train, avant... et étais bien résolue à en repartir de la même façon... après.

Dans la gare, comme dans le train, j'ai regretté cette bravoure. Plus de personnel hospitalier, plus d'inconnus venus me célébrer, seulement des voyageurs qui se retournaient sur mon fauteuil, interpellés par mes jambes auxquelles manquaient quarante centimètres et deux pieds. C'est beaucoup d'attention pour pas grand-chose. Quarante centimètres ne représentaient que 25 % de ma taille. J'en connais qui ont perdu plus de cheveux que ça, qui s'en émeut ? Franchement, qu'est-ce que le quart d'une personne ?

*

8.

Le réveil sonna à 5 h 15. D'ordinaire, Deepak ouvrait les yeux quelques minutes avant et l'éteignait pour préserver le sommeil de sa femme. Son ordinaire lui manquait cruellement. Et comme plus rien n'était ordinaire, Lali ne se trouvait pas auprès de lui.

– Tu es bien matinale, dit-il en la découvrant dans la cuisine.

– Je n'ai pas fermé l'œil de la nuit.

– Tu devrais consulter un médecin pour tes insomnies, suggéra-t-il en buvant son thé.

– Ce n'est pas d'un médecin que nous avons besoin mais d'un liftier.

– Écoute-moi bien, Lali. Nous avons survécu à pire et nous avons réussi à nous construire une petite vie. J'aurais aimé pouvoir t'en offrir une plus douce, plus confortable, mais j'ai fait de mon mieux. Si la retraite sonne plus tôt que prévu, nous survivrons encore, il faudra juste que nous soyons plus économes.

– Toi aussi écoute-moi bien. Je n'aurais pas voulu d'autre vie que la nôtre. Je n'ai pas du tout l'intention qu'elle change, et encore moins que tu changes. Alors nous allons trouver une solution, même si je dois assurer la relève de Rivera.

– Ne dis pas n'importe quoi.

– Qui connaît mieux que moi ton fichu Maharadjah Express, trente-neuf ans que tu m'en parles comme s'il s'agissait d'un enfant, je pourrais fredonner le ronronnement de son régulateur, le sifflement du contrepoids, imiter la sonnette, le grincement de la grille quand tu as oublié de la graisser. Je doute qu'il me faille beaucoup de temps pour savoir actionner une fichue manette.

– Ce n'est pas si simple, tu sais, répondit Deepak, un peu vexé.

Il repoussa sa chaise, embrassa Lali sur le front et attrapa sa gabardine.

– C'est même bien plus compliqué que tu ne le crois, ajouta-t-il avant de partir.

Mais en descendant l'escalier, il se sentit ému qu'elle ait songé à sacrifier ses nuits pour lui venir en aide.

Lali s'habilla plus élégamment que de coutume, s'observa dans le miroir, et quitta l'appartement peu après Deepak.

Elle s'engouffra dans le métro et en sortit à la station de Union Square. Les fermiers de la vallée de l'Hudson avaient envahi la place. Les étals de couleur florissaient sur le marché et les allées étaient encombrées de monde. Lali n'était pas là pour faire des courses, les prix pratiqués dans ce quartier étaient bien au-dessus de ses moyens.

Les poiriers de Chine versaient leurs pétales blancs sur les trottoirs de la 5e Avenue. Lali avait eu besoin de marcher pour mettre ses idées en ordre, trouver le ton juste et les mots appropriés avant d'arriver à destination.

Elle s'arrêta en face du numéro 12, emplit ses poumons pour se donner un peu de forces et entra dans l'immeuble, la tête haute.

Deepak refermait la portière du taxi qu'il avait arrêté pour Mme Williams. Aussitôt fait, il se précipita dans le hall.

– Qu'est-ce que tu fabriques ici ? Ne me dis pas que tu poursuis cette idée farfelue...

– En matière d'idées farfelues, tu serais bien malvenu de me faire la leçon. Je suis juste passée faire un tour dans ton bel ascenseur avant qu'il ne soit trop tard, tu ne vas quand même pas me le refuser.

Deepak hésita, mais il ne connaissait personne de plus têtu que sa femme.

– Un tour, mais pas plus ! grommela-t-il.

Lali mima le grincement de la grille lorsque Deepak la referma et imita le ronronnement du moteur quand la cabine s'éleva.

– Si c'est pour te moquer, ce n'était pas la peine...

– Tu n'oserais jamais parler comme ça à l'un de tes passagers, alors conduis-moi jusqu'au 8e étage, et en silence s'il te plaît. Je veux le même traitement que les autres.

– Très bien, un aller-retour au 8ᵉ et tu t'en vas, répondit-il d'un ton autoritaire.

Mais au 8ᵉ, Lali le pria d'ouvrir la grille et sortit sur le palier.

– Enfin, à quoi tu joues ? s'agaça Deepak.

– Je veux le grand jeu, un service de première classe, alors tu retournes au rez-de-chaussée, je te sonne et tu remontes me chercher avec la même déférence que si je possédais un appartement dans ton bel immeuble.

Deepak se demanda quelle mouche avait bien pu la piquer ; il referma la grille et l'ascenseur redescendit.

Il attendit quelques minutes dans le hall, s'étonna de ne pas entendre la sonnerie, et remonta, inquiet, jusqu'au 8ᵉ. Son inquiétude redoubla quand il constata que sa femme n'était plus sur le palier.

*

Chloé invita Lali à prendre place sur le canapé.

– Je nous prépare un thé, je reviens tout de suite, dit-elle.

Être servie dans un appartement luxueux lui paraissait si extraordinaire que Lali se laissa volontiers faire. Elle profita d'être seule un instant pour admirer la vue.

– C'est ma vigie, expliqua son hôte en revenant avec un plateau sur les genoux. En se mettant juste à l'angle de la fenêtre, on voit l'arche de Washington Square Park. Enfin, en ce qui vous concerne, il suffira de vous pencher un peu.

– Ce doit être merveilleux de vivre ainsi.

– En fauteuil ?

– Ce n'est pas ce que je voulais dire.

– Qu'y avait-il de si urgent ? La santé de M. Rivera s'est dégradée ?

– Non, il s'agit de quelqu'un d'autre.

– Deepak ?

– Votre comptable, au 1ᵉʳ étage.

Lali révéla l'existence du kit qui allait sonner le glas de la carrière de son époux. Elle ignorait ce qui l'avait poussée à venir voir la jeune femme. Elle avait toujours réussi à régler les problèmes et se sentait pour la première fois de sa vie démunie. Elle avait besoin d'une alliée dans la place, quelqu'un pour tempérer les ardeurs de M. Groomlat, en attendant de trouver une solution. En découvrant le projet du comptable, Chloé eut du mal à contenir sa colère.

– J'ignore encore comment, mais nous allons contrer ses plans, faites-moi confiance. Le balancer ne servirait à rien, il trouverait un moyen de se justifier. Il faut le discréditer. Ce ne doit pas être son premier coup tordu, je pourrais m'introduire discrètement chez lui et fouiller ses papiers.

– Discrètement, je ne vois pas bien comment.

– Votre mari a un double des clés.

– Deepak doit être tenu à l'écart. Il est d'une telle droiture…

Chloé circulait en fauteuil du canapé à la fenêtre et de la fenêtre au canapé.

– Moi aussi, je fais les cent pas quand je dois réfléchir, remarqua Lali, avant de se reprendre en disant qu'elle était désolée.

– Ce n'est pas grave. Je vais essayer de nous faire gagner quelques jours, je parlerai à mon père, il est toujours de bon conseil.

– Quoi que vous lui disiez, ne mêlez pas Deepak à cette histoire. S'il apprenait que je manigance dans son dos, il ne me le pardonnerait pas.

– Vous voulez passer par l'escalier de service ?

– Un accident suffit.

Chloé raccompagna Lali à la porte.

L'ascenseur arriva au 8e et Deepak offrit à son épouse une prestation à la hauteur de ses espérances. Il ne lui adressa pas la parole, ne posa même pas les yeux sur elle quand elle entra dans la cabine, la précéda dans le hall, toujours en silence, et l'escorta jusqu'au trottoir. Il la salua en soulevant sa casquette et retourna derrière son comptoir. À peine s'était-il assis que son portable vibra dans sa poche.

– Et 88 mètres de plus, dit-il en grimpant au 8e.

*

Sanji et Sam traversaient Times Square.

– Pour une fois que tu ne bâilles pas en réunion… Ton intervention a été assez convaincante, j'étais à deux doigts d'investir moi-même, s'exclama Sam.

– Deux doigts ne suffisent pas, répondit Sanji.

– Ne sois pas impatient, nous avons encore vingt investisseurs à rencontrer.

– Sam, je mène une course contre la montre, et si j'échoue, je perds tout.

Sam retint Sanji par le bras.

– Attends, j'ai peut-être une idée. Ce qui frcine nos investisseurs, c'est de placer leur argent en Inde. Pourquoi ne pas ouvrir une filiale en Amérique ?

– Parce que je manque cruellement de temps.

– Ici, c'est le temple du capitalisme, créer une société ne prendra que quelques jours, je peux m'en charger.

– Et qu'est-ce que ça coûterait ?

– Quelques frais d'avocats pour rédiger les statuts. Trois fois rien au regard de ce que nous pourrions obtenir en retour. Mais tu devras faire un apport financier, pour prouver que tu es le premier à y croire. Cinq cent mille dollars feront l'affaire, ça ne devrait pas te poser de problème ?

Sanji pensa à Chloé et, subitement, l'idée de créer un bureau à New York le ravit. Seul obstacle : si sa fortune était tangible, elle n'était pas liquide. Le seul moyen de disposer de la somme nécessaire était de l'emprunter en nantissant une part de ses actions du Mumbai Palace Hotel. Curieusement, déclencher les hostilités avec ses oncles ne lui posait désormais plus aucun problème.

– D'accord dit-il, j'appelle Mumbai tout de suite pour obtenir tes chiffres. Je vais charger une équipe de maquetter une interface destinée au marché américain, dans quelques heures nous saurons à quoi nous en tenir.

– Qu'est-ce que tu racontes, c'est la nuit en Inde…

Troublé par un effluve, Sanji se mit à humer l'air comme un rongeur à l'affût.

– Tu te prends pour un lapin ? À quoi tu joues, bon sang ? râla Sam.

Sanji se retourna, il avait repéré un vendeur ambulant.

– Mumbai ne dort jamais, suis-moi, tu vas découvrir quelque chose.

– Qu'est-ce que c'est ? demanda Sam, inquiet, quand le vendeur lui tendit un drôle de hamburger.

Entre les deux tranches de pain, la galette de viande avait fait place à une étrange friture recouverte d'une pâte orangée plus étrange encore.

– Si tu veux vivre un jour en Inde, commence par t'habituer à notre cuisine.

Sam mordit prudemment dans le bun, fit une moue étonnée en appréciant la saveur du *vada pav* et déglutit. Quatre secondes plus tard, ses yeux ruisselaient de larmes, son visage devint rouge écarlate. Il commanda une bouteille d'eau qu'il but d'un trait.

– Ça mon vieux, tu me le paieras, dit-il en suffoquant.

*

Le patron du restaurant Chez Claudette accueillit les Bronstein à bras ouverts.

Il se pencha pour embrasser Chloé et se plaça derrière elle. M. Bronstein ne comprenait pas pourquoi Claude était le seul autorisé à pousser son fauteuil.

— Votre table est prête, s'écria le restaurateur avant de leur recommander sa bouillabaisse. Une merveille, ajouta-t-il.

— Alors deux bouillabaisses, répondit le professeur.

Chloé raconta sa journée, la visite de Lali, et avoua être à court d'idées pour contrer les projets de Groomlat.

— Qu'il ait acheté le matériel dans notre dos est inexcusable, protesta son père, mais l'installer te rendrait ta liberté.

— Tu ne peux pas penser cela, pas toi ! s'emporta Chloé, et le sort de Deepak et de M. Rivera ?

— Ce n'est pas moi mais nos voisins qui raisonneront ainsi. Je m'y opposerai, bien sûr, mais nous ne représentons qu'une voix sur huit.

— Faux, Mme Collins sera de notre côté, et c'est elle qui possède les bureaux du 1er étage, ce qui nous fait déjà trois voix. Il suffirait de convaincre un seul propriétaire pour obtenir le statu quo.

— Nous pourrions tenter de rallier M. Morrison à notre cause, tout dépendra de son alcoolémie au moment de la réunion.

– Quelle réunion ? s'inquiéta Chloé.

– Je ne voulais pas te contrarier davantage, mais Groomlat a convoqué une assemblée extraordinaire, j'ai reçu un mail collectif dans lequel il nous informe avoir trouvé une solution au problème de l'ascenseur – maintenant je comprends mieux...

– Quand ?

– Demain, à 17 heures.

À la fin du dîner, Chloé demanda l'addition mais Claude refusa comme chaque fois et raccompagna ses hôtes à la porte.

– Pourquoi êtes-vous si généreux avec nous ? insista Chloé.

– Je ne suis pas généreux, je suis reconnaissant. Votre père ne vous a jamais raconté ? Quand j'ai ouvert mon restaurant, la clientèle de ce quartier huppé ricanait en douce et me donnait trois mois avant de mettre la clé sous la porte. Ils n'avaient pas tort. Les premiers jours passés, les curieux ne sont pas revenus. Si vous saviez le nombre de soirs où nous n'avons servi qu'une poignée de clients. Mais M. Bronstein était fidèle, il me complimentait, m'encourageait à tenir bon, et il a eu une idée lumineuse.

– Je lui ai suggéré de mettre en application la loi de l'offre et de la demande, enchaîna le professeur. Refuser toutes les réservations pendant une semaine, en prétendant que le restaurant était complet jusqu'au lundi suivant.

– Et le lundi suivant, la salle était pleine aux trois quarts, ce qui est beaucoup pour un lundi soir. La rumeur courait qu'il était devenu impossible d'obtenir une table chez Claudette. Juste ce qu'il fallait pour que tout le monde veuille sa place. Dix ans plus tard, nous sommes encore pleins, sauf les lundis. Alors vous serez toujours mes invités.

*

Cette nuit-là, le sommeil se fit rare. La pleine lune en était peut-être la cause.

Chloé répéta son texte jusqu'au petit matin, allant de temps à autre à la fenêtre pour observer la rue. En fin de soirée, elle avait été interrompue par un appel de Julius qui voulait prendre de ses nouvelles.

M. Williams passa une partie de la nuit à rédiger sa chronique. Mme Williams devait remettre les dernières planches de son album avant la fin de la semaine, et dessina dans son bureau.

Les Clerc, après avoir fait l'amour, récupéraient des forces devant la télévision.

Mme Collins emporta son perroquet dans sa cuisine, elle lui fit la lecture d'un roman policier à voix haute et éclata en sanglots quand le policier se tordit la cheville en poursuivant un voleur.

M. Morrison arrosa un opéra de Mozart d'une bouteille de Macallan et ce jusqu'à 5 heures du matin, heure à laquelle il s'effondra sur son tapis persan.

Les Zeldoff s'étaient disputés, M. Zeldoff broyait du noir sur le canapé du salon, le bruit de la rue l'empêchait de fermer l'œil. Son épouse récitait des psaumes dans son lit pour se faire pardonner d'avoir proféré des grossièretés.

M. Rivera lut une bonne partie de la nuit. Le flacon de calmants posé sur la table de chevet était hors de sa portée. Il renonça à tirer sur le cordon de la sonnette, l'infirmière de son roman ayant empoisonné son patient.

Au 225 East 118ᵉ Rue, Sanji, assis derrière le bureau de fortune que sa tante avait installé dans la chambre bleue, conversait par Skype avec ses informaticiens à Mumbai, recopiant des projections chiffrées sur son ordinateur portable.

Blotti contre sa femme, Deepak était le seul à se moquer de la pleine lune, il ronflait comme un loir, mais plus pour très longtemps.

*

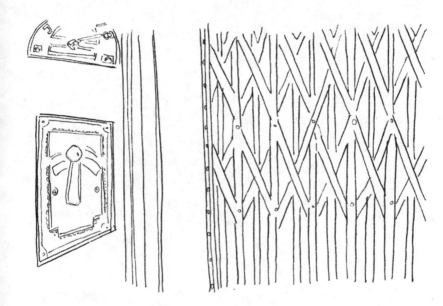

9.

– Quelle heure est-il ? grommela Deepak en se frottant les yeux.

– L'heure de dire à ton épouse qu'elle est une femme remarquable.

Deepak attrapa ses lunettes et se redressa pour observer Lali.

– Et ça ne pouvait pas attendre que mon réveil sonne ?

– J'en ai assez de me retourner dans ce lit, lève-toi, il faut qu'on parle. Je vais nous préparer un thé.

Deepak se demanda si sa femme n'était pas en train de perdre la boule.

– Il est 4 heures du matin et je n'ai aucune envie d'un thé, protesta-t-il. Je sais depuis long-temps que tu es une femme exceptionnelle. Je te serai éternellement reconnaissant d'avoir fait de moi ton mari. Maintenant que c'est dit, puis-je finir ma nuit, pour le peu qu'il en reste ?

– Pas question, tu vas m'écouter, j'ai trouvé la solution à nos problèmes.

— Tu ne vas pas recommencer avec ton projet saugrenu de devenir liftière de nuit ?

— Moi non, mais je sais qui pourrait remplacer M. Rivera.

Deepak se pencha pour regarder sous le lit, souleva son oreiller, alla tirer les rideaux avant de les refermer.

— Qu'est-ce que tu fabriques ? questionna Lali.

— Eh bien puisque tu as trouvé notre sauveur en te retournant dans notre lit, c'est qu'il ne doit pas être très loin, alors je cherche.

— C'est vraiment le moment de faire l'imbécile !

— Tu m'as répété cent fois que c'est mon humour qui t'avait séduite, moi qui croyais que c'était mon coup de batte au cricket...

— Très bien, tu veux faire le mariole ? Alors cherche mieux que ça, tu as raison, il n'est pas très loin !

— C'est bien ce que je craignais, soupira Deepak, tu as perdu la tête.

— Trouver un liftier qualifié et syndiqué pour satisfaire aux exigences des compagnies d'assurances, c'est bien ce que tu m'as expliqué ?

— Exact, mais je ne t'ai jamais expliqué cela, s'étonna Deepak.

— Ce qui prouve que je suis encore plus intelligente que tu ne le penses !

— Et moi un idiot, car je ne vois pas où tu veux en venir.

— Sanji !

— Toujours pas !

Une fille comme elle

– Tu raconteras à tes amis du syndicat que ton neveu est un liftier expérimenté à Mumbai, ils n'auront qu'à lui fournir une convention de stage. Après toutes ces années de cotisations, qu'ils se rendent utiles pour une fois. Et ce satané comptable ne pourra rien objecter à cela.

– Je comprends maintenant ce que tu es allée faire au 8e étage… c'était très généreux de ta part et je t'en suis aussi reconnaissant, mais il y a un petit détail qui cloche dans ton plan.

– Ce plan est absolument parfait ! s'indigna Lali.

– Ton neveu n'est pas du tout qualifié !

– Il travaille dans la high-tech, tu ne penses pas que conduire un ascenseur soit à la hauteur de ses compétences ? À moins que ce soit toi qui ne te sentes pas à la hauteur d'être son professeur ! Enseigner ton savoir est un devoir que tu aurais dû t'imposer depuis longtemps, nous ne serions pas dans ce pétrin.

En parlant de devoir, Lali avait fait mouche. Deepak se vexa, ce dont elle se fichait éperdument… car c'était précisément l'effet qu'elle escomptait.

– Supposons que je le forme, reprit-il, sentencieux. Admettons que mes collègues du syndicat acceptent cette supercherie, qui te dit qu'il sera d'accord ? À moins que tu n'aies déjà tout comploté dans mon dos.

– Je sais comment le convaincre.

– Je te parie le contraire, et nous en reparlerons quand ce sera fait, répondit Deepak.

Il ôta ses lunettes, éteignit la lumière et enfouit sa tête dans l'oreiller.

*

Sanji ouvrit les yeux et attrapa son téléphone. Il avait travaillé si tard que la lumière du jour ne l'avait pas réveillé. Il se leva d'un bond, se rua dans la salle de bains et en sortit quelques instants plus tard, vêtu d'un costume élégant. Pour faire plaisir à Sam, il avait même noué une cravate.

— À quoi tient la crédibilité dans ce pays... et c'est moi qui suis malade ! râla-t-il devant le miroir.

Il appela une voiture depuis son smartphone et se dirigea vers l'entrée.

— Tu es d'un chic, s'exclama Lali. On dirait un banquier !

— C'est pour en rencontrer un que je suis accoutré ainsi.

— Tu veux bien déjeuner avec moi ?

— J'ai une grosse journée aujourd'hui, une autre fois ?

— C'est urgent, il faut que je te parle, supplia-t-elle.

Sanji observa sa tante. Ne pas lui donner de son temps aurait été un manque de respect.

— Bon, je vais me débrouiller. Je dois filer, retrouve-moi vers 17 heures à Washington Square Park, sur l'un des bancs près de ce type qui joue de la trompette.

– Quel type ?

– Tu le reconnaîtras, cria Sanji en dévalant l'escalier.

*

Sam trépignait d'impatience, Sanji entra dans son bureau en s'excusant.

– C'est une tradition, en Inde, d'être toujours en retard ?

– À Mumbai, oui. Avec la circulation, être à l'heure signifie arriver dans l'heure…, répondit Sanji.

– On est à New York !

– Et comme en Inde nous ne dormons jamais, j'ai tes chiffres, j'ai passé la nuit dessus.

– Alors dépêchons-nous, notre client nous attend, c'est lui qu'il faut convaincre.

Sanji passa la journée à plaider son dossier. De l'East River, le soleil grimpa au-dessus de la 5e Avenue et déclina vers l'Hudson River.

À 16 h 45, M. Bronstein, qui avait abrégé son cours, rentra chez lui en traversant Washington Square Park.

Au même moment, Lali y pénétra par la porte opposée, la musique guida ses pas.

À 17 heures, Sanji quitta Sam, exténué, mais pour la première fois optimiste. Rien n'était acquis, néanmoins Sam se voyait déjà diriger les finances d'un empire indo-américain qui rendrait verts de jalousie les oncles de Sanji.

À 17 h 5, Deepak conduisit M. Bronstein au 1er étage. Tous les voisins l'attendaient dans le bureau de M. Groomlat pour ouvrir l'assemblée, à l'exception de Mme Collins qui lui avait donné pouvoir de voter contre ce que proposerait le comptable.

À 17 h 10, Sanji marchait dans les allées de Washington Square Park. Il jeta sa cravate dans la première corbeille venue.

Lali l'attendait sur un banc.

— Me voici, souffla-t-il en prenant place à côté d'elle. Désolé pour le retard.

Le regard de Lali était posé sur le chapeau du trompettiste posé au sol.

— Mon frère a continué la clarinette ?

— Toute sa vie.

— Ce qu'il pouvait me rebattre les oreilles avec son jazz quand nous étions jeunes. Il m'arrive parfois d'en écouter, cela ravive les souvenirs.

— De bons souvenirs ?

— Quand je me regarde dans le miroir, ce n'est pas moi que je vois. Je reste cette jeune fille qui marchait dans les rues de Mumbai. J'aimais tellement braver les interdits, être libre.

— La vie était si dure que cela ?

— Elle était difficile. Elle l'est toujours quand on se sent différent.

— Tu n'as jamais songé à revenir ?

— J'en ai rêvé chaque jour et j'en rêve encore, mais il fut un temps où c'était trop risqué pour Deepak.

– À ce point ? Vous auriez pu venir passer des vacances.

– Pour retrouver quoi ? Des portes fermées ? Une famille qui aurait refusé de me voir et de connaître l'homme que j'aime ? Perdre ses parents est une épreuve cruelle, mais c'est dans l'ordre des choses. Lorsqu'ils vous renient, c'est bien plus que de la cruauté. Comment le respect des traditions peut-il supplanter l'amour filial ? Ma jeunesse a été un sanctuaire. L'obscurantisme n'est que haine, et la religion un prétexte pour l'absoudre.

– Je crois savoir de quoi tu parles.

– Tu n'en sais rien du tout. Tu es un homme, et d'une caste supérieure, tu es libre. Mon père m'a chassée parce qu'il avait honte de sa propre fille et mes frères l'ont laissé faire. Nous avons tout de même un point en commun. Toi et moi formons la seule famille qui nous reste.

– Il y a quelques jours, nous ne nous connaissions pas.

– Oh, je pense que tu me connaissais bien plus que tu ne le prétends. Ce n'est pas un hasard qui nous a fait nous rencontrer. Lorsque tu as eu besoin d'un soutien familial, tu t'es tourné vers moi, car tu savais que j'étais la seule qui te viendrait en aide, n'est-ce pas ?

– Probablement…

– Je suis contente de te l'entendre dire, car à mon tour j'ai besoin que tu me rendes un petit service.

– Tout ce que tu voudras.

– À la bonne heure ! Tu es au courant que le collègue de Deepak s'est brisé la jambe, eh bien son accident n'est pas sans conséquences pour nous. Ses employeurs veulent tirer profit de cette situation pour automatiser l'ascenseur.

Sanji avait beau réfléchir, il ne voyait pas en quoi ça le concernait.

– J'espère qu'après toutes ses années de service, ils vont dédommager Deepak, répondit-il.

– Plus les gens sont fortunés, plus ils sont radins, c'est peut-être pour cela qu'ils sont fortunés d'ailleurs. Mais pour Deepak, ce n'est pas une question d'argent, c'est sa fierté et sa vie qui sont en jeu.

– En quoi son honneur est-il en cause ? Ce n'est pas sa faute.

– Deepak était un joueur de cricket exceptionnel, l'équipe nationale avait des vues sur lui. Une carrière professionnelle l'attendait, un sésame pour triompher des barrières sociales, être admiré de tous. Mais nous avons dû fuir. De sportif de haut niveau, il s'est retrouvé liftier dans une ville étrangère. Tu imagines par quoi il est passé ? Alors pour préserver sa dignité, ton oncle s'est mis en tête d'accomplir un exploit.

– Au cricket ?

– Plutôt du genre alpiniste, parcourir trois mille fois la hauteur du mont Nanda Devi à bord de son fichu ascenseur, et il s'accroche à cette chimère depuis trente-neuf ans. Seulement, ses employeurs veulent l'en priver, alors qu'il était près d'atteindre son but, et je ne peux pas les laisser faire.

– Pourquoi trois mille fois le Nanda Devi ?

– Et pourquoi pas !

Sanji regarda sa tante, passant de l'amusement à la surprise en constatant qu'elle était on ne peut plus sérieuse.

– Et comment pourrais-je l'aider à grimper trois mille fois le mont Nanda Devi ? Je tiens à préciser tout de suite que j'ai le vertige sur un escabeau.

– En remplaçant M. Rivera pendant quelque temps.

Le trompettiste acheva son morceau, rangea son instrument et ramassa les pièces que des passants de bonne volonté avaient jetées dans son chapeau.

– Lali, je ne t'ai pas tout dit. Je dirige une entreprise à Mumbai. Je suis responsable de plus d'une centaine d'employés. Si je suis venu à New York, c'est pour faire prospérer mes affaires.

– Et tu es un homme trop important pour être liftier quelque temps, c'est cela ?

– Ce n'est pas ce que j'ai voulu dire.

– C'est exactement ce que tu viens de dire.

– Je ne suis pas trop important, mais trop occupé.

– Tes occupations sont donc plus importantes que de venir en aide à ta famille.

– Ne joue pas sur les mots, mets-toi à ma place. Comment pourrais-je mener mes affaires en travaillant la nuit dans un ascenseur ?

— Permets-moi de te poser une question. Que sais-tu de tes employés ? Tu connais leurs épouses, le prénom de leurs enfants, la date de leurs anniversaires, leurs habitudes, leurs joies et leurs peines ?

— Comment le pourrais-je ? Ils sont plus de cent, je te l'ai dit.

— Alors du haut de ton piédestal tu ne vois pas grand-chose. Deepak, lui, sait tout de la vie des habitants de son immeuble. La plupart d'entre eux le considèrent comme un simple homme à tout faire, mais il veille sur leur quotidien, il les connaît peut-être mieux qu'ils ne se connaissent eux-mêmes, il les protège. Deepak est un passeur. Qu'est-ce que tu es, toi ?

— Je ne remets pas en cause les qualités humaines de ton mari, et si je t'ai donné cette impression je m'en excuse.

— Accorde-moi encore une minute, demanda Lali en plongeant la main dans son sac.

Elle prit une pièce de vingt-cinq cents dans son porte-monnaie, et la posa au creux de la main de Sanji avant de lui refermer les doigts.

— Retourne ta main et ouvre-la, ordonna-t-elle.

Sanji fit ce qu'elle lui demandait et la pièce tomba à ses pieds.

— C'est ce qu'il adviendra de ta fortune le jour où tu mourras.

Sur ces mots, elle s'en alla.

Troublé, Sanji ramassa la pièce. Il releva les yeux vers les feuilles du grand orme chinois, plus troublé encore, et courut derrière sa tante.

– Combien de nuits ? questionna-t-il.

– Quelques semaines.

– Je n'ai pas prévu de rester si longtemps à New York.

– Si tu le veux, tu le peux, à moins qu'un homme aussi important que toi ne jouisse pas de sa liberté.

– Sans vouloir te manquer de respect, tu es une sacrée manipulatrice.

– Je te remercie de ce compliment, tu crois que tu es tombé de quel arbre ? Alors, c'est oui ou c'est non ?

– Dix nuits, après cela tu devras trouver quelqu'un d'autre.

– Je ferai de mon mieux.

– Un simple merci aurait suffi.

– C'est toi qui me remercieras, je suis convaincue que cette expérience te sera bénéfique.

– Je ne vois vraiment pas comment.

– Tu n'as pas inventé un système pour réunir les gens ?

– Comment le sais-tu ?

– Je t'ai goualisé.

– Tu m'as quoi ?

– J'ai allumé un ordinateur et j'ai cherché des informations sur toi, pour un homme qui prétend être dans la high-tech, si tu ne sais pas ce qu'est goualiser, tu m'inquiètes !

– Googlisé !

– C'est ce que je viens de dire ! Toi qui as pour ambition d'unir les gens, voilà l'occasion d'apprendre à les connaître. Passe voir Deepak, tu as quelques jours devant toi pour qu'il te forme. Dès que nous aurons ta convention de stage, tout sera en règle et tu pourras commencer ton service.

– Quelle convention de stage ? s'inquiéta Sanji.

Lali l'embrassa sur le front et partit en serrant son sac contre elle.

*

Le jour où je suis rentrée à la maison

En descendant du train à Penn Station, j'ai renoncé
au métro. Ce métro new-yorkais que j'avais tant chéri en
débarquant de mon Connecticut me fichait maintenant
une peur bleue. Les rames sont toujours bondées et je
craignais d'étouffer dans la foule.

Je dois apprendre à vivre à une autre altitude, mon
horizon est désormais fixé sur le torse des gens qui cir-
culent autour de moi. Comment leur en vouloir de me
bousculer ? Étrangement, ceux qui ont les yeux rivés sur
leur portable sont les moins dangereux, ils marchent tête
baissée et j'apparais dans leur champ de vision.

Deepak m'attendait sur le trottoir. Fidèle à lui-même,
il a ouvert la portière du taxi, même son « Bonjour
mademoiselle Chloé » ne dérogeait pas à ses habitudes.
Papa m'a tendu ma planchette, il est allé récupérer
le fauteuil dans le coffre, et après l'avoir déplié, l'a
approché de moi du mieux qu'il le pouvait. J'ai effectué
ma petite glissade, sous le regard impassible de Deepak,
qui faisait comme si tout cela était normal.

« *Ils sont heureux de vous savoir rentrée à la maison* », a murmuré Deepak. Je n'ai pas tout de suite compris, mais quand il a relevé la tête, j'ai suivi son regard. Mes voisins étaient à leurs fenêtres, les Williams, les Clerc, les Zeldoff, M. Groomlat, et même M. Morrison.

Mme Collins m'attendait dans le hall, toujours aussi joyeuse. Elle m'a prise dans ses bras et m'a embrassée. Papa voulait monter éclairer l'appartement avant mon arrivée. Deepak l'a conduit et Mme Collins a proposé de rester avec moi. Elle était silencieuse, mais quand nous avons entendu l'ascenseur redescendre, elle m'a soufflé dans le creux de l'oreille que j'étais sacrément belle, comme un secret qui devait rester entre nous, et elle avait l'air si sincère que je l'ai crue.

Deepak a agrippé mes poignées, il fallait que je m'habitue à cette idée, je n'avais plus de pieds, maintenant, j'avais des poignées. C'est une notion qui a beaucoup d'importance, et dans quelques instants, je devrais à Deepak de me le faire comprendre. Nous avons déposé Mme Collins au 5e étage. Au 6e, j'ai vu Deepak pleurer. Je lui ai pris la main, ce geste que je m'autorisais parfois petite fille m'est revenu naturellement, peut-être que la différence de hauteur entre nous dans cette cabine y était pour quelque chose. Je lui ai dit que la journée avait eu son trop-plein de larmes. Il s'est essuyé les paupières, et m'a juré que cela ne se reproduirait jamais. Et quand nous sommes arrivés à hauteur du palier, il n'a pas poussé mon fauteuil. Il est resté devant sa manette et m'a dit : « Dans le hall, c'était aussi la dernière fois. Vous n'avez besoin ni de moi ni de personne, filez, je n'ai pas que ça à faire. »

Je suis sortie de l'ascenseur, Deepak m'a saluée, et la dignité de son regard m'a fait comprendre que j'étais une femme à part entière. Plus personne ne toucherait aux poignées de mon fauteuil. Avant 14 h 50, me prendre par la main n'était pas anodin, seuls Julius et mon père pouvaient le faire.

*

10.

Deepak avait reconduit les propriétaires chez eux après la réunion qui s'était tenue chez Groomlat. Il avait appris depuis longtemps à décrypter l'expression de leurs visages. L'empathie dans le regard des Clerc quand il les avait montés au 6ᵉ, l'air contrit de Mme Zeldoff, le silence de M. Morrison, en disaient aussi long que la mine déconfite du professeur.

On sonna à la porte de l'immeuble. Deepak salua M. Bronstein et descendit au rez-de-chaussée.

*

Chloé attendait son père dans le salon.

– Morrison a fait basculer le vote, Mme Zeldoff lui a fait comprendre avec beaucoup de diplomatie qu'il saurait appuyer sur un bouton, même ivre mort.

– C'est cette grenouille de bénitier qui a fait basculer le vote ?

– Les Clerc se sont aussi laissé convaincre. Si le mécanisme n'avait pas déjà été acheté, j'aurais eu gain de cause, mais là, je n'ai rien pu opposer à leur besoin de retrouver leur liberté.

– Leur liberté ? s'emporta Chloé. Ils ne manquent pas d'air !

– Il semblerait que si, après avoir monté les marches.

– Et personne n'a fait de reproche à Groomlat ?

– Ça n'a pas été facile, mais j'ai obtenu qu'on verse un an de salaire à Deepak et à M. Rivera. Ce qui ne va pas arranger nos finances. Groomlat a exigé que nous payions un complément de charges pour financer ces dépenses exceptionnelles. Je ne sais même pas où je vais trouver l'argent. Et ne t'avise pas d'aller en demander à ta mère.

– En résumé, non seulement notre comptable ruine la vie de Deepak et de M. Rivera, mais également la nôtre, c'est épatant !

– J'ai fait de mon mieux. Je vais repartir pour une tournée de conférences, cela ne me réjouit pas de te laisser seule, mais je n'ai pas le choix.

Chloé interrogea son père : combien de temps restait-il avant que leur immeuble ne soit plus comme avant ?

– Il ne changera peut-être pas tant que ça, sourit tristement le professeur.

– Pourtant c'est bien ce que l'on dira chaque fois qu'on entrera dans l'ascenseur : « Ce n'est plus comme avant... quand Deepak ou M. Rivera étaient là. »

– Oui, probablement, acquiesça M. Bronstein, mais il nous reste encore quelques jours pour en profiter.

La lumière avait faibli dans le salon, le ciel s'était assombri. Par la fenêtre ouverte, on entendait le vent bruisser dans les arbres.

– Je dois retourner à l'université, et je vais me payer une sacrée averse, se plaignit M. Bronstein.

Chloé alla fermer la fenêtre. Des gouttes larges comme des piécettes éclatèrent sur le trottoir, un livreur de l'épicerie fine Citarella courait en poussant un chariot rempli de sacs de provisions, un homme en costume sombre disparut sous son parapluie, un concierge en uniforme se réfugia sous l'auvent de son immeuble, une nourrice entraîna une poussette élégante dans une course folle. Les bourrasques agitaient les branches des platanes, faisaient virevolter les feuilles, emportant le journal qu'une femme avait déplié sur sa tête. À travers la vitre chamarrée par la pluie, la 5e Avenue ressemblait à un tableau de Turner.

– Je crains que ton vieil imperméable ne soit pas de taille à lutter contre un tel orage, tes élèves vont se moquer de toi.

– Mes élèves se moquent toujours de mon apparence, répondit le professeur en attrapant ses clés dans la coupelle de l'entrée.

Chloé remarqua à peine son départ. Elle enrageait à l'idée que son père aille user sa santé à parcourir le pays sous les chaleurs torrides d'été pendant que Groomlat se prélasserait dans son bureau climatisé. Une idée lui traversa l'esprit, elle se rua sur son ordinateur et commença ses recherches.

*

Sanji attendait derrière la porte en fer forgé, trempé des pieds à la tête.

— Te voilà dans un bel état, soupira son oncle en lui ouvrant. Je veux bien t'abriter dans mon hall, mais je te prierai d'aller t'égoutter sur le paillasson.

— Je ne suis pas venu pour m'abriter, Lali ne vous a rien dit ?

— Si, mais… je ne pensais pas que tu accepterais.

— De rien, bougonna Sanji.

— En même temps, elle ne t'a pas laissé le choix ! Bon, suis-moi.

Deepak précéda son neveu jusqu'à la remise, et ouvrit le placard de M. Rivera. Il n'y trouva que sa tenue de ville.

— Évidemment ! Je m'arrangerai pour t'en trouver un autre.

— Un autre quoi ?

Deepak attrapa une serviette et la tendit à Sanji.

– Sèche-toi, et commençons la visite.

– Je vais devoir m'habiller comme vous ?

– Tu ne portais pas d'uniforme quand tu étais à l'école ?

– Si, mais j'ai grandi depuis.

– Tu auras plus d'allure que tu n'en as maintenant. Comme tu peux le constater, les produits d'entretien sont entreposés dans cette réserve. S'il pleut, comme aujourd'hui, tu descendras chercher de quoi nettoyer les marbres du hall.

– De mieux en mieux !

– Tu disais quelque chose ?

– Non, rien, continuons.

De retour au rez-de-chaussée, Deepak expliqua qu'il n'était permis de s'asseoir derrière le comptoir que lorsque le hall était vide, jamais en présence d'un visiteur et encore moins d'un occupant, et il fallait verrouiller la porte de l'immeuble chaque fois qu'on s'absentait.

– Dans le temps, il y avait un concierge, mais son poste coûtait trop cher, ils l'ont supprimé. Tu distingueras rapidement les timbres des deux sonnettes, celle de l'entrée et celle de l'ascenseur.

– Et si je me trouve dans les étages ?

– C'est pour cela que tu ne dois pas traîner, tu montes et redescends aussitôt. Le soir, il est rare que deux propriétaires aient besoin de nos services au même moment, et hormis les coursiers qui viennent parfois leur porter à dîner, c'est plutôt tranquille. Évidemment, les choses se compliquent quand les Williams reçoivent. Les Clerc sortent rarement, et les Zeldoff n'invitent jamais personne. M. Morrison rentre toujours vers minuit, tu devras veiller sur lui, à cette heure-là il n'est plus en état de mettre une clé dans une serrure, et surtout n'engage pas la conversation, sinon tu es bon pour un lumbago.

– Quel rapport ?

– Si tu traînes, il roupillera dans la cabine et tu n'auras plus qu'à le porter jusqu'à son lit. Crois-moi, il est aussi lourd physiquement qu'intellec-tuellement.

Deepak s'arrêta devant l'ascenseur pour expliquer à Sanji les trois règles d'or de son métier. Puis il ouvrit la grille et le pria d'entrer.

– Cette manette est un commutateur. Quand tu la pousses vers la droite, la cabine monte, vers la gauche elle descend. Le moteur n'a pas été équipé d'un système d'ajustement aux paliers. C'est donc à toi qu'il revient de nous poser en douceur et parfaitement à niveau. Pour ce, tu devras ramener la manette au point mort à environ un mètre de ton point d'arrivée, et la repousser aussitôt d'un cran, un petit cran seulement, et, au tout dernier moment, à nouveau au point mort… pour l'arrondi.

– L'arrondi ?

– Les derniers centimètres de la course !

– C'est un peu plus compliqué que je ne le sup-posais.

Deepak se fendit d'un grand sourire.

– C'est beaucoup plus compliqué. Voyons voir ce dont tu es capable.

Sanji posa sa main sur la manette, mais Deepak retint son geste.

– Il serait préférable de fermer la grille avant, soupira-t-il.

– Bien sûr, répondit Sanji.

– Alors fais-le.

Mais Sanji eut beau tirer de toutes ses forces, impossible de la faire coulisser.

– Il faut soulever le loquet et la manœuvrer en douceur pour qu'elle glisse dans ses rails. Sinon, elle se fausse.

– Et nous sommes au XXIe siècle ! râla Sanji.

– Un siècle d'assistés où plus personne ne sait quoi faire de ses dix doigts à part tapoter sur un écran !

S'ensuivit un bref échange de regards, pas des plus aimables ; Sanji réussit à fermer la grille avant de reprendre le contrôle de la manette.

– Tu n'oublieras pas d'enfiler tes gants blancs, cela t'épargnera d'avoir à nettoyer tes traces de doigts à chaque voyage, le cuivre marque assez vite. Allons ! Conduis-moi au 8e étage.

La cabine hoqueta et s'éleva à toute vitesse, ce qui terrifia Sanji.

– C'est un régulateur, pas une pédale de formule 1. Réduis de deux crans tout de suite ! ordonna Deepak.

L'effet fut immédiat et l'ascension se poursuivit à une vitesse normale. À mi-palier, Sanji positionna le levier au point mort – la cabine s'arrêta brusquement –, le recula d'un cran – la cabine descendit de dix centimètres –, rectifia son mouvement vers la droite – la cabine remonta d'autant –, et le ramena au centre.

— 5,65 mètres au-dessous du palier, ce n'est pas trop mal.

— Là, vous exagérez, on est à peine à dix centimètres.

— Alors 5,60 mètres, nous sommes au 7e et non au 8e comme je te l'avais demandé. Voyons si tu sauras l'élever d'un seul étage.

— Je préférerais que vous me montriez d'abord.

Deepak se fendit d'un sourire, cette fois revanchard, et exécuta une manœuvre parfaite.

— D'accord, concéda Sanji, c'est complexe, mais je suis ici pour vous aider, alors épargnez-moi ce petit air suffisant, sinon je m'en vais.

Une heure durant, l'ascenseur voyagea, d'abord sous la houlette du maître puis sous celle de son élève. Sanji finit par s'habituer à la délicatesse du mécanisme. Ses arrêts, loin d'être parfaits, s'améliorèrent au bout d'une vingtaine d'allers-retours. Il réussit à se poser à deux centimètres du 6e et fit redescendre la cabine presque en douceur au rez-de-chaussée.

— Cela suffit pour une première fois, suggéra Deepak, il serait préférable que tu partes, les propriétaires ne vont pas tarder à rentrer. Reviens demain à la même heure, nous reprendrons ta formation.

Deepak raccompagna Sanji. La pluie avait cessé. Depuis l'auvent, il le regarda s'éloigner dans le soir tombant.

– Ne me remercie pas, grommela-t-il.

Il sortit son carnet de la poche de sa gabardine et y reporta scrupuleusement les 1 850 mètres qu'il venait de parcourir en compagnie de son neveu.

*

Chloé avait pris sa décision, le sort de son père, comme celui de Deepak et de M. Rivera, dépendait d'un stupide mécanisme, ou plutôt de son installation dans les jours à venir. Ce qui n'avait été qu'une simple idée devenait maintenant un plan d'attaque. Il lui fallait quelqu'un pour le mettre en œuvre, sa condition l'en empêchait. Son père n'accepterait jamais, solliciter Deepak lui ferait courir trop de risques, il serait le premier soupçonné et il devait disposer d'un alibi solide. Pour cette raison elle ne pouvait pas davantage faire appel à Lali. En attendant de choisir son complice, elle irait dès le lendemain acheter de quoi fabriquer l'arme du crime. Selon les informations glanées sur Internet, un crime qui pourrait être parfait.

*

À midi, Chloé sortit de chez Blaustein Paint & Hardware et descendit Greenwich Avenue. Le magasin de bricolage sur la 3e Rue était plus près de son domicile, mais c'était celui où son père se rendait quand l'envie lui prenait de réparer le grille-pain, la cafetière électrique, un robinet qui fuyait ou simplement de changer une ampoule, et elle ne voulait courir aucun risque.

Dans une demi-heure, Julius irait se restaurer à la cafétéria de la fac. Elle aurait besoin de moins de temps que cela pour arriver avant lui.

Il fut surpris de la trouver attablée, d'autant plus qu'il était accompagné d'une jeune femme que Chloé ne connaissait pas.

Les présentations faites, Alicia, une « assistante de cours » dont Schopenhauer expliqua avoir la charge, s'éclipsa, les laissant seuls.

– Charmante.

– Qui ça ? demanda le jeune professeur de philosophie.

– Ta salade.

– Tu ne vas pas t'imaginer…

– Je n'aurais rien imaginé, si tu n'avais pas dit « Qui ça ? ».

– Si tu crois que ça m'amuse de devoir la former, comme si je n'avais pas suffisamment de travail.

– Ce doit être très pénible, en effet, mais je ne suis pas là pour que nous nous disputions, j'ai un service à te demander.

Chloé expliqua ce qu'elle attendait de lui. Trois fois rien, selon elle. Il devait se présenter au pied de son immeuble aux alentours de minuit, il n'aurait pas à monter, elle lui jetterait les clés de la porte d'entrée par la fenêtre, et dix minutes plus tard, après une rapide visite au sous-sol, il pourrait rentrer chez lui, ni vu ni connu.

– Tu n'es pas sérieuse ?

Et comme elle restait silencieuse, il repoussa son assiette et prit les mains de Chloé au creux des siennes.

– Depuis l'accident du liftier, nous n'avons pas pu passer une soirée ensemble ; alors que tu pourrais enfin retrouver ta liberté de mouvement, tu voudrais tout gâcher ? Combien de temps veux-tu rester prisonnière de ton donjon, à moins que ce ne soit un prétexte pour ne pas me voir ?

– Mon donjon est au 8e étage, pas au sommet d'un château fort, il te suffisait d'y grimper.

– J'en ai eu envie tous les soirs, mais les partiels approchent.

– Alors ce que je te demande devrait t'arranger, autant de soirées où tu pourras travailler. Tu ne devrais pas laisser passer une si belle affaire.

– Hors de question ! s'exclama Julius. Enfreindre la loi va à l'encontre de tous mes principes.

– Et les lois morales, qu'en fais-tu ?

– Oh, s'il te plaît, tu ne vas pas user de ce stratagème digne d'une élève de première année. Et si tu veux jouer au philosophe, permets-moi de te citer Montesquieu : « Nous ne faisons rien de mieux que ce que nous faisons librement », ce qui ferait de moi un très mauvais exécutant de ton projet.

– J'aurais été la pire de tes élèves, et je m'en réjouis, répondit Chloé en repoussant son fauteuil.

Elle sortit de la cafétéria, Julius la poursuivit dans le couloir.

– Ça ne tient pas la route, ils verront bien que c'est un sabotage.

– Ils ne verront rien du tout, j'ai étudié mon coup.

– Ils accuseront ton liftier.

– Il aura un alibi puisqu'il sera innocent.

– Au mieux tu gagneras quelques semaines.

– De tranquillité pour toi, de quoi te plains-tu ? répondit-elle en redoublant d'efforts pour avancer plus vite.

– Arrête avec ça, j'ai l'impression d'être en permanence sur le banc des accusés ! Je dois être titularisé à la fin de l'été, je joue mon avenir cette année, alors oui, je bosse comme un acharné. Quand tu enchaînais les tournages de cette série gentillette, est-ce que je me plaignais de tes absences, est-ce que je comptais les semaines que tu passais sur la côte Ouest ? Je respectais ton travail, et je supportais ma solitude.

Elle arrêta brusquement son fauteuil et fit demi-tour.

– Ma série gentillette enchantait des millions de téléspectateurs, combien d'étudiants suivent tes cours géniaux ? Notre vie a changé, et tu es resté. Mais pour autant, je ne peux pas t'en être éternellement redevable, ni m'en sentir coupable.

Julius lui caressa la joue.

– Nous ne faisons rien de mieux que ce que nous faisons librement, répéta-t-il, et je me sens libre d'être avec toi.

– Garde ce genre de stratagème pour tes étudiantes, et oublie ce que je t'ai demandé, je ne voudrais surtout pas que tu déroges à tes principes.

– Et toi, oublie ce projet inconséquent. Et puis vois le bon côté des choses : quand l'ascenseur aura été modernisé nous pourrons enfin sortir le soir comme bon nous semble.

– Tu as certainement raison, dit-elle d'une voix calme.

– La raison est mon métier, répondit Julius, l'air affable.

Il lui promit de l'appeler dans la soirée, ils pourraient même dîner en tête à tête, par écrans interposés. Il l'embrassa furtivement, à cause des étudiants qui circulaient dans le couloir, et repartit vers sa salle de classe.

Chloé longea Washington Square Park par la 4e Rue. Elle était déçue, et contrairement à ce qu'elle avait laissé croire à Julius elle n'avait absolument pas renoncé à son projet...

*

Rivera observait Deepak, assoupi dans le fauteuil, il l'aurait volontiers laissé dormir mais il s'était ennuyé toute la journée.

– Merci pour le bouquin, dit-il en haussant la voix.

Deepak sursauta et se redressa.

– Tu sais très bien que ce n'est pas moi qui te l'ai offert.

– Mais tu me l'as apporté.

– Tu n'en as pas marre des romans policiers ?

– Non, c'est distrayant.

– C'est un peu la même rengaine à chaque fois, un crime, un policier alcoolique, une enquête, une histoire d'amour qui tourne mal et, à la fin, un coupable.

– C'est justement ce qui me plaît, et puis le jeu consiste à dénouer l'enquête avant le flic.

– Ce serait bien qu'un romancier ait le culot de faire en sorte que l'assassin s'en tire sans que personne ne le découvre.

– Ça ne te ressemble pas de penser comme ça.

– Dans quelques jours, plus rien ne ressemblera à rien, mon vieux.

– Pourquoi tu perds ton temps à former ton neveu si c'est fichu ?

– Je ne t'ai pas fait bien rigoler en te racontant ses exploits ?

– Ça, j'avoue…

– Ça va te paraître idiot mais dans quelques années qui se souviendra de nous, de ce que nous avons fait ? Tu penses parfois au nombre de métiers qui ont disparu ? Qui se souvient de la fierté de ceux qui les exerçaient ? De ces vies laborieuses ? Tiens, les allumeurs de réverbères par exemple, ces gars ont éclairé la ville pendant des siècles. De la tombée du soir jusqu'au petit matin, ils parcouraient les rues avec leur perche, je me demande combien de kilomètres de trottoirs ils ont éclairés. Un sacré score à la fin d'une carrière. Et voilà, pfff, soufflés comme leur flamme, des poussières étiolées dans la nuit, avant d'avoir gagné leur tombe. Combien de gens savent encore qu'ils ont existé ? Mais tu sais, je crois qu'en Inde, il y a encore pas mal d'ascenseurs comme le nôtre. Alors quand mon neveu rentrera au pays, et montera dans l'un d'eux, il pensera forcément à moi, et tant qu'il pensera à moi, j'existerai. Voilà pourquoi je fais ça. Pour gagner un peu de temps avant de sombrer dans l'oubli.

Rivera regarda son collègue d'un air grave.

– Dis donc, pendant que je me farcis des polars, tu ne t'enfilerais pas de la poésie en douce par hasard ?

Deepak haussa les épaules, Rivera le rappela à son chevet.

– Tu veux que je redresse tes oreillers ?

– Laisse mes oreillers tranquilles. Prends mon uniforme dans la penderie, là-bas. Tu le feras nettoyer au pressing, et tu le donneras à ton neveu, sa formation n'en sera que plus authentique. Tu lui diras que celui qui le portait s'appelait Antonio Rivera, qu'il a fait ce métier pendant trente ans, et tu le lui répéteras jusqu'à ce que ce nom reste gravé en lui.

– Tu peux compter sur moi.

– Et pense à me rapporter des chocolats.

Deepak s'approcha du lit, tapota l'épaule de Rivera, prit l'uniforme de son collègue dans la penderie et quitta l'hôpital.

*

Chloé venait de raccrocher. Son père l'avait appelée pour la prévenir qu'il rentrerait tard. Son portable sonna à nouveau, elle regarda le numéro de Julius s'afficher et reprit son livre.

Le chapitre relatait un pique-nique entre amis sur les pelouses de Tompkins Square.

Elle interrompit sa lecture, songeuse. Son petit appartement de l'East Village lui manquait, et tant de choses avec. Le plaisir d'aller faire ses courses au *deli* à l'angle de l'Avenue B et de la 4ᵉ Rue, les glaces qu'elle s'offrait sur la 7ᵉ Rue, ses visites chez le petit antiquaire de la 10ᵉ Rue, les séances de manucure à quinze dollars de la boutique chinoise, les livres d'occasion qu'elle chinait chez Mast Book, la ravissante librairie de l'Avenue A, sans oublier le caviste à quelques pas de là et Goodnight Sony, son bar préféré. Elle aurait pu retourner dans chacun de ces lieux, sauf chez le caviste dont la porte était trop étroite. Il n'y avait pas que les lieux qui lui manquaient : changer de quartier, c'était changer de vie. À quand remontait sa dernière soirée passée en compagnie de ses amis ? Combien d'entre eux étaient venus la voir à l'hôpital ? Beaucoup les premiers jours, quand les journaux télévisés relataient son histoire ; une dizaine les semaines suivantes, quand le parcours des coupables fascinait plus que le sort des victimes ; plus aucun à la fin du trimestre. New York était chronophage.

Elle aurait pu tenter de renouer avec eux, mais elle y avait renoncé, par orgueil peut-être.

*

À l'étage du dessous, Mme Williams se réjouissait d'avoir enfin pu organiser son dîner. Il était grand temps que l'immeuble retrouve sa splendeur. À quoi bon habiter une adresse prestigieuse si l'on ne pouvait faire usage de son appartement comme on l'entendait ? M. Groomlat avait eu un flair remarquable.

– Tu crois que nous devrions lui faire un cadeau ? demanda-t-elle à son mari.

– À Deepak ? répondit-il depuis le salon où il lisait.

Elle leva les yeux au ciel et traversa le couloir pour se rendre dans la cuisine.

– Tu veux que nous sortions ? demanda son mari.

– Pour devoir rentrer avant le couvre-feu, non merci. Et puis trouver une baby-sitter qui accepte de se farcir sept étages…

Les Clerc avaient eu plus de courage en se rendant au cinéma.

Après un dîner en tête à tête avec son perroquet, Mme Collins emporta la cage dans sa chambre et l'installa sur la table de nuit où M. Rivera posait d'ordinaire ses lunettes.

Elle poursuivit la lecture du roman qu'elle venait d'acheter, sans être convaincue de la culpabilité de l'infirmière.

M. Morrison mit *Turandot* de Puccini sur la platine de son salon ; au moment où s'élevait le

« Nessun dorma », il s'offrit un Macallan et alla chercher *Fidelio* dans sa collection de vinyles.

Mme Zeldoff l'appela vers 22 heures pour le prier de baisser le son. Puis elle retourna se coucher devant un film en noir et blanc que diffusait la chaîne TCM.

*

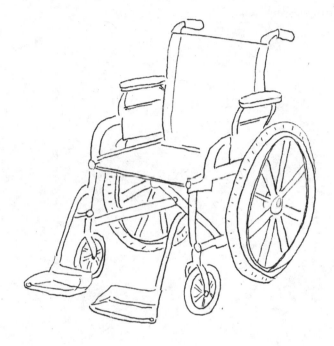

11.

Le studio d'enregistrement se trouvait au cinquième étage d'un immeuble de facture indus-
trielle sur la 17ᵉ Rue. Chloé y grimpa à bord d'un
monte-charge aux dimensions incomparables avec
l'ascenseur de son immeuble. Le liftier s'était
contenté d'appuyer sur un bouton, lui proposer
un job de nuit n'aurait pas réglé le problème.

Accéder à la cabine d'enregistrement n'avait
pas été une mince affaire, les doubles portes s'ou-
vraient à contresens et le sas qui les séparait
s'avéra trop étroit. L'ingénieur du son dut la
porter jusqu'à la chaise haute devant le micro.
Pour éviter une manœuvre compliquée et gênante,
elle préféra ne pas sortir au moment de la pause
déjeuner, et se contenta d'un plateau-repas. La
cabine étant trop exiguë pour deux, l'ingénieur
du son eut la délicatesse de déjeuner de l'autre
côté de la vitre, laissant les micros ouverts pour
qu'ils puissent converser.

— C'est bien, ce que nous avons fait ce matin,
dit-il en mordant dans son sandwich.

Les micros amplifiaient les bruits de mastication.

— On croirait une scène de comédie, dit-elle, joyeuse, avant qu'il ne comprenne la raison de son fou rire et baisse le volume.

— J'ai un cousin qui est en fauteuil, dit-il.

— Ah.

— Accident de moto !

Chloé s'interrogeait toujours sur ce qui poussait certains à lui raconter ce genre d'histoire. Comme si le fait d'avoir un proche handicapé pouvait créer une complicité. Un jour, alors qu'elle allait chercher Julius à la sortie de ses cours, l'un de ses étudiants lui avait dit trouver cool qu'elle soit en fauteuil. « Je ne fais même pas la différence », avait-il ajouté… « Si peu que tu te sens obligé de m'en parler quand même », lui avait-elle répondu. Avec le temps elle en avait pris son parti, les gens ne pensaient pas à mal, ils agissaient ainsi pour masquer leur gêne, s'affranchir de l'injustice d'être entiers, contrairement à elle…

— C'est bien que tu connaisses le texte par cœur, enchaîna l'ingénieur du son, cela dit, tu devrais peut-être te contenter de le lire. Quand je ferme les yeux, j'ai l'impression d'être au théâtre, mais c'est un livre, tu comprends. Il faut prendre son temps, comme le fait un lecteur.

— Vous lisez beaucoup ?

— Je pique du nez dès que j'ouvre un bouquin, mais j'en enregistre souvent. Enfin, je dis ça, ce n'est qu'un conseil. Allez, je viens débarrasser le plateau et on reprend.

La fée de la subtilité avait oublié de se pencher sur son berceau, mais il était sympathique et de bonne volonté.

*

En revenant de son déjeuner, M. Groomlat pria Deepak de passer le voir dès qu'il aurait un instant. Deepak ne se faisait guère d'illusions sur la teneur de la conversation à venir et il préféra abréger le supplice.

– C'est une heure plutôt calme, dit-il en le suivant dans son bureau.

Groomlat lui proposa de s'asseoir, mais Deepak préférait être fusillé debout.

– Je n'ai rien pu faire, se lamenta Groomlat, vous devez comprendre les contraintes que subissent nos propriétaires depuis le fâcheux accident de votre collègue.

S'il espérait établir entre eux une connivence en disant « nos propriétaires », laissant entendre par là qu'ils étaient tous les deux logés à la même enseigne, le comptable était loin du compte, pensa Deepak.

– Moi ça m'est égal, je pars en fin d'après-midi, mais eux... c'est une autre histoire. J'ai vraiment fait tout mon possible, et puis pensez à cette pauvre Mlle Bronstein qui est enfermée chez elle dès que vous terminez votre service. Cette situation ne peut plus durer, et je n'ai aucune nouvelle de votre syndicat. Alors ils ont pris la décision d'automatiser l'ascenseur.

– Unanimement ? demanda Deepak, oubliant sa réserve habituelle.

– Pas les Hayakawa, bien sûr, ils sont en Californie, quant à Mme Collins, elle ne nous a pas fait l'honneur de sa présence. Mais… la très grande majorité a tranché, déplora Groomlat.

– Combien de temps me reste-t-il ?

– Allons, allons, s'exclama le comptable, goguenard, vous parlez comme s'il s'agissait d'une maladie mortelle. C'est tout le contraire, vous allez jouir d'une retraite bien méritée, une nouvelle vie s'offre à vous. Je vous ai obtenu de belles indemnités. Un an de salaire ! De quoi arrondir les angles, n'est-ce pas ?

– Et pour M. Rivera, qu'avez-vous obtenu ?

– Six mois, ce qui revient quasiment au même, puisque les assurances couvriront son salaire pendant son hospitalisation.

– Pas si vous le licenciez !

Groomlat prit un air pensif.

– Exact. Enfin, six mois, c'est déjà pas mal.

– Trente ans de service aussi.

– C'est le mieux que j'ai pu obtenir, vous auriez dû voir leurs têtes quand je leur ai demandé un complément de provisions pour couvrir les charges que vos indemnités vont nous coûter.

– Vous n'avez pas répondu à ma question. Quand aura lieu l'installation ?

– Par chance, les ascensoristes étaient disponibles ce jeudi, les travaux ne prendront que deux jours. Cela vous laisse toute la semaine, je préfère que vous les assistiez dans leur travail, ils auront peut-être besoin de vos connaissances ; vous passerez me voir vendredi, et je vous réglerai votre dû. Un beau chèque tout de même.

Deepak salua le comptable. Il se rendit dans la remise avec l'envie furieuse de détruire les deux cartons qui allaient bouleverser sa vie, mais ce ne fut que le songe d'un instant et il reprit sa place derrière son comptoir dans le hall.

*

Quand Mme Clerc revint de chez le coiffeur, elle se garda de demander à Deepak, comme elle le faisait chaque fois, un avis sur sa coiffure. Le grincement de la grille et le ronronnement du moteur furent les seuls bruits qu'on entendit durant leur montée jusqu'au 6e.

En descendant faire ses courses, Mme Williams se plaignit que son employée de maison avait une sciatique et ne pouvait pas venir travailler. À son retour, Deepak porta ses paquets jusque dans sa cuisine. Elle se retint de justesse de le prévenir qu'elle recevait la semaine prochaine, et poussa après son départ un long soupir, soulagée de ne pas avoir gaffé.

Chloé quitta le studio d'enregistrement à 16 heures. L'après-midi était printanier, mais elle préféra prendre un taxi. La chaleur endurée

pendant six heures dans la cabine d'enregistrement avait eu raison de ses forces.

Lorsqu'elle entra dans l'immeuble, Deepak se
précipita et prit les commandes du fauteuil.

– Ne discutez pas, vous avez une mine de
papier mâché.

– Vous n'avez pas meilleure mine que moi.

– Je passe voir M. Rivera chaque soir, mes nuits
sont courtes, répondit-il.

Avec elle, pas de faux-semblant possible. Et
pour la deuxième fois de la journée, Deepak
enfreignit l'une des règles sacro-saintes de son
métier.

– Je sais que vous avez voté contre, que votre
père a tout tenté, alors ne vous inquiétez pas à
mon sujet, mademoiselle.

– Vous savez ce que Lazare a dit à Jésus ?

– Non, je l'ignore.

– Lève-toi et marche ! Ne pas m'inquiéter de
ce qui vous arrive relèverait du même genre de
miracle !

Deepak la regarda, perplexe, en ouvrant la
grille.

– Je me demande si ce n'est pas plutôt Jésus qui
a dit ça à Lazare…

Elle sourit, et résista à l'envie de lui confier
qu'elle n'avait pas dit son dernier mot, mais si
Deepak venait à suspecter ce qu'elle manigançait,
il ferait tout pour l'en empêcher.

*

Après avoir enchaîné les rendez-vous et salué Sam sans pouvoir lui expliquer pourquoi il devait l'abandonner au beau milieu d'une réunion, Sanji traversa hâtivement Washington Square Park. Il jeta un bref coup d'œil vers le banc et poursuivit son chemin d'un pas pressé, il était en retard. Qu'est-ce qui lui avait pris de se laisser embarquer dans cette histoire ? Mais comme il valait mieux voir le bon côté des choses, il préféra se dire que troquer ce costume, dans lequel il se sentait à l'étroit, contre un uniforme de liftier ne manquait pas d'humour. S'il avait un jour des enfants, il aurait matière à leur conter une histoire amusante, elle aurait peut-être même valeur d'exemple. Ce qui l'amusait aussi c'était l'idée d'emprunter en rentrant à Mumbai l'un de ces vieux ascenseurs dont s'enorgueillissait le palace et de montrer à ses oncles qu'il en maîtrisait le maniement... grâce au mari de leur sœur. L'humour ferait place à l'ironie.

En approchant du ℜº 12, Cinquième Avenue, Sanji pensa à la véritable raison qui l'avait convaincu de rendre ce service et il se demanda s'il n'aurait pas pu trouver quelque chose de plus subtil. Comment réagirait Chloé si elle venait à comprendre qu'il avait accepté cette folie pour se rapprocher d'elle ? Prendrait-elle peur ?

Le livreur du pressing avait rapporté l'uniforme de M. Rivera. Deepak était allé le suspendre dans son placard. Il s'en voulait de ne pas tenir la promesse faite à son collègue, mais il était préférable que l'un ou l'autre des propriétaires ne croise pas un inconnu en tenue de liftier dans l'ascenseur. Comment justifier sa présence ? Il aurait été plus sage encore de mettre un terme à la plaisanterie, mais Deepak voulait s'offrir un peu de bon temps, et Lali était si heureuse à l'idée d'avoir sauvé leur avenir, qu'il ne se sentait pas le courage de lui dire la vérité. Il les affranchirait tous les deux en rentrant jeudi soir, quand les installateurs auraient commencé leur besogne.

Sanji se présenta dans le hall en retard d'une demi-heure. Deepak lui en aurait bien fait le reproche, mais il n'osa pas pousser le bouchon si loin. Il l'entraîna au sous-sol et lui administra un cours de mécanique devant la machinerie de l'ascenseur. La boîte à fusibles, la courroie du régulateur, dont il fallait de temps à autre vérifier la tension, le graissage des guides, tout y passa, jusqu'à ce que Sanji lui rappelle qu'il n'avait pas pour mission d'entretenir l'ascenseur.

– Et ta culture générale ? s'indigna Deepak. Si un fusible venait à claquer, tu serais bien heureux de savoir où et comment le remplacer.

– Heureux, je n'en suis pas certain, répondit Sanji, surtout si je suis coincé entre deux étages.

– C'est pour ça que tu dois toujours avoir ce téléphone sur toi. À ce propos, Mlle Chloé ne peut pas atteindre les boutons du palier ; quand elle a besoin de nos services, elle le fait sonner une fois, tu n'as pas besoin de décrocher, tu montes juste au 8e.

— La jeune femme du 8ᵉ..., répéta-t-il lentement.

— Tu l'as croisée quand tu es venu me rendre visite. Tu t'es même chargé de lui trouver un taxi, tu t'en souviens ? Tiens, quand on parle du loup, enchaîna Deepak alors que son portable vibrait.

— Allez-y sans moi, je vais en profiter pour observer ce merveilleux mécanisme en action... afin de parfaire ma culture générale.

— Très bonne idée, répondit Deepak, soulagé de ne pas avoir à l'emmener avec lui.

Deepak grimpa jusqu'au hall et monta dans sa cabine. Il s'étonna que son portable vibre encore. Comme s'il pouvait aller plus vite ! Étonnement qui redoubla quand il arriva au 8ᵉ et constata que Chloé n'était pas sur le palier.

Elle avait dû appeler par erreur. Mais avant de redescendre, pris d'un doute, Deepak colla son oreille à la porte et perçut un appel à l'aide.

Il décrocha le trousseau de clés qui pendait à sa ceinture et entra dans l'appartement.

— Dans la cuisine ! gémit-elle.

Il se rua dans le couloir et trouva Chloé par terre sous son fauteuil renversé.

— Ne bougez pas, dit-il en reposant le fauteuil sur ses roues.

Il prit Chloé dans ses bras et la porta jusqu'au canapé du salon.

— Vous n'êtes pas blessée ? s'inquiéta Deepak.

— Non, je ne crois pas. Je voulais attraper une tasse sur l'étagère, je me suis penchée, et comme je n'arrivais pas à l'atteindre, je me suis accrochée à la poignée d'un placard. Je n'avais pas serré le frein, j'ai senti mon fauteuil reculer, j'ai voulu le retenir, c'était déjà trop tard.

– Je vais appeler un médecin !

– C'est inutile, demain j'aurai peut-être des bleus mais ça m'apprendra à faire des acrobaties.

– Laissez-moi au moins vérifier que le fauteuil n'a pas trop souffert, soupira Deepak, vous m'avez fait une sacrée peur.

Quelques instants plus tard, il revint en poussant le fauteuil.

– Tout fonctionne, j'ai même contrôlé le frein, dit-il d'une voix apaisante, voulez-vous que je reste un peu avec vous ?

– C'est très gentil, je vous assure que je vais bien, et puis ça arrive à tout le monde de se prendre les pieds dans le tapis, n'est-ce pas ?

– Mademoiselle ne rate jamais l'occasion de faire un bon mot.

Il avait dit ça pour donner le change, la connaissant trop bien pour ignorer que ce n'était pas d'humour dont elle avait fait preuve mais de fierté.

– Si j'en avais les moyens, poursuivit-elle, j'aurais payé moi-même votre salaire pour que vous ne partiez jamais.

– Allons, allons, la rassura Deepak en lui prenant la main, là n'est pas le problème, vous le savez très bien.

– Comment vais-je faire sans vous ?

– Au cours de ces quatre dernières années, je ne suis venu vous secourir que deux fois.

– Cinq !

– Vous me donniez beaucoup plus de fil à retordre quand vous étiez adolescente.

– Je vous en ai fait baver tant que ça ?

– Non, enfin, vous n'étiez pas un ange. Dois-je vous installer sur le fauteuil avant de sortir ?

– Je le ferai seule, il paraît qu'après une chute de cheval, il faut remonter tout de suite sur sa monture.

Deepak la salua et se retira. Le couinement de la porte palière tardant à se faire entendre, elle cria depuis le salon.

– Je peux me débrouiller seule !

Cette fois, elle entendit le déclic.

*

– Vous en avez mis du temps, j'ai cru que l'ascenseur était en panne.

– Tu as vu des étincelles sur le tableau des fusibles ? Non, alors tout va bien. Ne traînons pas, quelques allers-retours pour voir si tu as retenu la leçon d'hier et je te rends ta liberté, je dois partir un peu plus tôt ce soir.

– J'ai la détestable impression d'avoir à nouveau dix ans quand je suis avec vous…, se lamenta Sanji.

– Et moi d'en avoir cent !

Les premiers trajets furent chaotiques, mais Sanji finit par attraper le coup de main. À quelques centimètres près, il réussit plusieurs arrêts presque parfaits. Une heure plus tard, Deepak le raccompagna à la porte et nota dans son carnet les mètres accomplis. Entre 18 et 19 heures, les occupants regagnèrent tour à tour leurs appartements, tous avec des têtes d'enterrement. Ce n'étaient pas leurs airs de faux derches qui irritaient le plus Deepak, mais que M. Williams s'autorise à lui poser la main sur l'épaule… Deepak s'épousseta et referma la grille sans le saluer.

En rentrant chez lui, M. Williams se plaignit auprès de sa femme. Vivement que ce fichu mécanisme soit installé, prendre cet ascenseur était devenu un enfer.

À 19 h 30, Deepak se rendit au sous-sol et changea de tenue. Des mauvaises langues l'auraient accusé de renoncer à ses responsabilités, abandonnant son poste avant la fin de l'heure supplémentaire qu'il s'était engagé à faire. Mais peu lui importait, il avait une promesse à tenir. Et c'est en tenue de ville qu'il fit s'élever la cabine pour son ultime voyage de la journée avant de redescendre quelques instants plus tard.

*

À peine remise de ses émotions, Chloé se lança dans une autre aventure ; passer de son fauteuil au strapontin de la douche requérait la plus grande attention. Hormis le petit incident dans la cuisine, la journée avait été bonne. L'éditeur lui avait rendu visite au studio. Il l'avait félicitée et lui avait confié un autre livre, en annonçant qu'il était prêt à signer un nouveau contrat.

Elle fêterait ça avec son père, mais pas ce soir, elle était épuisée.

L'eau chaude qui ruisselait sur ses épaules lui procura un réconfort immense.

Après avoir enfilé un peignoir, elle se rendit dans le salon, et s'installa à la fenêtre. Elle aurait pu s'étonner de voir Deepak grimper dans le taxi à bord duquel Mme Collins venait de s'engouffrer, mais ce petit manège dont elle pensait connaître la cause lui donna une idée.

*

Le jour où j'ai repris le métro

Les taxis me coûtaient une fortune. Je ne peux monter que dans ceux équipés d'une porte latérale et d'une rampe. Avec les autres, hélas majoritaires, les chauffeurs doivent abandonner leur volant, charger mon fauteuil dans leur coffre et se retaper ce trinlinlin à l'arrivée. Nombreux sont ceux à m'ignorer quand j'agite le bras, certains ont même la délicatesse d'accélérer ; à croire qu'ils ont peur que je m'accroche à leur pare-chocs.

Je me suis engouffrée dans le métro, repensant à l'euphorie de mes premiers trajets en débarquant à New York. Il faut avoir l'odorat solide pour emprunter les ascenseurs, et leur mouvement est si lent qu'on croit descendre dans un caveau. J'avais évité les heures de pointe et en montant dans la rame à la station Washington Square, tout s'est bien passé. J'avais serré mes freins, pour que ceux de la motrice ne m'envoient pas valdinguer contre les portières. La rame était presque vide, les passagers, les yeux rivés sur leur portable, ne me prê-

taient aucune attention. Cela s'est compliqué à Penn Station. La foule a envahi la rame, les sièges ont été pris d'assaut, je gênais, mon fauteuil occupait trop de place et les passagers obligés de rester debout se sont massés autour de moi. Pans de veste, bas de chemise, boucles de ceinture, attachés-cases et sacs à main constituaient une muraille qui ne cessait de se resserrer. Soudain j'ai senti l'air me manquer. La rame avançait vite, dans un virage un homme de forte corpulence m'a bousculée, s'est rattrapé de justesse en râlant, un autre aussi aimable a manqué de s'asseoir sur mes genoux. J'étouffais, j'ai paniqué et je me suis mise à crier. Les gens ont peur dans les grandes villes, je suis bien placée pour savoir pourquoi, et quand une femme hurle dans une rame bondée, l'effet est immédiat. Il y a eu une bousculade, et j'ai eu honte en voyant une petite fille terrifiée que sa mère soulevait dans ses bras pour qu'elle ne soit pas piétinée. Et puis un homme a ordonné à tout le monde de se calmer. Le vide s'était fait autour de moi, je devais avoir l'air d'une folle, j'étais en sueur. Je haletais, peinant à retrouver une respiration normale, les gens me dévisageaient, leurs yeux mêlés de crainte et de dégoût. Une femme a forcé le passage, s'est agenouillée devant moi et m'a dit de respirer lentement, que je n'avais rien à craindre et que tout irait bien. Elle m'a pris la main et m'a massé les doigts. « Je sais, m'a-t-elle murmuré, ma sœur est en fauteuil, ça lui est arrivé plein de fois, c'est tout à fait normal. »

Je ne voyais rien de normal à m'être donnée en spectacle, à m'être laissé aller à uriner sous moi dans le métro, à avoir effrayé une petite fille qui tremblait encore, à subir ces regards... à l'idée que ça m'arriverait plein de fois... même la bienveillance de cette femme n'était pas normale.

Mon cœur s'est apaisé, j'ai fini par retrouver mon calme, les visages se sont détournés. J'ai remercié ma protectrice, l'ai assurée que ça allait mieux, mais quand le métro s'est enfin arrêté, elle a tenu à m'accompagner sur le quai. Elle n'avait pas menti au sujet de sa sœur : elle n'a pas essayé de manœuvrer mon fauteuil. Elle m'a juste guidée vers un chef de station. J'ai refusé qu'il appelle les secours, je voulais rentrer chez moi.

Quand papa est revenu de l'université, il m'a demandé ce que j'avais fait de beau dans la journée. Je lui ai répondu que j'avais pris le métro. Il a trouvé ça formidable et m'a félicitée.

*

12.

M. Groomlat n'employait pas de secrétaire, non par avarice mais parce qu'il ne faisait confiance qu'à lui-même. Arrivé de bonne heure à son bureau, il guettait la venue des employés de la compagnie d'ascenseurs depuis sa fenêtre. Il voulait s'assurer en personne que Deepak leur faciliterait la tâche. Le vieil Indien risquait de s'en offusquer, mais au diable les susceptibilités, il avait obtenu les pleins pouvoirs de la copropriété et devait assumer son rôle.

En le voyant arriver plus tôt que d'ordinaire, Deepak comprit ses intentions. Groomlat était de ceux qui auraient payé leur place pour assister à une exécution capitale. Il l'escorta avec les techniciens jusqu'à la remise.

– Vous en aurez pour combien de temps ? questionna le comptable. Il ne faudrait pas que l'immeuble soit privé d'ascenseur pendant le week-end.

– C'est à peine croyable, s'exclama Jorge Santos, le plus vieux des deux techniciens et visiblement le chef.

– Qu'est-ce qui est incroyable ? s'inquiéta Groomlat.

– J'ai transformé quelques-uns de ces anciens modèles, mais celui-ci est dans un état remarquable, il est quasiment neuf.

Deepak ôta sa casquette, comme pour se recueillir une dernière fois devant ce qu'il avait chéri durant tant d'années. Bien sûr qu'il était quasiment neuf, imbécile, il ne se serait pas mieux occupé de son propre enfant.

– Aucun regret ? demanda Jorge Santos. Une fois le boulot terminé, le certificat sera changé et ce sera irréversible.

– C'est à moi que vous posez la question ? intervint Deepak, avec une pointe d'ironie dans la voix.

– Faites votre travail, répondit sèchement Groomlat.

– On pourrait peut-être finir ce soir, répondit Jorge Santos.

– Et ce *peut-être* dépend de quoi ? questionna Groomlat.

– De vous. Vu l'état de la machinerie on a juste à installer les relais électroniques et le tableau des boutons dans la cabine. Si on le pose à la place de la manette, ce sera vite fait. Maintenant, si vous voulez la conserver, alors nous devrons tailler dans la boiserie de l'autre côté de la grille, il faudra compter un jour de plus.

– Pourquoi voudrions-nous la conserver ? Elle ne sera plus d'aucune utilité, si je ne me trompe ?

– Pour le cachet. Certains sont très attachés aux vieilleries.

– C'est en effet le cas de ma femme, lâcha Deepak.

– Limitons les dépenses inutiles, ôtez donc cette manette et remettez-la à Deepak, ce sera un beau souvenir que nous lui offrirons avec grand plaisir.

Le collègue de Santos, qui était resté jusque-là silencieux, agenouillé devant les deux cartons, se releva et intervint.

– Il y a tout de même un petit problème, lâcha-t-il.

– Quel problème ? questionna Groomlat.

– Eh bien, poursuivit le second technicien qui, ainsi qu'en témoignait l'écusson sur sa blouse, répondait au nom d'Ernest Pavlovitch, si votre ascenseur est bien conservé, les pièces que je viens d'inspecter ont moins bien vieilli que lui ; sans vouloir être désobligeant, je dirais même qu'elles sont mortes.

– Comment ça, mortes ? s'indigna Groomlat.

– Oxydées, si vous préférez. En tout cas, impossible de poser ce bazar.

– Qu'est-ce que vous racontez, elles sont neuves ! protesta Groomlat. Elles n'ont pas quitté leur emballage depuis le jour où nous en avons pris possession !

– Ça, j'en doute. Ces boîtes étaient mal refermées, regardez vous-même, on a déchiré les emballages en les rangeant sous cette tuyauterie.

Les joues de Groomlat s'empourprèrent. Il remarqua l'air amusé de Deepak et reprit sa contenance.

– Enfin, voyons, vous ne pouvez pas les nettoyer ?

– Ah ça non, elles sont rongées par l'humidité, expliqua l'ascensoriste en montrant les composants électroniques recouverts d'un amalgame blanchâtre. Non, non, répéta-t-il en secouant la tête, c'est foutu. Faut racheter un kit complet.

– Je vous le commande ! Allez le chercher et revenez au plus vite.

Les techniciens échangèrent un regard moqueur.

– Parce que vous imaginez qu'on a ça en stock ? C'est du sur-mesure, il faut faire usiner les pièces, les tester en atelier…

– Sous quel délai ? soupira le comptable.

– Douze à seize semaines, au bas mot ! Plus le temps de les acheminer d'Angleterre.

– D'Angleterre ?

– La seule société à fabriquer encore ce genre de matériel se trouve près de Birmingham. Mais ce sont des gens très sérieux, je vous rassure. Bon, eh bien, je crois que nous n'avons plus rien à faire ici. Je vous envoie un nouveau devis dès que possible.

*

Groomlat n'était pas le seul à avoir guetté la venue des techniciens depuis une fenêtre. Quand

Chloé les vit remonter à bord de leur camionnette, une demi-heure après leur arrivée, elle sut
que son plan avait fonctionné. Restait à savoir si
le crime serait aussi parfait qu'elle l'avait envisagé.

*

– Ne restez pas planté là, vous devriez être
satisfait, il semblerait que nous ayons besoin de
vos services un peu plus longtemps que prévu,
grommela le comptable.

– Douze à seize semaines plus le transport...

– Je devine le plaisir que vous tirez de cette
situation.

– Quel plaisir aurais-je, alors que mon emploi
prend fin demain ?

– Je ne vous ai pas encore officiellement licencié.

– Vous l'avez fait hier.

– Attention, Deepak, si vous voulez toucher ce
chèque un jour, je vous conseille de ne pas faire
le malin avec moi.

– Un contrat irrévocable m'assurant dix-huit
mois de travail, assorti d'un an d'indemnités au
moment de notre départ, car il est entendu que
M. Rivera aura les mêmes droits que moi. Vous
mettrez tout ça par écrit, sinon samedi, ce sera
l'escalier pour tout le monde, de nuit comme de
jour.

– Comment osez-vous me faire chanter après le
mal que je me suis donné pour vous ?

– M. Groomlat, depuis dix ans que je vous conduis dans mon ascenseur, je ne vous ai jamais sous-estimé, ayez la courtoisie de me rendre la pareille. Vous avez jusqu'à demain pour me remettre une lettre signée de la copropriété. Mon service se termine à 19 h 15, et quand je dis se termine, ce pourrait bien être le dernier, répondit Deepak en abandonnant le comptable au sous-sol.

– Et les nuits, comment ferons-nous pour assurer les nuits pendant tout ce temps ? Et que dira M. Bronstein quand nous lui apprendrons que sa fille...

Deepak fit volte-face au pied des marches.

– Laissez les Bronstein en paix, ils sont capables de s'exprimer tout seuls. Pour les nuits, je verrai comment remédier au problème, dès que j'aurai ma lettre bien entendu.

*

Deepak attendit que le comptable regagne son bureau. Pour une fois, sa matinée comptait plus de hauts que de bas.

À 10 heures, son portable vibra. Chloé l'attendait sur le palier.

– Belle journée, n'est-ce pas ?

– Très belle mademoiselle, bien que la pluie soit annoncée en début d'après-midi.

– Une bonne pluie lavera les trottoirs.

– C'est un point de vue. Souhaitez-vous descendre ou préférez-vous que nous devisions météo sur le palier ?

Elle effectua sa manœuvre et Deepak referma la grille. Il resta silencieux jusqu'au 3ᵉ étage.

– Qu'est-ce qui vous rend si joyeuse ce matin ? questionna-t-il à hauteur du 2ᵉ étage.

– Je suis toujours joyeuse, assura-t-elle au 1ᵉʳ.

Deepak précéda Chloé dans le hall et l'escorta jusque dans la rue.

– Je vous arrête un taxi ?

– Merci, pas aujourd'hui. La station de métro Christopher Street est à dix minutes, le studio d'enregistrement est sur la ligne 1, je n'ai aucun changement. Ne vous inquiétez pas pour moi, comme dirait Lazare…

Deepak la regarda s'éloigner, admirant l'énergie avec laquelle elle entraînait son fauteuil, et néanmoins un tantinet suspicieux.

*

Poster ce mail fut l'une des expériences les plus humiliantes de sa carrière. M. Groomlat avait pesé chaque mot, insistant sur le fait que personne n'aurait pu prévoir que le kit d'automatisation serait endommagé, pas même lui. Il avait établi un rapport circonstancié des faits, se gardant bien de relater les revendications de Deepak. En relisant sa prose il se jura de trouver le moyen de ne pas honorer une promesse qui lui avait été extorquée.

Il appuya sur la touche envoi et son courrier partit vers ses destinataires.

Mme Williams fit irruption dans son bureau quelques minutes plus tard.

– Vous ne trouvez pas étrange que ce matériel, que nous avons dû payer une fortune, soit inutilisable et que l'on s'en aperçoive, comme par hasard, le jour de son installation ?

Groomlat avança prudemment ses pions.

– Vous pensez qu'il était défectueux à l'origine ?

– J'espère qu'après l'avoir acheté sans notre aval, vous vous êtes assuré de son état quand vous l'avez réceptionné !

– Ne jouons pas au chat et à la souris. Si vous avez un reproche à me faire, formulez-le clairement.

– Inutile de monter sur vos grands chevaux, dit-elle en se posant sur le fauteuil en face de lui. Je trouve juste que les hasards semblent être faits courants dans cet immeuble.

– Si ce n'est pas ceux qui nous l'ont fourni que vous incriminez, alors qui ?

– Posez la question aux Clerc, quand ils ne baisent pas ils récupèrent devant des séries policières, leurs gémissements et le son de leur télé ont la fâcheuse manie de monter jusqu'à ma chambre.

– Et que devrais-je leur demander, exactement ?

– Le mobile ! C'est en le trouvant qu'on dénoue une enquête. Qui avait intérêt à ce que rien ne change ? Je vous laisse y réfléchir… En attendant, il est urgent de remédier au problème des soirées et des nuits, j'ai pu reporter mon dîner à la semaine prochaine, je ne le ferai pas une seconde fois.

Elle s'en alla sans avoir salué le comptable, le laissant songeur.

Groomlat appela la compagnie d'ascenseurs et demanda à parler de toute urgence à Jorge Santos.

Sa conversation se résuma à une seule question. Quelle pouvait être la cause de dommages aussi conséquents ?

Le technicien avait du métier. Connaissant la propension de ses clients à trouver toujours une bonne raison de ne pas payer leur facture, il ne manqua pas de repartie. Entreposer du matériel électronique sous une tuyauterie de chauffage n'était pas très malin. La condensation avait probablement fini par oxyder le matériel.

Rien qui donne corps aux sous-entendus de Mme Williams, qui avait accusé Deepak à demi-mot, d'autant qu'il n'avait jamais été informé du contenu de ces fameuses boîtes. Un détail lui revint néanmoins en mémoire, il ne se souvenait pas avoir senti la moindre odeur d'humidité en les ouvrant.

– Quelques jours auraient suffi à provoquer ces dégâts ? chuchota-t-il.

– Ça m'étonnerait. J'ai rarement vu une crasse pareille. Je ne sais pas quelle saloperie circule dans vos tuyaux, mais je ne boirais pas de cette eau-là, si j'étais vous. Les relais étaient recouverts de salissures blanchâtres, du sel ou du calcaire, expliqua Jorge Santos. J'ai envoyé un mail au fabricant, avec un peu de chance ils auront un autre kit en stock, ou d'un modèle qu'ils pourront adapter. On n'est jamais à l'abri d'un coup de bol.

Groomlat le remercia chaleureusement.

*

En rentrant chez lui, Deepak proposa à Lali d'aller dîner dehors, ce qui un jeudi soir ne l'étonna pas plus que cela. Mais quand il suggéra de convier son neveu à leur table, et de surcroît d'un ton enjoué, elle en fut intriguée. La dernière fois qu'elle avait vu son mari d'humeur si gaillarde, Virat Kholi, capitaine de l'équipe indienne de cricket, avait été nommé meilleur batteur du monde par la chaîne ESPN.

Sanji n'avait donné aucune nouvelle et il était déjà tard. Lali préféra rester chez elle en tête à tête avec son mari.

*

Le jour où j'ai commencé la rééducation

Actrice, je n'avais pas de coach, ma carrière ne m'avait pas propulsée dans ce club privilégié. Perdre une moitié de mes jambes m'y avait fait entrer de plain-pied. Le corps humain est une mécanique d'une sophistication incroyable. Conçu pour s'adapter à toutes les situations, il recèle des trésors cachés, des circuits secondaires dormants, prêts à être réveillés en cas de besoin. C'est Gilbert qui m'a expliqué tout cela. Un kiné savant, aux airs de moine tibétain – en beaucoup plus turbulent.

Il m'a appris que si je voulais pouvoir un jour supporter des prothèses, me tenir debout, remarcher, je devrais développer mes muscles ischio-jambiers et glutéaux, mon derrière en quelque sorte. Mais avant d'en arriver là, pour entraîner les roues de mon fauteuil sans hurler de douleur à la fin de la journée, et à moins d'avoir envie de ressembler à une culturiste, il me faudrait apprendre à épargner mes pectoraux et solliciter à leur place mes deltoïdes. Et Gilbert allait me mettre au travail, séance après séance. Je le détestai, le haïs, le

conspuai. Et plus je râlais plus il compliquait les exer-
cices, un sadique, un tortionnaire même, quand il s'est
attaqué à mon carré des lombes et aux ilio-costaux. Je
lui dois de me tenir droite, mes jambes n'ont pas
repoussé, hélas je ne suis pas une salamandre, mais j'ai
acquis un port de tête fier, une souplesse du torse
incroyable, mes bras se sont musclés en restant longi-
lignes. Grâce à Gilbert, je peux désormais parcourir la
ville et donner raison à Deepak : je n'ai besoin de personne pour me déplacer à ma guise, sauf quand les
ascenseurs du métro sont en panne, là un petit coup de
main est le bienvenu.

*

13.

Depuis qu'elle avait croisé la veille au soir sa voisine du 7ᵉ, dans les allées d'une épicerie fine de leur quartier, Mme Zeldoff menait une croisade. La conversation s'était engagée devant l'étal des quatre-saisons. Mme Williams achetait des courgettes bio, les premières du printemps, lorsqu'elle partagea ses soupçons avec une proie facile.

– M. Groomlat pense que le matériel a été vandalisé ? s'était émue Mme Zeldoff.

– Il n'a pas écarté l'hypothèse qu'on l'ait volontairement laissé se détériorer, avait ajouté Mme Williams.

– Évidemment, renchérit Mme Zeldoff après un temps de réflexion durant lequel elle s'empressa d'acheter à son tour les si belles courgettes, nos deux liftiers avaient tout à y gagner. La frayeur qu'a dû leur causer le projet de M. Groomlat il y a deux ans a pu les inciter à prendre des mesures radicales.

– Et, vous m'accorderez qu'ils avaient toute latitude pour agir à leur guise, avait ajouté Mme Williams.

– Vous avez entièrement raison, qui d'autre avait accès à ce bazar ?

– Et d'après notre cher comptable, ils auraient entreposé ce matériel dans un endroit humide, comme par hasard !

– M. Groomlat vous a dit ça ? hoqueta Mme Zeldoff en se signant.

– Vous n'avez donc pas lu son courrier ? Vous iriez mettre des choses précieuses dans un endroit humide ?

– Enfin ! rouspéta Mme Zeldoff poings sur les hanches. Bien sûr que non, je ne suis pas sotte !

– Vous êtes la seule que j'ai mise dans la confidence, chuchota Mme Williams à l'oreille de sa voisine.

Mme Zeldoff, honorée par cette marque de confiance, se sentit toute ragaillardie.

– Maintenant, il serait peut-être plus honnête d'en parler à nos voisins, après tout eux aussi ont le droit de savoir ce qui s'est passé, vous ne croyez pas ?

Un vrai dilemme pour Mme Zeldoff... qui se pinça le menton et roula des yeux en cherchant ce que le pasteur lui aurait conseillé.

– Si vous le dites..., s'aventura-t-elle.

– Je ne voudrais pas que l'on m'accuse de comploter, reprit Mme Williams. Les Bronstein les premiers, ajouta-t-elle, avant de préciser qu'elle savait de source sûre que le professeur était un gauchiste. Le personnel n'avait-il toujours pas raison à ses yeux ?

La facilité avec laquelle Mme Williams manipulait sa voisine lui procurait un plaisir infini. À chaque vacherie balancée, elle voyait s'agiter les ficelles invisibles au-dessus de sa marionnette. À ce train-là, elle finirait par suspendre la Zeldoff au plafond.

– Vous devriez acheter ces radis, ils sont superbes, suggéra-t-elle au comble de la jouissance.

– Nous pourrions nous partager la tâche, proposa Mme Zeldoff, en mettant une botte de flamboyants dans son panier.

– Très bonne idée, s'exclama Mme Williams. J'écrirai aux Hayakawa. Vous n'aurez plus qu'à porter la bonne parole aux autres.

Mme Zeldoff était rentrée la veille au soir chez elle aussi joyeuse que ce dimanche où on l'avait félicitée pour son timbre de voix après le concert donné par la chorale.

Ce matin, elle avait fait preuve d'une abnégation admirable en frappant à la porte de M. Morrison. Il l'avait accueillie en peignoir à onze heures passées... et si ce n'était que ça ! Cet homme ne comprenait rien à rien.

– Pourquoi nos deux liftiers auraient-ils saboté l'ascenseur ? C'est leur outil de travail, et puis il fonctionne très bien. Deepak est venu tout à l'heure, c'est lui qui m'a réveillé, enfin pour une bonne cause, avait ajouté cet abruti d'ivrogne.

– Pas l'ascenseur, seulement les boutons ! lui avait-elle patiemment répondu.

– Qu'ont-ils fait aux boutons ? Personne n'a touché à ma sonnette, je m'en suis servi hier.

– Pas ceux-là, les autres, avait gémi Mme Zeldoff.

– Nous avons d'autres boutons ?

– Oui, dans la cave, si j'ai bien compris.

– J'ignorais que nous avions des boutons dans la cave, avait-il marmonné, et à quoi servent-ils ?

– À rien, ils se trouvaient dans des cartons, pour que nous puissions un jour utiliser l'ascenseur sans les liftiers.

– Ce que vous racontez est tout à fait stupide. Il faudrait nous rendre à la cave pour faire fonctionner l'ascenseur sans Deepak ou M. Rivera ? Pardonnez-moi, mais si c'est le cas, alors ils ont bien fait de s'en débarrasser de vos boutons qui ne servent à rien ! Reconnaissez qu'il est quand même plus pratique d'appeler depuis le palier. À quoi bon descendre à pied pour faire monter l'ascenseur ? Qui a eu une idée pareille ?

Mme Zeldoff, au bord du désespoir, était allée poursuivre sa croisade trois étages plus haut, et toujours par l'escalier de service.

Mme Clerc semblait fort occupée. Elle ne lui avait même pas offert une tasse de thé. Allez donc dire ensuite que les Français sont les rois des bonnes manières. Elle l'avait écoutée d'une oreille distraite et semblait avoir accordé peu de crédit à ses propos. C'en était même devenu vexant, presque insupportable, quand elle avait usé d'un vocabulaire peu châtié.

– Mme Williams doit bien se faire chier pour avoir des idées aussi tordues. Deepak serait incapable de faire une chose pareille, je ne connais personne d'aussi maniaque que lui. Il passe son temps à tout astiquer dans cet immeuble, j'ose à peine m'adosser à la paroi de l'ascenseur.

– Lui peut-être pas, mais M. Rivera, la nuit...

– Bon, c'est très gentil d'être venue me dire tout ça, votre théorie est captivante, mais j'ai du travail.

– Vous en parlerez à votre époux ? avait supplié Mme Zeldoff.

– Je n'y manquerai pas, je suis certaine que ça le passionnera autant que moi, vous saluerez le vôtre de ma part, lui avait-elle répondu en la congédiant.

Quelle prétention ! Cette manière d'adresser ses salutations avant de la mettre à la porte. Mme Zeldoff n'était pas du genre à se faire traiter de la sorte.

– Vous ne voulez pas passer par l'entrée principale ? Dans la journée, l'ascenseur fonctionne, s'était étonnée Mme Clerc.

– Un peu d'exercice ne me fait pas de mal, lui avait répondu Mme Zeldoff, drapée dans sa dignité.

Et ce ne fut pas sans une certaine appréhension qu'elle avait grimpé au 8e. Chloé se préparait à sortir et s'était demandé qui pouvait bien sonner à la porte de service. Pour atteindre le verrou, elle avait dû se forcer à une gymnastique périlleuse, se hissant à la force d'un bras, l'épaule collée à la paroi.

Stupide, infondé et grotesque, voilà ce que lui avait répondu sa jeune voisine. Huit étages à pied, pour être reçue comme ça ! Quant à affirmer que Deepak était un saint, il ne fallait pas exagérer ! Vanter son intégrité après ce qu'il avait fait, c'était le pompon. Et encore, si elle s'était arrêtée là.

– Ce que vous faites est répugnant. Une rumeur laisse toujours des traces, alors présentez-nous des preuves ou cessez vos ragots.

Mme Williams était décidément une femme pleine de bon sens, avait conclu Mme Zeldoff. De vrais gauchistes ! Être en fauteuil n'excusait pas une telle grossièreté.

Puisque cette jeune impertinente mettait sa probité en doute, elle appellerait ce bon M. Groomlat pour lui demander de diligenter une enquête.

Elle avait rempli sa mission avant midi, et elle était rentrée chez elle le devoir accompli.

*

Deepak partit de bonne heure de chez lui. Il s'attendait à être accueilli en sauveur, mais toute la matinée il n'essuya que moues dédaigneuses et regards désapprobateurs. Mme Clerc le salua à peine, M. Williams quitta l'immeuble sans même un au revoir. M. Zeldoff avait les traits serrés et le soupir hostile. Un peu plus tard, son épouse roula des yeux, l'air courroucée. Même M. Morrison qu'il interrogea sur les motifs de cette froideur générale, quand ce dernier fit appel à ses services en milieu d'après-midi (il allait prendre son petit déjeuner), lui répondit de façon évasive : « Nous en parlerons une autre fois. »

Parler de quoi ? Quelle mouche les avait tous piqués ? Était-ce encore un tour de M. Groomlat qui avait exagéré ses revendications ? On l'avait licencié tout de même, il aurait pu encaisser son chèque, prendre une retraite méritée et les laisser dans une sacrée panade. Un an d'indemnités n'allait pas les ruiner ; la Zeldoff en portait l'équivalent en bijoux autour du cou, les séances hebdomadaires de Mme Clerc chez son coiffeur revenaient à une semaine de son salaire, M. Morrison sifflait chaque nuit ce que Deepak gagnait en une journée… quant aux Williams, les aficionados des galas, ils claquaient en un soir plus que Deepak n'était payé en un mois, tout cela pour pavoiser en société. Des pingres arrogants et ingrats, à l'exception des Bronstein, toujours très respectueux, et de Mme Collins qui n'avait plus de fortune. À midi, Deepak ne décolérait pas. Lali avait raison, il était trop bonne pomme. S'il s'était comporté en cerbère comme le concierge du numéro 16, ils lui mangeraient tous dans la main. Peut-être devrait-il aller voir le comptable pour lui annoncer qu'après mûre réflexion, il avait décidé d'en rester là. Qu'on lui règle son dû et que l'on se débrouille sans lui.

À 15 heures, Deepak rongeait toujours son frein derrière son comptoir. Il avait envoyé promener le promeneur de chiens ; le golden retriever des Clerc était revenu du parc dans un état pitoyable. Qui allait nettoyer les marbres du hall ? lui avait-il crié. Le *dog walker* était reparti stupéfait.

Puis ce fut le caviste qui vint déposer une caisse à M. Morrison. Qui allait ranger les bouteilles dans le buffet de son salon ? Puis le fleuriste, venu livrer un bouquet à Mme Williams, trop fastueux pour entrer dans la cabine sans y laisser une volée de pétales. Qui allait balayer ?

Mais quand Chloé apparut à 16 heures, en plus piteux état que le chien des Clerc, Deepak redevint lui-même.

– Qu'est-ce qui vous est arrivé ? demanda-t-il en l'accueillant.

– Rien, répondit-elle, impassible, l'ascenseur de la station était encore en panne, alors j'ai dû descendre à la suivante, et elle est à dix blocs d'ici ; à tour de bras, cela fait une sacrée trotte… enfin, façon de parler. Je n'ai plus de forces.

– Pourquoi n'avoir pas pris le bus ? dit-il en la poussant vers l'ascenseur.

– Parce que la plate-forme met un temps fou à descendre et que les passagers s'impatientent. En plus les bus sont bondés à cette heure, alors je me retrouve coincée devant la porte, près du chauffeur ; à chaque arrêt, ceux qui montent et descendent me bousculent. Et puis sur ce fauteuil, les coups de frein vous donnent une nausée terrible. Les ascenseurs du métro, quand ils existent, sont imprévisibles, mais la plupart du temps, des gens de bonne volonté m'aident à remonter, ce n'était pas le cas aujourd'hui. Bon, je me suis suffisamment plainte, nous devrions plutôt nous réjouir que vous restiez.

– Comment le savez-vous ? lâcha Deepak entre le 4e et le 5e étage. Je ne l'ai appris que vers 10 heures, vous étiez encore chez vous, je vous ai descendue à 11 heures.

Deepak ouvrit la grille, s'écarta pour laisser passer Chloé et redescendit sans qu'elle lui ait répondu.

En chemin, il s'arrêta au 1er et sonna à la porte de M. Groomlat.

Le comptable l'attendait derrière son bureau. Il lui remit son contrat. Deepak le rangea aussitôt dans sa poche.

– Vous ne le lisez pas ?

– Je vous fais confiance, et puisque tout le monde me bat froid depuis ce matin, j'ai bien compris que mes revendications n'avaient pas été bien accueillies.

– Asseyez-vous un instant, le pria le comptable.

Deepak resta debout.

– Comme vous voudrez. Puisque vous me faites confiance, je vais vous rendre la pareille. Ils ignorent encore vos revendications. Je me suis contenté de leur dire que je vous avais réembauché. Ne vous inquiétez pas, j'ai le pouvoir de signer un acte de bonne gestion. Et puis, je suis certain qu'ils seront soulagés de ne pas devoir s'acquitter du complément de charges que je leur avais réclamé. Cela étant, je préférerais que notre petit accord reste entre nous. D'ici à votre départ, l'eau aura coulé sous les ponts… D'ailleurs, pourquoi dix-huit mois ? Vous auriez pu arrondir à deux ans ? demanda Groomlat.

– Vous ne pourriez pas comprendre, répondit Deepak en s'en allant.

*

Dès la fin de son service, Deepak rendit visite à M. Rivera à l'hôpital. Mme Collins ne lui avait pas confié de livre, et pour cause, elle l'avait porté elle-même en milieu d'après-midi. Elle fut d'ailleurs la seule à l'avoir salué normalement. Le comportement des occupants de l'immeuble n'avait cessé de le tracasser.

M. Rivera, qui l'avait vu si joyeux la veille, s'inquiéta de le voir maintenant d'humeur maussade.

– Tu m'as l'air bien soucieux.

– Je ne comprends pas ce qui se passe. Ils n'ont jamais été aussi odieux, enfin, jamais tous en même temps. À croire qu'ils me reprochent quelque chose.

– D'avoir ravalé ton amour-propre et accepté de rester à leur service ? Ce serait le monde à l'envers.

– Alors pourquoi cette soupe à la grimace ?

– Si tu veux mon avis, ils devaient se réjouir d'en avoir fini avec nous et de voir leurs charges baisser. Ils sont déçus, voilà tout. Tu leur as dit pour ton neveu ?

– Pas encore, je le ferai lundi, j'ai rendez-vous demain dans un café avec un gars du syndicat.

– Un samedi ? Tu m'impressionnes.

– Je préférais plaider ma cause ailleurs que dans ses bureaux. Ce que je vais lui demander n'est pas très légal.

– Tu penses vraiment à tout.

– À l'essentiel.

– C'est le problème des nuits qui les met de mauvais poil ; quand ils apprendront que c'est réglé, tout rentrera dans l'ordre.

– Même M. Morrison n'était pas dans son assiette, poursuivit Deepak.

– Je n'ai l'ai jamais vu autrement que le nez plongé dans une bouteille. Il avait peut-être trop forcé la veille. Remercie plutôt la providence de ce qui nous arrive, c'est inespéré.

Deepak quitta son collègue à 21 heures. Et dans le métro qui le ramenait chez lui, il se demanda si cette providence avait un nom.

*

En rentrant, il trouva Lali attablée en compagnie de Sanji, et il fut certain, alors qu'il ôtait son manteau, que tous deux s'étaient soudainement tus à son arrivée.

– Je t'ai attendu aujourd'hui, dit Deepak en s'asseyant avec eux.

– J'ai fini plus tard que prévu, répondit Sanji nonchalamment.

– Tu aurais pu me prévenir.

Lali vola à la rescousse de son neveu.

– Sanji était en réunion, avec des gens importants.

– Parce que je ne suis pas important ? Tu commences lundi, poursuivit-il.

– Tu es allé voir les gens du syndicat ? demanda Lali en posant le repas sur la table.

– Ce sera fait demain, répondit Deepak avant de servir sa femme.

– Vous travaillez sept jours sur sept ? interrogea Sanji.

– Pourquoi cette question ?

– Comment font-ils avec leur ascenseur quand vous partez en vacances ?

– Nous faisons appel à un intermittent, grommela Deepak. Mais il n'est disponible que les week-ends et au mois d'août. M. Rivera se repose le samedi, moi le dimanche, l'été, nous prenons quinze jours à tour de rôle, ainsi, il y a toujours quelqu'un pour nous remplacer, de jour comme de nuit.

– Et cet intermittent n'était pas disponible ?

– S'il l'était nous aurions résolu le problème depuis longtemps. Mais si tu as changé d'avis, dis-le tout de suite, au point où j'en suis !

– Qu'est-ce qui ne va pas ? s'inquiéta Lali.

– Qu'est-ce qui pourrait bien ne pas aller ? La providence veille sur nous, le matériel qui devait mettre un terme à ma carrière s'est miraculeusement détérioré. Demain je mentirai à mes plus vieux copains en prétendant que mon neveu par alliance est un liftier expérimenté de Mumbai, bien que j'ignore toujours ce qu'il fait dans la vie.

Alors je me demandais si en me rasant demain je me reconnaîtrais toujours dans la glace.

*

Peu avant minuit, Deepak enfila son pyjama, se glissa sous les draps et éteignit sa lampe de chevet, quand Lali ralluma la sienne.

– Tu vas me dire ce qui te tracasse ou tu préfères que je passe la nuit à m'inquiéter dans mon coin ?

– Qu'est-ce que tu es allée faire chez Mlle Chloé ? lâcha Deepak.

– Certaines traditions ont vraiment la peau dure. Pour un vieil Indien comme toi, deux femmes qui discutent sont forcément en train de comploter.

– Le vieil Indien a renoncé à une carrière toute tracée pour épouser une vieille Indienne comme toi ! De toute façon, je te connais, quand tu démarres au quart de tour, c'est que tu n'as pas la conscience tranquille.

– Et qu'aurions-nous donc à nous reprocher ? Je meurs d'envie de le savoir.

– Il n'y a pas une once d'humidité dans ma remise. Tu crois que j'y entreposerais mon uniforme sinon ? Alors, comment expliquer que leur équipement ait été rongé par je ne sais quoi ?

– Parce que je suis devenue spécialiste en matériel électronique, peut-être ?

– Toi non, mais ce n'est pas le domaine de ton neveu ?

– Suis-je bête, c'est une conspiration générale ! Ta femme, ton neveu, ta protégée du 8ᵉ, tout ce beau monde s'est ligué pour mener une opération de sabotage dans le seul but de sauver ton emploi et ton exploit absurde… J'en oubliais ce pauvre M. Rivera qui m'a envoyé un plan du sous-sol par pigeon voyageur pour m'indiquer où se trouvait un matériel dont j'ignore même à quoi il ressemble. Je suis partie en pleine nuit, pendant ton sommeil, et une fois rendue dans la cave, j'ai fait pipi dessus !

– Ne dis pas de sottises, je ne t'ai accusée de rien.

– Et c'est moi qui suis de mauvaise foi ! Tu devrais t'écouter, fulmina Lali.

– Tu as toujours réponse à tout, mais je ne peux pas m'empêcher de penser que cette histoire est louche. Et si l'on vient à me suspecter de quoi que ce soit, j'en connais un qui sautera sur l'occasion pour me le faire payer cher.

*

14.

Lali et Sanji se retrouvèrent autour du petit déjeuner. Deepak sortit de sa chambre, vêtu d'un pantalon blanc bouffant et d'une chemisette de sport assortie. Sanji ne l'avait encore jamais vu aussi chic.

– Je croyais que tu allais prendre un café avec tes collègues du syndicat ? s'étonna Lali.

– Mon passé de joueur les impressionne toujours, et puis après j'irai lancer quelques balles au parc.

– Tu devrais accompagner ton oncle, il a un véritable fan-club, suggéra Lali à son neveu.

– J'adorerais le voir jouer, répondit Sanji, en lisant le message qui venait de s'afficher sur son portable, mais j'ai un déjeuner d'affaires imprévu.

– Un samedi ? lâcha Deepak.

– Toi aussi tu as un rendez-vous de travail, alors pourquoi pas lui ? intervint Lali.

– Si j'annonçais qu'il va pleuvoir, ta tante s'empresserait de me dire que tu n'y es pour rien.

– Tu iras une autre fois, ajouta-t-elle en ignorant la remarque de son mari. Essaie de ne pas travailler demain, j'aimerais que nous passions un peu de temps ensemble.

Sanji lui en fit la promesse et alla se préparer.

– Et toi, tu viens me voir jouer ? demanda Deepak innocemment à sa femme.

– Je ne raterais ça pour rien au monde, comme tous les week-ends depuis que je te connais… Je te retrouverai sur la pelouse vers midi.

*

À midi, Sanji rejoignit Sam chez Claudette. Le restaurant se trouvait près de ses bureaux et Sam appréciait beaucoup leur brunch.

– Qu'est-ce qu'il y a de si urgent ? demanda Sanji en s'installant à table.

– J'ai reçu les statuts et les actes d'enregistrement de ta société, signe-les, j'irai les déposer lundi. Ne manque plus que ta contribution, ce qui ne posera pas de problème, n'est-ce pas ?

Le regard de Sanji s'était tourné vers le couple qui venait d'entrer dans la salle.

– Tu m'écoutes ? le rappela à l'ordre Sam. Et puis arrête, ça ne se fait pas !

– Qu'est-ce qui ne se fait pas ?

– De dévisager une fille comme elle.

– Une fille comme elle ?

– En fauteuil !

– Je la connais, répondit nonchalamment Sanji en se retournant vers Sam. Que disais-tu ?

– Tu plaisantes, j'espère ?

– Ne t'inquiète pas, mon banquier ne m'a pas rappelé, mais je le joindrai cet après-midi, tout sera réglé dans le courant de la semaine.

– Je me fiche de ton banquier, je parlais de cette jeune femme. Tu la connais vraiment ?

Sanji ne répondit pas ; du coin de l'œil il observait le patron qui accueillait ses hôtes à la façon dont on traitait chez lui les gens des hautes castes. Elle avait dit être actrice, était-elle une star ? Pourtant, le patron était seul à lui prêter attention. À Mumbai, tout le monde se serait précipité pour réclamer des autographes, mieux encore : des selfies. Peut-être pas à New York, où il était interdit de poser les yeux sur quelqu'un dont le corps était abîmé. En Inde, les New-Yorkais devaient se promener les yeux rivés au ciel. Et puis, c'était elle qu'il contemplait, pas son fauteuil... peut-être aussi l'homme qui l'accompagnait.

*

– Cette fois, c'est toi qui jettes des regards vers une autre table. Tu connais ces types ?

– Pas vraiment, enfin l'un d'eux, un petit peu.

– Lequel ? demanda le professeur.

– Celui sur la banquette, répondit Chloé en s'emparant du menu.

– Où l'as-tu rencontré ?

– Nous avons échangé quelques mots au parc. Son père était musicien. Je prendrais bien des œufs Benedict. Et toi ?

– Il a l'air sympathique.

– Ou peut-être des œufs brouillés ?

– Qu'est-ce qu'il fait dans la vie ? insista M. Bronstein.

– C'est l'un de ces jeunes entrepreneurs géniaux de notre monde moderne. Il est venu chercher des investisseurs à New York.

– Génial, rien que ça….

– Brillant. On commande ? Je meurs de faim.

– Brillant, comment ?

– Enfin, arrête, qu'est-ce que tu sous-entends ?

– Rien… bizarrement tu es plongée dans un menu que tu connais par cœur et je ne t'ai pas vue rougir comme ça depuis longtemps.

– Je n'ai pas rougi.

– Regarde-toi dans le miroir au-dessus de moi.

– J'ai chaud, c'est tout.

– Avec cette climatisation ?

– Bon, tu veux bien changer de sujet ?

– Comment va notre philosophe ? demanda innocemment M. Bronstein.

– Je le saurai… quand nous aurons trouvé un liftier de nuit, répondit-elle, piquée au vif.

– On me propose une conférence la semaine prochaine, enchaîna-t-il. Un congrès de banquiers, c'est assez bien payé.

– Ne fais pas cette tête, c'est une bonne nouvelle, se réjouit Chloé. Les Bronstein père et fille ont le vent en poupe. J'ai signé un autre enregistrement. Maintenant que cette histoire de complément de charges n'a plus lieu d'être, à nous deux nous pourrons bientôt rembourser nos dettes.

– Peut-être même refaire la plomberie de ta salle de bains.

– Tu veux trinquer à la robinetterie ? demanda Chloé enjouée.

– Plutôt à ta carrière !

– Et à ta tournée de conférences !

– J'en donne une à San Francisco, je vais devoir m'absenter quelques jours, tu pourras…

– Me débrouiller sans toi ? Je le fais tous les jours et puis je peux toujours compter sur Deepak en cas de problème.

– Veux-tu que nous les invitions à se joindre à nous ? demanda le professeur, amusé, en regardant les deux hommes attablés en face de lui.

– Tu peux parler moins fort ?

*

Sanji régla l'addition. Sam tira la table pour le laisser passer. Chloé les suivit des yeux dans le miroir au-dessus de son père. Sanji se retourna juste avant de quitter l'établissement, leurs regards se croisèrent furtivement, Chloé piqua du nez dans son assiette, ce qui n'échappa point à son père.

*

Sam avait un rendez-vous galant et se sépara de Sanji devant les grilles de Washington Square Park. Sanji alla vagabonder près du bassin. Observer les gens, imaginer leur vie était l'une de ses distractions favorites, peut-être même ce qui l'avait conduit à concevoir son application. Dans sa jeunesse, il était fasciné par l'absurdité de la vie dans les grandes métropoles où tant d'humains se côtoient sans jamais s'adresser la parole. La solitude de son enfance n'y était pas étrangère. Quand il avait débuté sa carrière d'entrepreneur, ses oncles l'avaient accusé de déshonorer les siens. Hommes et femmes ne pouvaient se rencontrer qu'avec l'accord de leurs familles, et ne pouvaient se fréquenter qu'une fois leur union adoubée. Sanji appartenait à une génération qui ne voyait pas la vie ainsi. Mais briser les tabous, s'affranchir des traditions, gagner sa liberté comme apprendre à en faire bon usage n'était pas le combat d'un jour. Bien qu'il ne sache pas grand-chose d'eux, il admirait le courage dont Lali et Deepak avaient fait preuve en abandonnant tout.

Il repensa à la facilité avec laquelle Chloé l'avait abordé à Washington Square Park ; lui n'aurait probablement jamais osé lui adresser la parole. La sonnerie de son portable le tira de ses pensées. L'appel émanait du Mumbai Palace Hotel.

Taresh et Vikram, ses oncles, lui firent savoir qu'ils avaient fait opposition au nantissement de ses titres. Une clause des statuts de l'hôtel les y

autorisait. Ils étaient ulcérés de son inconsé-
quence.

– Si tu échoues, avait argué Taresh, un tiers de
notre palace tombera entre des mains étrangères !

– Comment peux-tu être assez égoïste pour
risquer le travail de toute une vie, mettre en
danger le patrimoine de ta famille ? Et pour quoi ?
avait vitupéré Vikram.

– De quelle famille parlez-vous ? avait répondu
Sanji avant de leur raccrocher au nez.

Ses oncles voulaient la guerre. Furieux, il abandonna la fontaine pour se rendre dans un autre
parc de la ville. Là-bas, un oncle digne de ce nom
jouait au cricket.

*

Chloé entra dans Washington Square Park et
alla prendre place devant l'une des tables où,
pour quelques dollars vite gagnés, des joueurs
d'échecs aguerris plumaient de téméraires ama-
teurs. Ce n'était pas pour la poignée de billets
empochés à chaque partie qu'elle occupait ainsi
ses samedis après-midi, mais pour le plaisir de
gagner. Elle avait été une sportive combative, et
regrettait parfois de s'être débarrassée de ses
trophées. Sa dernière compétition avait eu lieu un
matin d'avril, cinq ans plus tôt.

*

Sanji admirait l'élégance avec laquelle Deepak maniait sa batte, entouré d'une ribambelle d'adolescents venus des quartiers nord de la ville, rêvant de devenir des champions.

– Je comprends que tu aies cédé à son charme quand tu allais le voir au parc de Shivaji.

– Il est beaucoup plus beau aujourd'hui, répondit Lali. Pour certains, Deepak n'est qu'un liftier, mais sur un terrain de cricket, c'est un vrai seigneur.

– Ça n'a pas dû être facile de partir.

– Partir a été le plus facile. Un soir, alors que Deepak sortait de chez lui, trois malabars lui sont tombés dessus et l'ont roué de coups. Nous savions qui étaient les commanditaires et nous avons saisi le message que mes parents nous avaient adressé. Quand je suis allée lui rendre visite au dispensaire, il a tout fait pour me convaincre de mettre fin à notre relation. Son amour pour moi serait éternel mais nous ne pouvions pas envisager d'avenir ensemble, il n'avait pas le droit d'entacher la réputation d'une famille comme la nôtre, et encore moins de gâcher ma vie. J'ai mis ce moment d'égarement sur le compte de ses blessures, et lui ai répondu que ce serait la dernière fois que je tolérerais que l'on décide de ma vie. J'avais choisi de la passer à ses côtés, et ne laisserais derrière moi aucun regret. Ma famille n'existait plus, je n'avais rien de commun avec des gens capables d'une telle violence. Pendant deux mois, jour après jour, j'ai glissé des affaires dans un baluchon de linge sale caché au fond d'une armoire, afin que nos servantes ne se rendent compte de rien. Et sous mon lit, le peu d'argent que j'avais réussi à chaparder dans le sac de ma mère, dans les poches des pantalons que mon père laissait traîner. J'en avais aussi chipé à mes frères. Deepak est venu me chercher au beau milieu d'une nuit. Il m'attendait non loin de chez nous et m'avait dit qu'il comprendrait que je ne vienne pas. Je me suis sauvée en douce. Tu ne peux imaginer ma peur, en me faufilant dans le couloir pendant que la maison dormait, en descendant l'escalier, en refermant la porte pour ne jamais revenir. Il m'arrive encore d'en rêver, et je me réveille tremblotante. Nous avons fui à pied, nous menions une course contre la montre, car nous devions arriver au port avant le lever du jour. Un conducteur de rickshaw a eu pitié de nous et a accepté de nous emmener. Deepak avait acheté à prix d'or deux places à bord d'un cargo. Nous avons passé quarante-deux jours en mer. J'aidais aux cuisines, Deepak prêtait main-forte à l'équipage, il était de toutes les corvées. Mais quel voyage ! Mer d'Arabie, mer Rouge, le canal de Suez, la Méditerranée, le détroit de Gibraltar et enfin... c'est en voyant l'océan que nous avons vraiment embrassé notre liberté.

– Pourquoi seulement là, la traversée n'en était pas à ses débuts ?

– Parce que c'est au cours d'une nuit à Gibraltar, où le cargo faisait escale, que nous nous sommes aimés pour la première fois. Mais, comme je te le disais tout à l'heure, ce que je viens de te raconter fut la partie la plus facile de notre évasion. Je refusais d'être une clandestine. Deepak était trop intègre pour supporter longtemps de vivre dans l'illégalité. Je ne te cache pas que son excès d'honnêteté m'a parfois tapé sur les nerfs. Nous nous sommes présentés aux services de l'immigration. À l'époque, les gens qui gouvernaient cette nation d'immigrés se souvenaient encore de l'histoire de leurs pères et d'où chacun venait. Être menacés de mort nous permettait d'obtenir un statut de réfugiés, les cicatrices de Deepak témoignaient de notre bonne foi. On nous a remis des papiers provisoires, et à notre grande surprise un peu d'argent pour subvenir à nos besoins et commencer une nouvelle existence. Deepak ne voulait pas le prendre, rit Lali de bon cœur, je m'en suis chargée pour lui.

— Et ensuite ? demanda Sanji.

Lali se tut. Il remarqua qu'elle était émue et posa un bras sur ses épaules.

— Je suis désolé, dit-il, je ne voulais pas réveiller des souvenirs douloureux.

— Je t'ai menti, poursuivit Lali à voix basse. Je mens en te disant que je n'ai rien perdu en quittant notre maison. Parce que j'y ai abandonné une partie de moi-même, et en dépit de cette fierté qui m'a souvent causé du tort, j'en ai souffert terriblement et j'en souffre encore. J'avais une vie privilégiée, insouciante, et je me suis retrouvée à enchaîner les petits boulots, travaillant jusqu'à seize heures par jour pour que nous puissions nous nourrir à notre faim. Nous n'avons pas eu une existence facile, et après toutes ces années, même si nous ne devons pas nous plaindre, nous avons juste de quoi assurer nos vieux jours, à condition qu'ils ne durent pas trop longtemps. Si Deepak était obligé de prendre sa retraite maintenant, je ne sais pas comment nous pourrions joindre les deux bouts. Alors, assez de questions. Donne-moi des nouvelles des miens, de ce pays que je déteste pour ce qu'il m'a fait subir, mais qui me manque à crever.

Sanji lui parla de la plus grande démocratie du monde où persistaient la misère, un ordre social entretenant un système de castes... mais tout n'était pas noir, en dehors des images qu'inspirait l'Inde, des vaches sacrées aux bidonvilles, de Bollywood à la génération d'informaticiens à laquelle il appartenait, le progrès était en marche, les villes se modernisaient, la pauvreté reculait, le pays s'était doté d'une presse plurielle et libre et une classe moyenne émergeait.

Lali l'interrompit.

– Je ne te demande pas de me faire un cours d'économie ou de géopolitique, pour cela j'ai un mari qui m'assassine chaque week-end en lisant son journal à voix haute, parle-moi de toi, de ta vie, de tes passions, est-ce que tu as une fiancée ?

Sanji inspira longuement avant de lui répondre, il se tourna lentement vers elle et plongea ses yeux dans les siens.

– Tante Lali, les immeubles décrépis que possédait ton père sont devenus un grand palace, le plus luxueux de Mumbai. Tes frères te l'ont toujours caché.

Lali retint son souffle, et le regarda bouche bée.

– À quoi bon venir me voir jouer, si c'est pour bavarder comme deux pipelettes, râla Deepak en s'approchant. J'espère au moins que cette conversation valait la peine de rater mon sublime lancer !

*

Le jour où j'ai frappé Julius

La journée avait commencé par une séance de rééducation. Ce « salopard » de Gilbert s'en était donné à cœur joie. Ce n'était pas un matin comme les autres, car je devais faire mes premiers pas avec mes prothèses. Ce n'est pas parce que je suis tombée que tout est parti en vrille. La douleur a probablement joué un rôle, mais c'était autre chose.

Avant « 14 h 50 », papa voyageait beaucoup, me laissant l'appartement tout à moi. Le studio de Julius est un tue-l'amour : les murs en crépi jaune, l'odeur de la moquette usée, la lumière blafarde du plafonnier en font l'endroit le moins romantique du monde – Julius n'est pas très doué pour la décoration. De surcroît, des voix sourdes parviennent des studios voisins et donnent l'impression que les lieux sont hantés. Assez de raisons donc pour que nous ayons convenu de faire l'amour chez moi chaque fois que mon père n'était pas là. Mais, papa ne voyageait plus.

Heureusement, l'après-midi il enseigne.

Julius m'a prise dans ses bras, il m'a installée sur le lit et m'a embrassée. Il s'est couché sur moi et a défait les boutons de ma robe. Il a caressé mes seins, c'était la première fois que je ressentais son désir depuis « 14 h 50 ». Ses lèvres glissaient sur ma peau, sur mon ventre, ses mains ont cherché à écarter mes jambes et j'ai vu son regard se figer. Je l'ai giflé.

Nous avons cessé de faire l'amour.

*

15.

Chloé avait passé un long moment devant sa garde-robe avant d'opter pour une jupe longue en vichy et un haut blanc à encolure échancrée.

En début d'après-midi, Deepak avait sonné à sa porte pour lui annoncer la nouvelle. Un remplaçant, répondant aux critères exigés par M. Groomlat, venait d'être embauché. Le nouveau liftier de nuit, agréé par le syndicat et expérimenté, prendrait son service à 19 h 15... enfin, presque expérimenté, avait-il ajouté, fidèle à lui-même. Chloé était à nouveau libre de circuler à sa guise.

Si elle avait pu se lever, elle l'aurait serré dans ses bras. Deepak avait dû s'en rendre compte, car elle l'avait vu presque rougir. Il s'était retiré en exécutant une révérence cocasse qui témoignait de leur joie partagée.

Son père s'étant envolé vers San Francisco, elle avait proposé à Julius de dîner avec elle. Étant tombée directement sur sa messagerie, elle y avait laissé les coordonnées du restaurant où elle l'attendrait à 20 heures.

N'excellant pas dans l'art du maquillage, elle se regarda une dernière fois dans le miroir, fit le tour de l'appartement pour éteindre les lumières, à l'exception de la lampe sur le guéridon de l'entrée, prit son portable et appela pour faire monter l'ascenseur.

Elle profita de ce que la cabine grimpât pour effectuer son demi-tour sur le palier. Le liftier fit coulisser la grille, et se plaqua contre la manette pendant que Chloé manœuvrait en marche arrière.

Elle ne voyait que son dos. L'uniforme de M. Rivera était trop grand pour lui, les épaulettes tombaient négligemment sur ses bras et les manches de la redingote lui recouvraient la moitié des mains.

— Bonsoir mademoiselle, dit-il d'un ton révérencieux.

— Bonsoir, quelle joie de vous avoir parmi…

Elle s'interrompit au beau milieu de sa phrase, et posa les yeux sur la nuque du liftier.

— Vous disiez ? reprit le liftier à hauteur du 6e étage.

Chloé sentit battre son cœur à cent à l'heure en passant devant le palier du 4e.

— Que les gens bien élevés se retournent et vous regardent lorsqu'ils vous parlent.

Sanji s'exécuta.

— Dire que la première fois que vous engagez la conversation, c'est pour avouer que vous m'avez menti.

– Je ne vous ai pas menti.

– Foutez-vous de moi, en plus ! Entrepreneur, Facebook indien, ça vous rappelle quelque chose ?

– N'exercer qu'un seul métier à New York est un luxe… ça ne vous rappelle rien ? répondit Sanji.

– Et le week-end vous êtes une star de Bollywood ou un champion de parapente ?

– J'ai le vertige et je suis très mauvais acteur.

– Je peux vous assurer le contraire !

La cabine se posa sans ménagement à dix centimètres du rez-de-chaussée.

– Je ne suis pas encore tout à fait au point, je nous remonte au premier, vous méritez un meilleur atterrissage.

– De mieux en mieux…

– Absolument, je fais de mon mieux, et vous pourriez être un peu patiente.

– Vous n'aviez pas rendez-vous 28e Rue, j'ai vu le taxi faire demi-tour. En fait, vous mentez tout le temps.

– Voilà, cette fois on est presque à niveau, vous devriez pouvoir sortir sans problème. On m'a recommandé de ne pas poser les mains sur le fauteuil de mademoiselle. Mais je vais escorter mademoiselle sur le trottoir et lui arrêter un taxi.

– Arrêtez avec vos « mademoiselle » ! pesta Chloé. Et vous ne m'accompagnez nulle part, cria-t-elle en passant devant le comptoir, surprise d'y voir Deepak.

– Liftier, ce n'est pas assez important pour vous, c'est ça ? cria-t-il à son tour.

Deepak se hâta d'ouvrir la porte à Chloé et ne la quitta pas des yeux pendant qu'elle traversait la rue pour entrer chez Claudette.

– Qu'est-ce que j'ai encore fait ? s'agaça Sanji en retrouvant son oncle dans le hall.

– Je suis resté pour m'assurer que tu t'en sortirais. Trois règles, trois toutes petites règles… Être courtois, invisible quand on ne s'adresse pas à vous, et si on le fait, écouter les questions qu'on vous pose sans jamais y répondre, est-ce si difficile ?

– Elle ne m'a pas posé de question, elle a engagé la conversation !

– Pas « elle », mais « Mlle Chloé ». Vous passiez le 3e étage que je vous entendais déjà hausser le ton. Quant à la façon dont tu as posé la cabine, je ne dis rien, mais je n'en pense pas moins. Je te suis reconnaissant de ce que tu fais pour moi, mais fais-le bien, sinon ce n'est pas la peine. Maintenant, je file voir Rivera et je rentre me coucher. Je te confie mon immeuble. J'espère le retrouver en parfait état demain. Je peux compter sur toi ? Et tu n'oublieras pas d'aider M. Morrison à ouvrir sa porte.

Sanji serra les dents alors que son oncle descendait se changer dans la réserve.

*

Chloé revint à 22 heures, seule. Elle n'adressa pas un mot à Sanji dans la cabine, juste un bonsoir du bout des lèvres avant de rentrer chez elle.

Elle n'alluma pas les lumières et fit rouler son fauteuil jusqu'à la fenêtre. Le lundi, les trottoirs étaient déserts. Seuls quelques taxis descendaient la 5ᵉ Avenue à vive allure, avant de bifurquer vers la 9ᵉ Rue. Chloé resta longtemps le regard perdu dans le vide. Aux alentours de minuit, elle plongea la main dans sa poche et appuya sur la touche où était mémorisé le numéro de Julius. Ce n'était pas le lapin qu'il lui avait posé qui l'avait décidée – il avait dû travailler tard et n'avait peut-être même pas entendu son message.

Pendant qu'elle l'attendait, Claude lui avait offert une coupe de champagne, puis une deuxième, puis encore une autre. Avant qu'elle ne soit ivre morte, bien qu'elle n'eût déjà plus les idées très claires, il avait pris place sur la banquette et avait commandé à dîner pour eux deux. Le patron de Claudette avait eu pitié d'elle et la pitié était ce que Chloé ne tolérait plus, ni de Julius ni de quiconque.

Elle ne voulait pas entendre sa voix. Portable en main, elle attendit que la messagerie vocale ait débité sa prose, puis elle laissa à son tour un message.

– Je me suis trompée tant de fois que c'en est devenu pathétique. Je me suis trompée sur ce que je pouvais encaisser, sur cette idée que nous pouvions prétendre être encore ensemble. Je me suis trompée sur la façon de reconstruire ma vie, sur ce que j'espérais de notre histoire, je me suis trompée en me sentant redevable, je me suis trompée sur nous et encore plus sur moi. Mais voilà, je ne veux plus me tromper, plus jamais. Retrouve-moi demain dans le parc. Je sais que tu ne donnes pas de cours entre 15 et 16 heures. Je te rendrai le peu d'affaires que tu as laissées ici et avec elles, ta liberté. Je reprends la mienne. Adieu, Schopenhauer.

*

Le lendemain, Chloé entra à 15 heures dans Washington Square Park. Quand elle avança dans l'allée, elle aperçut un autre homme que Julius assis sur le banc.

– Qu'est-ce que vous faites là ? demanda-t-elle.

– Il ne viendra pas, soupira Sanji en refermant son livre.

– Je ne comprends pas ?

– Hier soir, je ne pouvais tout de même pas vous dire que vous vous étiez aussi trompée de numéro de téléphone...

*

16.

– Pourquoi être restée avec cet homme si vous vous étiez fourvoyée à ce point ? demanda Sanji.

– Parce que c'est lui qui est resté, parce que j'avais suffisamment encaissé physiquement pour ne pas risquer de souffrir autrement.

– Il s'appelle vraiment Schopenhauer ?

– Je suppose que ça n'a pas changé depuis hier, répondit Chloé.

– C'est assez audacieux de tomber amoureuse d'un type qui porte un nom pareil, ou alors c'est du masochisme poussé à l'extrême.

– Qu'est-ce que son nom a à voir avec les sentiments que je lui porte ou pas ?

– L'essai de Schopenhauer sur les femmes surpasse la pensée misogyne ancrée dans l'inconscient collectif de mon pays.

– Je ne fréquentais que la copie, pas l'original. Et bien sûr vous avez aussi lu Schopenhauer…

– Ça vous étonne parce que je débarque de Mumbai ? Je ne vous jette pas la pierre, je suis le premier surpris quand le regard d'un Occidental sur l'Inde dépasse le stade des vaches sacrées et du chutney au curry.

– Ce n'est pas ce que je voulais dire.

– Mais vous l'avez sous-entendu.

– Ça vous va bien, les leçons de morale. Qui de nous deux est un menteur patenté ?

– Si je vous avais dit que mon rendez-vous se trouvait à l'opposé du vôtre, vous vous seriez sentie redevable. Et j'ai cru comprendre hier que cela faisait partie des choses dont vous ne vouliez plus.

– Vous savez très bien que je ne pensais pas à ça, et puis si vous souhaitez que l'on se reparle un jour, convenons que ce coup de fil n'a jamais existé.

– OK, après vous me direz juste qui est le plus menteur des deux. Enfin, l'essentiel est que vous acceptiez de me revoir… maintenant que vous savez que je ne suis qu'un simple liftier.

– Comment ne pas vous revoir alors que vous travaillez dans mon immeuble…

– Je ne voudrais surtout pas que vous vous forciez. Je m'en tiendrai donc au « mademoi-selle », et seulement si mademoiselle a besoin de mes services. Désolé de cette erreur de numéro… promis, nous n'en reparlerons plus.

– Chloé, pas mademoiselle ! cria-t-elle alors que Sanji s'éloignait.

Et elle ne le quitta pas des yeux jusqu'à ce qu'il sorte du parc.

*

Deepak regarda sa montre en espérant que Sanji serait ponctuel. Vœu qui fut exaucé, à cinq minutes près.

– J'ai fait de mon mieux, s'exclama son neveu essoufflé.

– Je ne t'ai fait aucun reproche. Passé minuit, et bien entendu après s'être assuré que tout le monde soit rentré, Rivera avait l'habitude de se reposer derrière le comptoir, rien ne t'interdit de faire pareil, mais tu penseras à mettre un réveil pour être présentable dès 6 h 30. Il arrive que M. Williams aille acheter son journal vers 6 h 45. Ne t'inquiète pas, tes nuits seront moins fatigantes que mes journées.

– À un détail près, je travaille aussi dans la journée.

– Rivera passait les siennes dans un hospice auprès de sa femme, et crois-moi, vu son état, ce n'est pas de tout repos. Il a quarante ans de plus que toi, tu devrais t'en sortir.

– Un merci aurait suffi…

– Tu devrais savoir que certains silences en disent plus long que des paroles inutiles. À demain, je te confie les lieux.

Deepak descendit au sous-sol. Rivera s'était trompé en imaginant que le comportement des propriétaires redeviendrait normal dès que son remplaçant aurait pris ses fonctions. Leur froideur aussi inhabituelle que collective le préoccupait de plus en plus. Mme Williams, experte en petites phrases assassines, lui en avait lancé une à la volée en sortant de sa cabine : « Cette bonne Mme Zeldoff va invoquer un miracle et qui oserait la contredire ? Avoir dégoté un liftier au pied levé, après ce mauvais coup du sort, relève du prodige. Et en plus il nous arrive d'Inde ! À croire qu'il n'y a plus de main-d'œuvre qualifiée en Amérique. »

L'instinct de Deepak l'avait rarement trompé et il était décidé à en avoir le cœur net. Après avoir rangé son uniforme, il se rendit dans le petit local en face de la remise où un magnétoscope enregistrait entre 23 heures et 7 heures du matin les mouvements filmés par les caméras de surveillance. L'une épiait le trottoir sous l'auvent, la deuxième veillait sur l'entrée de service et la dernière sur le couloir du sous-sol. Depuis que le matériel de surveillance avait été installé, vingt ans plus tôt, rien de notable ne s'était produit. La copropriété conservait un jeu de six vieilles cassettes VHS que Deepak alternait.

Il s'installa devant le moniteur et inséra la première en mode accéléré. En déroulant celle de la nuit du mercredi précédent, il détecta un étrange événement. Stupéfait, il vit Mme Collins entrer dans sa remise en peignoir, armée d'un vaporisateur à la main. Il ignorait quelle substance il contenait, mais pas besoin d'être fin limier pour deviner à quoi il avait servi. Cette pièce à conviction suffisait à le dédouaner, mais après quelques minutes de réflexion, Deepak rembobina la cassette et la laissa dans l'appareil. L'enregistrement de la nuit à venir effacerait les traces de cette visite impromptue dont il resterait l'unique témoin.

Deepak partit peu après, il était trop tard pour passer voir Rivera, et il rentra chez lui.

*

M. Morrison avait réintégré son appartement sain et sauf. Suivant les recommandations de Deepak, Sanji ne s'était pas aventuré au-delà d'un bonsoir.

Il était bientôt minuit et il bâilla longuement. Il posa ses pieds sur le comptoir et inclina le dossier de la chaise. Dormir s'avérant impossible, Sanji chercha comment tuer l'ennui. Il trouva un bloc-notes et un crayon à papier qu'il mâchonna un long moment en choisissant ses mots.

À 1 heure du matin, il monta au 8e, enjamba les six centimètres qui séparaient la cabine du palier, et glissa une feuille de papier pliée en deux sous la porte palière, avant de redescendre. Il s'assoupit vers 3 heures du matin, allongé bras en croix au milieu du hall.

*

Le jour où j'ai senti le parfum des roses

Papa était rentré en début d'après-midi, sans donner d'explication. J'étais dans le salon, à la fenêtre. Quand mon père me demande pourquoi je passe mon temps le visage collé au carreau, je lui réponds qu'observer la rue me fait du bien. Un mystère qui reste entier pour lui. La véritable raison est que c'est là que j'aime écrire... en observant la rue chaque fois que j'ai besoin de reprendre mon souffle. Et chaque fois qu'il me rejoint, je cache mon carnet sous mes fesses. Pourquoi ne pas lui dire que je tiens un journal ? Parce qu'un journal est un jardin secret, voilà tout. Mais ce jour-là, papa m'a reproché de rester enfermée. « Je veux que tu ailles t'aérer, d'ailleurs je ne veux plus te voir ici avant au moins deux heures ! »

Je l'ai regardé, étonnée. Même quand j'étais adolescente, il n'était pas aussi autoritaire. Pourquoi tenait-il tant à ce que je déguerpisse ? Alors, l'air de rien, je lui ai demandé s'il avait une maîtresse. Là, c'est lui qui a eu l'air surpris, il ne voyait pas le rapport ! Moi si, mais je n'allais tout de même pas le lui expliquer.

Puisqu'on m'avait mise à la porte, je suis partie me promener dans les allées de Washington Square Park. J'ai d'abord fait le tour de la fontaine, et j'ai rejoint le banc où, avant, je flânais en écoutant un trompettiste qui vient jouer presque tous les après-midi. Parfois, pour mieux séduire sa clientèle, il s'amuse à porter deux trompettes à sa bouche. Un virtuose !

Le printemps était avancé, les massifs de rosiers avaient éclos. Floribunda, gentle-hermione, pilgrim, galway, reine-de-suède, j'ai senti leurs parfums. Je suis en vie.

En rentrant à la maison, j'ai remercié mon père, et je lui ai redemandé s'il avait une maîtresse. Je n'ai pas attendu sa réponse et je suis allée me mettre à la fenêtre de ma chambre.

*

17.

– Franchement, tu exagères, râla Sam.

– Quoi ? Je suis pile à l'heure ! protesta Sanji en posant sa sacoche sur le bureau de Sam.

– Pour commencer, tu aurais pu te changer. Tu portes les mêmes fringues qu'hier et tu n'es pas rasé.

– Désolé, pas eu le temps, répondit Sanji dans un long bâillement.

– Et encore, s'il n'y avait que ça !

– Quoi d'autre ?

– Tu t'es fait recruter par les Village People, qu'est-ce que c'est que cette casquette grotesque ?

Sanji releva les yeux et s'aperçut qu'il avait oublié d'ôter un accessoire de son uniforme.

– Ça va, j'ai compris. Une nuit de débauche qui s'est achevée au petit matin, j'espère que ça valait le coup.

– Disons que j'ai peu et mal dormi.

– Avec qui ? demanda Sam, goguenard, en se penchant sur son bureau.

– Ce serait trop long à expliquer, et ce n'est pas ce que tu imagines.

– C'est ce que prétend l'amant au mari cocu qui le surprend dans son armoire.

– C'est une manie chez vous de suspecter tout le monde de mentir !

– Ce qui confirme ce que je pensais. Comment s'appelle-t-elle ?

– Otis.

– C'est un prénom féminin ? ·

– D'ascenseur.

– Vous êtes tous pareils à Mumbai ? Tu as passé la nuit dans un ascenseur ?

– Quelque chose de ce genre, oui.

– Tu sais qu'en cas de panne, il y a un bouton d'appel.

– Qui t'a dit qu'il était en panne ?

Sam sortit un rasoir électrique du tiroir de son bureau et le tendit à Sanji.

– Va te refaire une beauté aux toilettes, nous avons rendez-vous dans quinze minutes, tâche d'être présentable et enlève-moi cette casquette !

Durant la réunion, Sam s'évertua à vanter les qualités de leur projet, les profits mirifiques que l'on pouvait escompter, la fabuleuse ouverture sur le marché indien… pendant que Sanji bâillait et bâillait encore. Et quand ce dernier lui glissa un petit mot sous la table, Sam manqua de s'étouffer et se demanda sérieusement si son ami usait de substances illicites. Il rangea le papier dans sa poche et s'efforça tant bien que mal de terminer son exposé.

Il raccompagna ses clients et, revenant sur ses pas, trouva Sanji allongé sur son bureau, les yeux fermés.

– À quoi tu joues ?

– Je t'en supplie, laisse-moi souffler quelques minutes.

– Elle était si exceptionnelle que ça, cette Otis ? À quoi rime ce message que tu m'as passé pendant la réunion ?

– Comment trouves-tu ce que j'ai écrit ?

– Ridicule.

– Vraiment ? s'inquiéta Sanji en se levant d'un bond.

– « La seule chose impardonnable, c'est de ne pas pardonner »... Tu as pondu ça tout seul ?

– Je crois l'avoir lu quelque part, c'est joli et plein de bon sens, non ?

– Non, mais je te pardonne quand même. Essaie d'être un peu plus en forme demain.

– Ce message ne s'adressait pas à toi, imbécile. Tu as plus d'expérience que moi avec les femmes, et dans le doute, je voulais ton avis.

– Un doute sur quoi exactement ? demanda Sam.

– Elle n'a pas encore décidé si elle acceptait que l'on se reparle, alors je lui ai écrit.

– Tu n'as pas passé la nuit sur son palier, j'espère ? Là, ce serait pathétique. Et qu'est-ce que tu lui as fait pour qu'elle t'en veuille à ce point ?

– Je ne sais pas si c'est l'idée du mensonge ou l'idée du liftier qui la gêne...

– Ta casquette y est peut-être pour quelque chose, c'était quoi le mensonge ?

– J'aurais pu lui expliquer, mais sa réaction m'en a ôté l'envie.

– Lui expliquer quoi ? s'énerva Sam.

– Tu n'as jamais rêvé de séduire une femme sans rien prétendre, paraître, justifier, en étant simplement toi ?

– Non.

– Je peux dormir une petite heure ici ? Je ne te dérangerai pas, je te le promets.

Sam considéra Sanji d'un air grave.

– Regarde autour de toi et dis-moi si quelque chose dans cette pièce te laisse supposer que c'est une chambre d'hôtel... Eh bien ! c'est précisément parce que mon bureau n'est pas un lupanar, et j'ai encore un patron, au cas où tu l'oublies. La journée est terminée, tu n'as qu'à rentrer chez toi ; enfin, façon de parler.

– Tant pis, je me débrouillerai autrement, soupira Sanji.

Il s'en alla, titubant de fatigue, sous l'œil consterné de Sam.

Il avait une heure de libre avant de prendre son service, à peine le temps de faire un aller-retour à Spanish Harlem pour se rafraîchir et se changer, mais il lui faudrait affronter Lali, et tenir une conversation était au-dessus de ses forces. Il parcourut deux blocs à pied, entra dans Washington Square Park et s'affala sur le premier banc.

*

Sanji entendit un « Hum hum ». Il entrouvrit les yeux et vit le fauteuil de Chloé disparaître au coin d'une allée. Il se frotta le visage et, en posant la main sur son torse, il trouva une feuille de papier sur laquelle était écrit :

> *L'humour est une qualité essentielle,*
> *j'aime beaucoup votre idée.*

Sanji rangea le mot dans sa poche, et courut vers la 5ᵉ Avenue. En voyant son reflet dans une vitre, il s'inquiéta de son apparence. Vautré sur un banc, dans des vêtements fripés, il ne pouvait pas être moins séduisant. Il évita le hall, se faufila par l'entrée de service et, après avoir enfilé son uniforme, rejoignit Deepak.

– Et ta casquette ? s'inquiéta son oncle.

– Désolé, je l'ai oubliée.

– Je serais curieux de savoir où et comment… En attendant, prends la mienne. Il semble que tu as aussi oublié de te doucher.

*

La nuit avait apporté sa quiétude. Sanji guettait le retour de son dernier client. M. Morrison entra dans le hall en titubant, puis en ressortit et fit demi-tour sous l'auvent. Sanji vint à sa rescousse alors qu'il s'apprêtait à traverser l'avenue.

– Vous aimez Haydn ? demanda M. Morrison en hoquetant.

– Je ne le connais pas.

– C'était terrifiant. Une interprétation merdique, si vous voulez mon avis. Et ce contrebassiste qui grimaçait à chaque mouvement de son archet était ridicule… On sort ? Je connais un petit bar formidable.

– On va plutôt aller vous coucher, si vous n'y voyez pas d'inconvénient.

– Alors là, jeune homme, il y a méprise, je ne couche pas, d'autant que je ne vous connais pas, qui êtes-vous d'ailleurs ? questionna-t-il tandis que Sanji l'entraînait fermement vers l'ascenseur.

– Votre liftier de nuit.

– Je ne comprends rien à rien dans ce foutu immeuble, on m'avait expliqué qu'on mettait des boutons. Remarquez, personne ne m'a indiqué sur lequel je devais appuyer.

Sanji ferma la grille et actionna la manette. Pendant que la cabine s'élevait, M. Morrison glissa lentement le long de la paroi.

– Trois phrases, je ne vous ai dit que trois petites phrases, pas une berceuse, râla Sanji en le soulevant.

Il le reposa sur le palier, essaya plusieurs clés du trousseau que lui avait confié Deepak avant de trouver la bonne, et dans le couloir il se demanda quelle porte ouvrait sur la chambre à coucher. M. Morrison ne risquait pas de le renseigner. La troisième fut la bonne, il l'allongea sur son lit, eut pitié de lui en l'entendant gémir et le débarrassa de ses chaussures. Les chaussettes élimées aux talons et trouées aux gros orteils en disaient long sur la solitude du petit homme replet. Sanji réussit à lui ôter sa veste, ajusta les coussins, le recouvrit d'un plaid et se retira.

En passant devant la salle de bains, il hésita un instant et estima qu'il ne courait pas grand risque. La douche fut salvatrice, il attrapa une serviette propre sur une étagère et se frictionna.

Difficile de résister à l'appel du canapé du salon quand on avait le dos fourbu à cause d'une nuit à dormir à même le marbre du hall.

Sanji régla l'alarme de son téléphone portable et le colla contre son oreille. Avant de fermer les yeux, il se demanda quand Chloé se déciderait à sortir le soir. À quoi servait de jouer au liftier si elle restait cloîtrée chez elle ? Et quelle était cette idée qu'elle aimait bien ? Il espéra pouvoir lui poser bientôt la question.

*

À 4 heures du matin, la vessie de M. Morrison le conduisit à sa salle de bains, il entendit un ronflement dans son salon et, voyant un Indien en slip dormir sur son canapé, il se jura de lever le pied sur la bouteille.

*

18.

Deepak fut intrigué de retrouver son neveu frais et en forme.

– Tu as abandonné ton poste cette nuit ?

– À aucun moment, assura Sanji avec la plus grande fermeté.

– Alors tes cheveux doivent être comme ce four autonettoyant dont rêve Lali, j'espère le lui offrir un jour. Passons… Je t'ai apporté des vêtements propres, enfin c'est ta tante qui me les a remis, précisa-t-il en lui tendant un sac. Je resterai plus tard ce soir, elle me l'a aussi demandé, pour que tu souffles un peu. Tu n'auras qu'à venir me remplacer vers 20 heures.

En quittant l'immeuble, Sanji releva les yeux vers les fenêtres du dernier étage. Il crut apercevoir Chloé et la salua.

Elle recula pour s'éloigner de la fenêtre, tenant en main le petit mot qu'elle venait de trouver sous sa porte.

*Je ne sais pas quelle était l'idée dont vous parliez,
mais une autre m'est venue. Rendez-vous à 17 h 30,
au parc, et surtout n'hésitez pas à me réveiller, cette fois.*

Sanji.

*

– Vous avez un joli prénom, je ne l'avais jamais
entendu, dit-elle en rejoignant Sanji qui l'attendait sur le banc.

– Le vôtre ferait fureur à Mumbai, répondit-il
en lui tendant une gaufre. Je les ai achetées au
coin de la rue, elles avaient l'air délicieuses.

– Vous ne doutiez pas que je viendrais ?

– Je ne doutais pas être capable d'en manger
deux.

– Et si nous allions nous promener ? suggéra
Chloé.

Sanji marcha près d'elle. Une question lui
brûlait les lèvres et il résista une minute avant de
la poser.

– Que s'est-il passé entre ce Schopenhauer et
vous ?

– Ma vie vous intéresse vraiment ou vous m'interrogez par politesse ?

– Par politesse, répondit Sanji.

– Venez, allons près de la fontaine, c'est l'endroit le plus joyeux de ce parc.

Elle avait raison, un jongleur malhabile s'évertuait à rattraper ses balles, une femme coloriait

à la craie des portraits sur le sol, deux hommes s'embrassaient amoureusement sur l'herbe, des enfants couraient après les jets d'eau. Sanji s'assit sur la margelle, Chloé positionna son fauteuil à côté de lui et regarda la couverture oblongue.

– Je n'ai pas toujours été comme ça, et quelque chose de notre histoire a disparu avec une partie de moi.

– Votre humour, votre repartie, votre regard, même votre sourire, tout ça ne lui suffisait pas ?

– Je préférerais changer de sujet.

– Moi pas.

– C'est très aimable de me dire tout cela, mais puisque vous avez été le témoin involontaire de cette rupture, je vous rappelle que c'est moi qui l'ai quitté.

– Pas tout à fait...

– Comment ça, pas tout à fait ?

– C'est avec moi que vous avez rompu. Je ne peux pas vous en vouloir, c'était une erreur de numéro, mais maintenant que j'y pense, j'aurais peut-être préféré que ce n'en soit pas une.

– Vous voulez que je vous quitte ? plaisanta Chloé.

– D'accord, ce que je dis n'est pas très clair, mais faites un effort. Si j'avais été le destinataire de ce message, c'est que nous aurions été ensemble.

Chloé observa Sanji et le vit si confus qu'elle éclata de rire.

– Je n'ai jamais rien entendu d'aussi absurde. Vous êtes complètement fou.

– Je crois qu'il faut être un peu fou pour ne pas le devenir complètement.

– Vous n'imaginez pas à quel point les années que je viens de vivre vous donnent raison.

– Vous l'avez appelé depuis ?

– De quoi parlez-vous ?

– Vous le savez très bien.

– En quoi cela vous regarde ?

– Deepak m'a ordonné de veiller sur vous, je ne fais que mon travail de liftier.

– Pourquoi m'avoir raconté que vous étiez un homme d'affaires ?

– Vous habitez au dernier étage d'un magnifique immeuble, ce n'est pas une raison suffisante ?

– Je suis là et j'ai l'impression que vous me faites la cour, assez maladroitement, mais...

– Mais quoi ?

– Vous ne devriez pas accorder tant d'importance aux apparences, je sais de quoi je parle.

– Dans mon pays, il ne s'agit pas d'apparences, les gens de milieux différents ne se fréquentent pas. Vous dîneriez avec un liftier ?

Le regard de Chloé se perdit au loin.

– Changement de décor, proposa-t-elle. Demain, je sors de studio à 17 heures, vous connaissez l'adresse...

– Oui, j'avais rendez-vous non loin de là.

Chloé l'abandonna et Sanji resta assis un long moment sur le rebord de la fontaine. Avant de partir, il rappela Sam qui avait tenté de le joindre. La banque d'affaires Holtinger & Mokimoto avait lu leur dossier et acceptait de les recevoir. Avec de tels actionnaires, il aurait vite fait de réunir le reste du capital.

– Ne me dis pas qu'il est trop tôt pour fêter ça ! J'ai réservé une table chez Mimi, un des meilleurs restaurants de la ville. On y sert une cuisine française qui reléguera ton *pata vrap* au rang des mets les plus infects au monde.

– *Vada pav,* et tu n'y connais rien. Je ne peux pas ce soir.

– Si c'est à cause de cette Otis, invite-la à se joindre à nous.

– Ça risque d'être assez compliqué, elle doit peser dans les trois cents kilos, et encore, à vide.

Sam inspira longuement et lui raccrocha au nez.

*

Ce soir-là, en prenant son service, Sanji n'eut pas une minute à lui.

Incapable de mettre un nom sur le visage de l'homme qui se présentait dans le hall, une petite valise à la main, il était pourtant certain de l'avoir déjà croisé quelque part. Il quitta son comptoir et l'interpella.

– Au 8ᵉ s'il vous plaît, répondit le professeur.

– Dois-je vous annoncer ?

– Non, c'est une surprise, Chloé est rentrée ?

– Je n'ai pas le droit de vous répondre ; ce sont les consignes, rétorqua Sanji en refermant la grille de l'ascenseur.

– Et de qui émanent ces consignes ? interrogea le professeur à hauteur du 3e.

Ce n'est qu'en passant par le 4e que Sanji se remémora avoir vu son passager en compagnie de Chloé, dans le restaurant Chez Claudette.

– Pas sûr qu'elle aime les surprises. D'ailleurs, beaucoup de femmes détestent qu'on les surprenne. J'aurais dû suivre les règles, grommela Sanji en inversant la manette.

La cabine s'arrêta brutalement entre le 6e et le 7e. En d'autres circonstances, le professionnalisme dont faisait preuve le remplaçant de M. Rivera aurait rassuré, voire amusé, le professeur Bronstein, mais il venait de voyager dix heures entre la côte Ouest et la côte Est, et son sens de l'humour était aussi épuisé que lui.

– Vous seriez bien aimable de remettre cet ascenseur en marche.

– Lorsque vous m'aurez dit qui vous êtes !

– Son père ! répondit sèchement le professeur.

Sanji actionna la manette avec beaucoup de dignité.

– Je vous présente mes excuses, j'aurais préféré que nous nous rencontrions dans des circonstances plus avantageuses, mais…

– Vous avez des consignes, l'interrompit le professeur. Je pense l'avoir compris. Maintenant, si vous n'y voyez pas d'inconvénient, j'aimerais rentrer chez moi et embrasser ma fille qui, je vous l'assure, sera très heureuse de me voir.

– Je le suis tout autant… Enfin, ce n'est pas ce que je voulais dire… Bonne nuit, monsieur

Chloé... ce n'est pas non plus ce que je voulais dire, bafouilla-t-il, mais j'ignore son nom de famille, enfin le vôtre, Deepak l'appelle toujours Mlle Chloé.

– Bronstein, professeur Bronstein !

Sanji redescendit, les joues rouge pivoine. À peine était-il arrivé dans le hall qu'on l'appelait au 7e.

Les Williams étaient en tenue de soirée, monsieur en smoking, madame en robe longue.

– Très chics, les complimenta Sanji, ce qui laissa le couple pantois.

Peu après, les Clerc partirent à leur tout, inquiets d'arriver en retard au cinéma.

– Quel film ? questionna Sanji.

– *La La Land*, répondit M. Clerc.

– J'en ai entendu dire le plus grand bien... Enfin, l'important est que les acteurs soient de bons danseurs, conclut-il en les escortant dans le hall.

Les Clerc échangèrent un regard amusé sous l'auvent et grimpèrent dans le taxi que Sanji venait de leur arrêter.

M. Morrison avait renoncé à sa soirée à l'opéra. En fait, il avait tout simplement renoncé à sortir. Depuis la tombée de la nuit, il arpentait son salon, jetant des regards furtifs et graves vers son canapé chaque fois qu'il se servait un verre de whisky.

Fait encore plus rare, Mme Collins appela à 20 h 50. Elle apparut sur le palier avec une petite valise à la main. C'est elle qui engagea la conversation, se plaignant dans l'ascenseur de n'avoir pas réussi à verrouiller sa porte.

– Je n'y arrive jamais ! D'ordinaire, Deepak le fait pour moi.

Sanji proposa son aide, mais Mme Collins lui répondit que ses serrures étaient si capricieuses qu'elle risquerait de ne plus pouvoir les rouvrir le lendemain.

– Je découche, gloussa la charmante vieille dame. Nous disputons un tournoi de bridge chez une amie qui vit dans l'Upper West Side. Ses soirées, où nous buvons plus que de raison, se terminent un peu tard, alors je préfère dormir chez elle.

– Ne picolez pas trop si vous voulez remporter ce tournoi, conseilla Sanji.

– Merci de votre conseil avisé, jeune homme, dit-elle en refermant la portière du taxi.

À minuit tous les propriétaires étaient rentrés. En remontant les Clerc, Sanji voulut savoir si le film leur avait plu.

– Une comédie musicale pleine de charme, avait répondu Mme Clerc, amusée.

Sanji leur avait vivement recommandé *Jab Harry met Sejal*, un remake infiniment plus dansant que l'original.

Et puisque Mme Collins n'occupait pas son appartement, Sanji usa de son trousseau de clés pour aller dormir dans son salon.

*

Le jour où j'ai rangé mes prothèses

Chaque fois que je les enfile, deux lames pénètrent dans ma chair. Me tenir debout est un effort surhumain, faire quelques pas me donne l'allure d'un robot désarticulé. Je vacille comme un marin sur le pont d'un navire en pleine tempête, et qui s'accroche à un bastingage salutaire.

Debout, je ne suis plus femme.

Mes prothèses dormiront dans mon placard et moi je resterai assise. Il faut accepter sa vie pour ce qu'elle est et cesser de faire semblant.

*

19.

M. Mokimoto écouta Sam durant deux heures, prenant de temps à autre des notes. Soudain, il tapota la table de son stylo, laissant entendre que l'entretien était terminé.

– Vous voulez bien nous laisser un instant ? demanda le banquier à Sam.

Et pour qu'il ne s'inquiète pas, Sanji lui fit comprendre d'un regard assuré qu'il poursuivrait la conversation sans lui. Sam ramassa ses dossiers et alla patienter dans le couloir.

– Votre associé était très convaincant, reprit M. Mokimoto.

– Mais ? questionna Sanji.

– Pourquoi pensez-vous qu'il y a un mais ?

– Il y en a toujours un.

– J'aimerais connaître les vraies motivations qui vous ont poussé à concevoir ce projet.

– Je ne suis pas sûr que vous ayez envie de les entendre, le monde des affaires n'est pas féru d'idéalisme, mais puisque vous me le demandez... Mon algorithme ne fonctionne pas comme les autres. Il ne délivre pas l'information que vous vous attendez à lire, celle qui confortera votre façon de penser. Pour être exact, c'est ce qu'il fait au début, mais seulement au début. Puis peu à peu, il vous propose des points de vue différents, des témoignages, des ressentis, il ouvre des fenêtres sur d'autres vies. Ma plate-forme sociale accorde plus d'attention aux relations humaines qu'aux relations virtuelles. Au moment de poster un contenu, qu'il s'agisse de photos de lieux que l'on a fréquentés ou d'œuvres que l'on a appréciées, l'utilisateur peut vraiment choisir ses paramètres de confidentialité, rester maître de sa vie privée. À l'inverse de Facebook, aucun algorithme ne vient ici décider de l'ordre dans lequel l'utilisateur voit apparaître les informations. Et, plus original encore, la publicité est proscrite, nos utilisateurs ne sont pas des vaches à lait, nous ne volons pas leurs données. En résumé nous faisons tout le contraire de nos concurrents, et aussi de ce que Sam vous a raconté. Ce ne sont pas seulement leurs points communs qui vont mettre nos utilisateurs en relation, mais aussi leurs différences. Les réseaux sociaux fonctionnent en vase clos, ils nous divisent, nous opposent, plébiscitent un système de castes, que les classes dominantes entretiennent, et qui gangrène l'Inde. Imaginez le devenir d'une société où les gens s'écouteraient au lieu de s'invectiver. Nous voulons apprendre aux gens à se connaître, à se comprendre, à se respecter, élargir les horizons, éteindre les feux de la haine qui se nourrissent de l'ignorance.

– C'est une approche pour le moins incongrue.

– Ma famille ne s'est pas privée de me le faire remarquer et je me doutais que votre réaction ne serait pas différente. Je viens probablement d'anéantir les efforts de Sam, mais l'hypocrisie n'est pas mon point fort, ajouta Sanji en se levant.

– Restez, je n'ai pas fini. Mon fils aîné a vingt-trois ans. Avant-hier, il m'a dit tout le mal qu'il pensait de la façon dont le gouvernement dirige notre pays. L'Amérique est plus divisée que jamais, les inégalités se creusent, ceux qui sont au pouvoir semblent ne reculer devant rien, je vous épargne la suite puisqu'il me visait au travers de ses critiques. Elles ne sont pas infondées, je l'avoue. Les programmes d'éducation, de santé, les aides aux plus démunis, la protection de l'environnement, la justice, les libertés civiles, mes amis déconstruisent tout, avec une méthodologie implacable. La semaine dernière le troisième plus haut dignitaire de la nation se félicitait d'avoir fait voter une réforme fiscale qui permettra à une enseignante de gagner un dollar cinquante de plus par semaine. Paul Ryan a touché un demi-million de dollars des frères Koch, de puissants industriels à qui il a fait économiser un milliard et demi en impôts. Je ne me plains pas, comme tous les magnats de ce pays je bénéficie largement de cette réforme, et j'ai rarement réalisé autant de profits que cette année. Ce qui m'a amené à soumettre à mon fils le problème suivant : comment réagira-t-il le jour où, en banquier responsable, je saisirai sa maison, sa voiture, son assurance santé, quand j'aurai augmenté le coût des études de ses enfants, plafonné son salaire, ou quand je l'aurai viré pour le remplacer par une machine plus rentable que lui, bref, quand j'aurai réussi à annihiler tous ses espoirs de vivre décemment ? Est-ce qu'il sera en colère, est-ce qu'il me détestera ? Il m'a répondu que c'était déjà le cas. Mais sa colère n'apporte rien sinon plus de haine et de frustration dans ce monde. Je me contrefiche de ses états d'âme, car aussi nobles soient-ils, ils ne risquent pas de nous empêcher de continuer à asservir sa génération. Nous avons tout acquis, industries, commerces, agriculture, banques, même l'information nous appartient ; quant aux partis politiques, nous les avons achetés depuis longtemps.

– Pourquoi humilier votre fils de la sorte ?

– Pour qu'il arrête de croire que sa morale stérile fera de lui un type bien. Pour qu'il cesse de penser, et aille foutre le bordel tant qu'il en a la force, qu'il aille manger, boire et aimer, qu'il cesse d'être révolté et révolutionne son monde, et surtout qu'il vive !

– En quoi votre bel exposé me concerne-t-il ?

– J'y viens. Nous avons tant d'argent que nous ne savons plus quoi en faire. Mais nous sommes allés trop loin, mes amis sont en train de s'offrir les démocraties, leur appétit de pouvoir est insatiable. Appelez cela des remords si vous voulez, mais moi aussi j'aimerais bien mettre un peu de pagaille dans ce système avant qu'il ne soit trop tard. Et j'en ai les moyens. Alors dites à votre ami qui vous attend dehors de m'envoyer les contrats. Vous l'avez, votre argent, si vous acceptez un investisseur comme moi.

Sanji plongea ses yeux dans ceux du banquier et quitta précipitamment M. Mokimoto.

Il passa en trombe devant Sam, dévala l'escalier de la banque et arrêta un taxi qui l'amena 28e Rue.

*

Chloé attendait sur le trottoir. Sanji s'excusa de son retard, agrippa les poignées de son fauteuil et l'entraîna dans une course folle, zigzaguant entre les piétons.

– Je peux savoir ce que vous faites ?

– La course avec ce bus, répondit Sanji, je vous parie qu'on arrive avant lui à la rivière.

– Qu'est-ce qui vous dit qu'il roule vers la rivière ?

– Rien, mais nous si !

– Et je pourrais savoir ce qui vous met de si bonne humeur ? demanda-t-elle lorsque Sanji se décida enfin à ralentir.

– Passer un moment avec vous n'est pas une raison suffisante ?

– Mince ! J'ai oublié mon livre dans la cabine d'enregistrement et je voulais répéter ce soir.

– J'irai vous le chercher plus tard.

– Pourquoi vous donnez-vous tout ce mal pour moi ?

– J'aime rendre service… sinon je ne serais pas liftier.

Avant d'atteindre les berges de l'Hudson River, ils passèrent sous les anciennes voies de chemin de fer de la High Line, convertie en promenade piétonnière. Sanji releva la tête et admira l'imposante structure métallique. Chloé lui indiqua la présence d'un ascenseur sur la 30e Rue.

Ils flânaient le long de la coulée verte, descendant de Chelsea jusqu'au Meat Packing District, quand deux joggeurs passèrent à leur hauteur et les distancèrent rapidement.

– Je ne dis pas ça pour crâner, mais il y a quelques années, je les aurais semés facilement.

– Vous n'avez jamais eu envie de porter des prothèses ?

– Des fausses jambes ? J'en ai deux ravissantes dans ma penderie, avec des mollets en acier et des pieds en céramique. Mais elles ne servent qu'à adoucir le regard des autres, pas ma vie.

– Je ne parlais pas d'esthétique, mais de vous tenir debout, de remarcher.

– Essayez de passer une journée perché sur des échasses, et nous en reparlerons.

– Vous n'auriez pas besoin de les porter tout le temps. Mon père ôtait bien ses lunettes avant de dormir. Quoique… Il lui arrivait de les oublier sur son nez quand il faisait la sieste.

Chloé éclata de rire.

– Qu'est-ce que j'ai dit ?

– Vous êtes d'un naturel assez désarmant.

– Et c'est bien ?

– Pas pour tout le monde, mais pour moi, oui.

– Rien ne me fait plus envie que de vous désarmer.

– Arrêtez ça, s'il vous plaît.

– Arrêter quoi ?

– Ce jeu de séduction. Sur le moment ça fait du bien, mais après ça fait mal, comme les prothèses.

– Ce n'est pas un jeu, et puis de quoi avez-vous peur, que quelqu'un s'intéresse à vous ?

Chloé se tourna vers les gradins qui surplombaient la 10e Avenue quelques mètres plus loin.

– Vous voyez ce couple là-bas qui nous observe, c'est mon fauteuil qui les fascine.

– Ce que vous êtes prétentieuse !

– Merci, mais je ne vois vraiment pas en quoi.

– D'être toujours convaincue que l'attention des gens se porte sur vous. C'est moi qu'ils observent, ils se demandent si je suis un ami ou votre domestique. Remarquez, je suis bien votre liftier.

– N'importe quoi !

– Vous avez de belles roues, mais moi j'ai la peau mate, à votre avis qu'est-ce qui les choque le plus ?

Chloé regarda fixement Sanji.

– Approchez-vous, souffla-t-elle.

Elle entoura le cou de Sanji de ses bras et lui plaqua un baiser sur les lèvres. Un baiser de cinéma, mais un baiser tout de même et les joues de Sanji virèrent du mat au pourpre.

– Voilà, maintenant ils savent que vous n'êtes pas mon domestique.

– L'opinion des gens a tant d'importance pour vous ? demanda Sanji.

– Je me fiche éperdument de ce que pensent les gens, répondit-elle.

– Éperdument ?

– Je viens de vous le dire !

– Alors pourquoi m'avez-vous embrassé ?

Et avant que Chloé ne réponde, Sanji lui rendit son baiser, un vrai baiser cette fois.

Il leur fallut un peu de temps avant que les battements de leurs cœurs s'apaisent. Ils se regardaient en silence, aussi surpris l'un que l'autre. Et la promenade reprit son cours sans qu'ils prononcent un mot.

Quand ils regagnèrent la rue, les touristes étaient si nombreux que Chloé peina à se frayer un chemin sur le trottoir. Sanji repéra un magasin de crèmes glacées. Comme on ne pouvait s'installer que sur des tabourets disposés devant des tables hautes, Sanji s'assit en tailleur à même le sol, face au fauteuil de Chloé.

– C'est la première fois qu'un homme est à mes pieds, lança-t-elle en souriant.

Sanji souleva le bas de sa couverture oblongue et fit une moue dubitative, ce qui, loin de l'offenser, amusa beaucoup Chloé.

– Vous ne m'avez pas demandé ce qui m'était arrivé.

– Et c'est mal ?

– La première fois, j'ai supposé que vous n'osiez pas, et ensuite…

– Ensuite quoi ?

– J'ai trouvé ça délicat.

– Je suis peut-être un égoïste qui se moque de ce qui vous est arrivé.

– Possible aussi, reprit-elle.

Sanji la regarda et se leva.

– J'ai quelque chose d'important à faire avant de prendre mon service. Vous pourrez rentrer seule ?

– Je devrais y arriver.

– Alors avant que mon carrosse redevienne citrouille, permettez-moi de vous saluer, mademoiselle.

Il embrassa Chloé au creux de la nuque et partit.

*

Sanji passa la nuit dans le hall, plongé dans les pages du livre qu'il était allé chercher au studio d'enregistrement.

À la fin de chaque chapitre, il sortait de l'immeuble, traversait l'avenue, levait les yeux vers les fenêtres du 8ᵉ étage, puis retournait derrière son comptoir poursuivre sa lecture.

*

20.

À 11 heures, un policier se présenta dans le hall ; en arborant son badge, il demanda si une certaine Mme Collins résidait bien à cette adresse.

– Il lui est arrivé quelque chose ? s'inquiéta Deepak.

Pour toute réponse, l'inspecteur le pria de lui indiquer l'étage.

La seule fois que Deepak avait eu affaire à la police, il avait treize ans, et le souvenir des coups de trique avait longtemps hanté ses nuits. Dans l'ascenseur, l'inspecteur remarqua sa main qui tremblotait sur la manette.

Quand Mme Collins ouvrit sa porte, le policier exhiba de nouveau son insigne.

– Vous n'avez pas perdu de temps, j'ai appelé il y a une heure à peine.

– D'ordinaire, les gens se plaignent du contraire, grommela l'inspecteur Pilguez. Je peux entrer ?

Mme Collins lui céda le passage et fit un clin d'œil à Deepak qu'elle n'avait jamais vu aussi pâle. Elle accueillit l'inspecteur dans son salon et lui relata les faits : en voulant s'habiller ce matin, elle avait découvert qu'un collier de grande valeur lui avait été dérobé.

Elle était presque certaine de l'avoir encore en sa possession l'avant-veille, car elle avait hésité à le porter lors d'une soirée chez une amie.

– Quelle amie ? demanda nonchalamment l'inspecteur.

– Philomène Tolliver, nous nous connaissons depuis toujours. Nous disputons tous les trois mois des tournois de bridge chez elle. Ses soirées sont généreusement arrosées et je préfère passer la nuit là-bas.

L'inspecteur nota le nom et l'adresse de Philomène Tolliver dans son carnet.

– Ça vous arrive souvent de ne pas dormir chez vous ?

– Une fois par trimestre.

– À part votre amie et ses convives, qui connaissait la date de ce tournoi ?

– Son majordome, le traiteur auquel elle fait appel – Philomène est incapable de cuire convenablement des œufs brouillés –, son concierge, peut-être d'autres personnes, mais comment le saurais-je ?

– Dans le taxi qui vous a emmenée, avez-vous mentionné que vous ne rentreriez pas ce soir-là ?

– Je ne suis plus très fraîche, mais je n'en suis pas encore à parler toute seule.

– Dans la journée, vous vous absentez à des horaires réguliers ?

– Cela m'arrive parfois, en milieu d'après-midi.

– Pour vous rendre où ?

– En quoi cela concerne votre enquête ? Je me promène, j'en ai le droit.

– Je ne suis pas là pour vous importuner, madame, je cherche seulement à établir la liste des personnes susceptibles de savoir quand votre appartement est vide.

– Je comprends et je tâcherai de vous aider de mon mieux, répondit Mme Collins, penaude.

– Ce précieux collier, où l'avez-vous vu pour la dernière fois ?

– Là où je le range depuis que mon défunt mari me l'a offert, dans mon tiroir à bijoux.

Le dressing de Mme Collins était sens dessus dessous, des vêtements jonchaient le sol, des serviettes de bain étaient empilées dans un coin, les tiroirs de la commode étaient entrouverts.

– Ils n'y sont pas allés de main morte, soupira l'inspecteur.

Mme Collins baissa la tête, l'inspecteur eut pitié d'elle en la voyant désarçonnée.

– Un cambriolage, c'est toujours plus choquant qu'on ne l'imagine.

– Non, ce n'est pas ça, murmura Mme Collins, je suis un peu désordonnée, mon mari m'en faisait assez le reproche ! Alors je ne saurais trop vous dire qui des voleurs ou de moi est responsable de ce chaos.

– Je vois, soupira l'inspecteur. Faites-moi le plaisir de vérifier que votre collier ne se trouve pas au milieu de ce bazar. Ne touchez pas aux tiroirs, je relèverai les empreintes, il faudra que je prenne aussi les vôtres pour les éliminer au cas où l'on trouve quelque chose.

– Bien sûr, s'excusa Mme Collins. Vous me donnez un petit coup de main ?

– Certainement pas ! Je vais inspecter les serrures. Il y a une porte de service ?

– Dans la cuisine, répondit Mme Collins en lui indiquant le bout du couloir.

Il la rejoignit quelques instants plus tard. Le dressing n'était guère mieux rangé, le désordre paraissait juste différent.

– C'est le seul bijou qu'on vous ait volé ?

– Je l'ignore, les autres sont en toc, je n'y prête pas attention.

– Donc votre cambrioleur savait ce qu'il cherchait. Reste à trouver comment il est entré.

– Je n'avais pas réussi à fermer les verrous, crocheter la porte ne doit pas être compliqué pour quelqu'un qui s'y connaît.

– Aucune trace d'effraction, un vrai travail d'artiste, à moins d'avoir les clés.

– Impossible, elles ne me quittent jamais, affirma Mme Collins en ouvrant son sac.

– Et vous n'avez rien remarqué d'inhabituel, quelqu'un qui vous aurait suivie ses derniers temps ?

Mme Collins nia énergiquement de la tête.

– Bien, j'ai tout ce qu'il me faut, vous viendrez signer une déposition au commissariat. Vous étiez assurée ?

Mme Collins répondit par l'affirmative. L'inspecteur lui tendit une carte de visite et la pria de l'appeler si un détail suspect lui revenait en mémoire.

Le policier profita de la compagnie de Deepak dans l'ascenseur pour le questionner.

– Vous n'avez rien remarqué d'anormal ces derniers jours ?

– Tout dépend de ce que vous entendez par normal, répondit laconiquement Deepak.

– J'imagine que dans un immeuble de ce standing, on ne doit pas s'ennuyer, plaisanta Pilguez. Il y a déjà eu des cambriolages ?

– Pas un seul depuis que je travaille ici et cela fait trente-neuf ans.

– Pas claire cette affaire, grommela le flic. Vous êtes équipés de caméras de surveillance ?

– Il y en a trois, je suppose que vous allez me demander les enregistrements.

– Vous supposez bien. Est-ce que des personnes étrangères sont venues récemment ? Invités, quêteurs, ouvriers...

– Personne, hormis deux ascensoristes, la semaine dernière, mais M. Groomlat et moi-même étions tout le temps avec eux.

– Qui est ce M. Groomlat ?

– Un expert-comptable qui occupe un bureau au 1er étage, il est aussi le président de la copropriété.

– Il reçoit des clients ?

– Très rarement, pour ne pas dire jamais.

– Un livreur qui aurait traîné dans les étages ?

– Ils n'ont accès qu'au hall, c'est nous qui montons les paquets.

– Nous ?

– M. Rivera travaille de nuit et moi de jour.

– À quelle heure arrive votre collègue ?

– En ce moment il n'arrive plus, il est à l'hôpital. Une mauvaise chute dans l'escalier.

– Tiens donc, et quand cela ?

– Il y a deux semaines environ.

– Qui le remplace ?

Deepak hésita avant de répondre.

– Ce n'est pas une question très compliquée, insista l'inspecteur.

– Mon neveu, depuis quelques jours.

– Et où vit ce neveu ?

– Chez moi.

– Il n'a pas d'autre domicile ?

– Si, à Mumbai. Il est de passage à New York. Quand M. Rivera a eu son accident il a aimablement proposé de nous rendre service, l'ascenseur ne peut être manœuvré que par un liftier qualifié, ce qui en l'absence de mon collègue posait certains problèmes le soir.

– Votre neveu débarque de Mumbai, et remplace au pied levé votre collègue qui s'est cassé la gueule dans l'escalier. Il s'en passe des choses ici. Il a un permis de travail ?

– Ses papiers sont en règle, le syndicat nous a délivré une convention de stage, et puis Sanji est un garçon honnête, je m'en porte garant.

– C'est gentil de votre part, mais ce n'est pas un alibi pour autant. Bon, remettez-moi ces enregistrements. Avec un peu de chance, ils seront plus loquaces que vous. Vous demanderez à votre neveu de passer me voir au commissariat au plus vite, j'aurais quelques questions à lui poser.

Deepak alla chercher les cassettes au sous-sol et les confia à l'inspecteur.

– Cette Mme Collins, elle a toute sa tête ? demanda Pilguez.

– Elle est la plus charmante de nos propriétaires.

– Son mari est mort depuis longtemps ?

– M. Collins nous a quittés il y a une dizaine d'années.

– Vers quelle heure les propriétaires rentrent chez eux ? J'aurai besoin de les interroger et je préfère ne pas revenir plusieurs fois ; ce n'est pas non plus l'affaire du siècle.

– Vous pourrez tous les rencontrer en début de soirée, répondit Deepak.

*

Chloé allait préparer son petit déjeuner à la cuisine, quand elle fit brusquement demi-tour dans le couloir. Aucun mot n'avait été glissé sous la porte durant la nuit. Ce n'est qu'en partant au studio vers 10 heures qu'elle découvrit son livre sur le paillasson et un message griffonné sur un marque-page.

J'ai un service à vous demander, rejoignez-moi à 18 heures, à l'angle de l'avenue, côté parc.

Sanji.

*

L'enregistrement lui avait paru interminable, à cause de la chaleur régnant dans la cabine, et de l'ingénieur du son qui n'avait cessé de l'interrompre. Elle n'articulait pas assez, elle avait sauté une ligne du texte, tantôt elle lisait trop vite, parfois trop lentement ; vers 16 heures, Chloé avait décidé qu'il valait mieux s'arrêter là.

Elle était passée chez elle se changer et avait trouvé Deepak étrange quand elle était ressortie de l'immeuble. Elle s'en était fait la remarque en roulant vers le parc où Sanji l'attendait, adossé à la grille.

— Nous aurions pu nous retrouver en bas de chez moi, dit-elle en arrivant.

— Je préférais que Deepak ne me voie pas.

— Vous, ou nous ?

— J'aimerais faire un cadeau à ma tante pour la remercier de m'héberger, j'ai une vague idée de ce qui pourrait lui faire plaisir, mais je voudrais avoir votre avis.

Et puisqu'il n'était pas de service, Sanji proposa à Chloé de pousser son fauteuil.

— Non, vous conduisez comme un dingue, répondit-elle. Où va-t-on cette fois ?

– À deux rues d'ici.

– Vous êtes parent avec Deepak ?

– Qu'est-ce qui vous laisse croire ça ?

– Rien de particulier.

– À part que nous sommes tous deux indiens...

– C'était une question idiote, enchaîna Chloé.

– Ma tante est son épouse.

– Donc ma question n'était pas si idiote.

Sanji poussa la porte d'un fleuriste à l'angle de University Place et de la 10ᵉ Rue.

– Vous aviez besoin de moi pour acheter des fleurs ?

– Je n'ai aucune idée de celles qui lui plairont.

– Mes préférées sont les roses anciennes, comme celles-ci, expliqua Chloé devant une gerbe d'abraham-darby. Mais pour votre tante, j'ai une meilleure idée que des fleurs.

Elle l'entraîna vers une pâtisserie.

– Un assortiment de gâteaux ! Et Deepak pourra en profiter.

– C'est étrange, on dirait que vous les connaissez mieux que moi.

– Cela n'aurait rien d'étrange, je côtoie Deepak depuis des années.

– Et vous, lequel vous tente ? questionna Sanji devant la vitrine.

– Un thé, à condition que vous le choisissicz.

Devant une théière d'Assam, ils partagèrent deux meringues et un moment de gêne.

– Je n'ai pas l'habitude, finit par dire Sanji.

– D'acheter des fleurs ?

– D'embrasser une femme que je connais à peine.

– C'est moi qui vous ai embrassé, et ce n'est pas non plus dans mes habitudes, surtout le lendemain d'une rupture.

– Dans ce cas, nous n'avons qu'à faire comme si ce moment n'avait jamais existé.

– Et comment ferions-nous cela ?

– En nous conduisant en adultes, par exemple.

– Dit celui qui m'entraînait hier dans une course folle et qui ne sait pas choisir tout seul un bouquet de fleurs. Mais si c'est ce que vous souhaitez…

Sanji se pencha au-dessus de la table pour embrasser Chloé ; elle détourna délicatement la tête.

– Quand M. Rivera sera rétabli, vous rentrerez à Mumbai, n'est-ce pas ?

– S'il se rétablit vite, oui.

– Sinon, encore plus tôt que ça ?

– Deux semaines au plus, trois peut-être.

– Alors, oui, il vaut mieux faire comme si…

– Quelle distance nous sépare, un océan et deux continents ou huit étages ?

– Ne soyez pas blessant, vous croyez qu'une fille comme moi…

– Je n'ai jamais rencontré une femme comme vous.

– Vous disiez me connaître à peine.

– Il y a tellement de gens qui se ratent pour de mauvaises raisons. Quel risque y a-t-il à voler un peu de bonheur ? Si la fin du monde était programmée pour le jour où M. Rivera aura retrouvé sa forme, ça ne vaudrait pas la peine de vivre pleinement le temps qu'il nous reste ?

Chloé regarda Sanji, un sourire fragile passa sur ses lèvres.

— Essayez encore, murmura-t-elle.

— De vous convaincre de nous laisser une chance ?

— Non, de m'embrasser, et cette fois faites attention à ne pas renverser la théière.

Sanji se pencha vers Chloé et l'enlaça.

— Ce serait sacrément injuste pour M. Rivera, si la fin du monde avait lieu le jour où il quitte l'hôpital, lâcha Chloé en sortant du salon de thé.

*

L'inspecteur Pilguez revint à 18 heures questionner les occupants du 𝒩° 12, Cinquième Avenue.

Mme Zeldoff eut un frisson d'effroi en apprenant qu'un vol avait été commis sous son toit. Elle n'apporta aucun élément à l'enquête et, pour une raison qui lui échappa sur l'instant, elle ne fit pas mention des soupçons qui avaient récemment pesé sur les liftiers. Peut-être que sans eux, les cambrioleurs s'en seraient pris aussi à son appartement.

M. Morrison avait une sérieuse gueule de bois. Il hésita avant de révéler qu'il avait cru apercevoir un homme de couleur en slip dans son salon.

L'inspecteur compta les cadavres de bouteilles sur la table basse et rétorqua du tac au tac qu'à l'époque où il picolait sec, Donald Trump était venu chanter en tutu dans sa cuisine, l'une des expériences les plus traumatisantes de sa vie.

Les Clerc n'avaient rien vu et rien entendu. Mme Clerc se sentit obligée de détailler son emploi du temps des derniers jours et l'inspecteur, qui ne lui en demandait pas tant, l'interrompit. Elle n'était suspectée de rien.

Mme Williams fut encore plus bavarde, elle raconta l'incident survenu lors de l'intervention des techniciens venus moderniser l'ascenseur. En quelques minutes, elle affirma avoir résolu toute l'affaire. Les liftiers avaient saboté le matériel et, pour que la copropriété renonce une fois pour toutes à l'installer, ils avaient organisé un casse afin de terroriser tout le monde et de rendre ainsi leur présence indispensable. L'inspecteur doutait que le collègue de Deepak se soit jeté dans l'escalier, à son âge, juste pour faire une bonne blague. Mme Williams sentait le médicament, une odeur méphitique qui rappela à Pilguez la pommade au camphre dont sa tante Martha recouvrait ses varices, et cela suffit à la lui rendre antipathique.

– Moi aussi, j'ai enquêté, protesta-t-elle. Les hasards sont légion dans cet immeuble, j'ai découvert que notre nouveau liftier était un parent de Deepak, vous ne trouvez pas cela étrange ?

– Ça n'a pas dû être une enquête trop pénible, il me l'a dit avant même que je le lui demande.

La filleule de ma femme a bossé l'été dernier au standard du commissariat, appelez ça du piston si vous voulez, mais de là à accuser mon épouse d'avoir commis un vol…

– Eh bien, puisque vous refusez de faire votre travail, pourquoi me faire perdre mon temps ? s'était insurgée Mme Williams.

Ils étaient deux à se poser la question, avait répondu l'inspecteur avant de partir en claquant la porte.

Pilguez croisa Chloé Bronstein dans le hall et lui demanda de le recevoir chez elle.

Il lui apprit ce qui était arrivé et se fit la remarque qu'elle était la première et la seule à manifester de l'empathie pour Mme Collins. L'inspecteur la questionna sur les liftiers, et Chloé lui demanda si Mme Williams s'était encore répandue en médisances. Depuis un an, sa xénophobie ne connaissait plus de limites, il suffisait de regarder la chronique de son mari sur la Fox pour voir à quel point le couple était à l'unisson.

– C'est un ramassis de bons camarades dans votre immeuble, s'amusa l'inspecteur. Vous n'avez rien vu d'anormal depuis cette fenêtre ? demanda-t-il en fixant Chloé.

– Pourquoi cette question ?

– Pour rien, j'ai le sens de l'observation. Et quelque chose me dit que nous avons cela en commun.

– Observer n'est pas juger, inspecteur.

– Vous avez déjà eu affaire au nouveau liftier ?

– Qu'est-ce que ça change ?

– Pourquoi ne pas répondre simplement par oui ou par non ?

– C'est un homme prévenant et généreux.

– C'est beaucoup d'informations pour quelqu'un que vous connaissez depuis peu.

Chloé le regarda, perplexe. Ce policier avait une présence qui la rassurait. Elle avait éprouvé quelque chose de similaire lorsque Sanji l'avait soulevée de son fauteuil pour l'installer dans un taxi. Et cette sensation s'était renouvelée chaque fois qu'elle s'était trouvée en sa compagnie.

Comme elle demeurait silencieuse, l'inspecteur se retira.

Dans l'ascenseur, il demanda à Deepak s'il avait une idée sur la façon dont le cambrioleur avait pu tromper sa vigilance pour s'introduire dans l'immeuble.

– C'est un mystère. Lorsque nous nous rendons dans les étages, nous fermons toujours le hall, lui expliqua Deepak.

Après le départ de l'inspecteur, Deepak repensa au matin où il avait apporté des affaires à son neveu et l'avait trouvé propre comme un sou neuf.

*

– Et ma ligne, tu y penses ! s'exclama Lali avec un sourire qui lui barrait le visage. Pourquoi m'offres-tu ces gâteaux ?

– Pour vous remercier de m'accueillir chez vous.

– Avec ce que tu fais pour nous, je devrais filer à mes fourneaux et t'assembler une pièce montée.

– Je peux poser une question un peu personnelle ? demanda Sanji en prenant place à la table de la cuisine.

– Pose toujours, nous verrons ensuite.

– Comment avez-vous trouvé le courage de fuir l'Inde ?

– Tu formules mal ta question. C'est la peur qui fait fuir les gens. Le courage, c'est ce qui vous pousse à aller de l'avant, à embrasser une autre vie... le courage, c'est d'espérer.

– Mais tu as quand même dû renoncer à tout.

– Certainement pas à l'essentiel. D'ailleurs, je n'ai pas fui, je suis partie avec Deepak, j'espère que tu saisis la nuance.

– Quand as-tu su qu'il était l'homme de ta vie ?

Un autre sourire illumina le visage de Lali, malicieux cette fois.

– Comment s'appelle-t-elle ? Oh, je t'en prie, pas avec moi ! Quand on pose ce genre de question, c'est que quelque chose vous tiraille par là, dit-elle en appuyant son index sur le torse de Sanji. Elle vit à Mumbai ? Bien sûr que non, enchaîna-t-elle aussitôt, sinon tu n'interrogerais pas ta vieille tante.

Sanji resta muet.

– À ce point ? reprit Lali. Que veux-tu que je te dise ? Quand on sait, on sait. On peut invoquer toutes les raisons du monde, surtout les mauvaises, se mettre des œillères pour ne pas voir l'évidence, mais en vérité, le seul choix que nous ayons est de saisir notre chance ou de la laisser filer. Si je n'avais pas suivi Deepak, j'aurais passé ma vie à lui en vouloir.

– Tu n'as jamais eu peur de votre différence ?

– Je vais te donner un bon conseil : si tu te retrouves dans un endroit où tout le monde te ressemble, déguerpis aussi vite que tu le peux. D'ailleurs, vu l'heure qu'il est, si tu ne veux pas que Deepak t'accueille fraîchement, tu ferais bien de ne pas traîner.

Sanji regarda la pendule de la cuisine et bondit vers la salle de bains.

Il n'arriva en retard que d'une demi-heure au N° 12, Cinquième Avenue.

*

En voyant la tête de son oncle, Sanji préféra prendre les devants.

– On avait dit 20 heures !

– On avait dit ça hier. Enfin, au moins aujourd'hui tu es présentable. Tu as vu ta tante ?

– Non, pourquoi ?

– Alors tu n'es au courant de rien ?

Deepak lui relata le vol commis dans l'immeuble.

– Incroyable ! siffla Sanji.

– Inadmissible ! rétorqua son oncle. Quel que soit le tour de passe-passe dont tu as usé pour te doucher l'autre nuit, j'espère que tu n'avais pas oublié de fermer la porte avant de t'absenter.

Je ne veux rien savoir d'autre. Sois vigilant ce soir, ce cambrioleur pourrait avoir l'idée saugrenue de revenir.

Deepak tendit la carte de visite de l'inspecteur à Sanji et lui prodigua un autre conseil. Moins on parle, moins on risque de regretter ce qu'on a dit.

– Il veut te voir demain, et souviens-toi de ce que je t'ai dit. En attendant, file mettre ton uniforme, j'aimerais rentrer !

Sanji fit tournoyer le bristol entre ses doigts et le rangea dans sa poche avant de descendre au sous-sol.

*

21.

Sanji avait une heure à tuer avant son rendez-vous avec Sam. Il plongea la main dans la poche de sa veste et lut l'adresse sur la carte de visite que lui avait remise Deepak. Le commissariat se situait sur la 10e Rue, entre Houston et Bleecker. Dix minutes pour s'y rendre, un quart d'heure sur place et vingt minutes pour rejoindre Sam, peut-être même pour une fois en avance.

Il se présenta à l'accueil du 6e *precinct* et demanda à parler à un certain inspecteur Pilguez.

– Qu'est-ce que vous lui voulez à l'inspecteur Pilguez ? questionna un homme qui tambourinait du poing sur le distributeur de boissons chaudes.

– Moi rien, mais lui souhaitait me voir.

L'inspecteur se retourna et dévisagea son client.

– Ah oui, le collier de la veuve, l'affaire qui va couronner ma carrière. Bon, suivez-moi, je vous aurais bien proposé un café, mais cette saloperie de machine a une crampe du gobelet.

Sanji n'était pas sûr d'avoir tout saisi, encore moins ce qui mettait cet inspecteur de telle humeur, mais il le suivit dans une pièce attenante et prit place sur la chaise que le policier avait désignée.

— Ainsi donc, vous êtes liftier remplaçant au 𝒩° 12, Cinquième Avenue.

Suivant à la lettre les recommandations de Deepak, Sanji se contenta de hocher la tête en signe d'acquiescement.

— Les caméras de surveillance de l'immeuble nous ont livré des images intéressantes. On vous voit quitter votre comptoir à minuit vingt, et n'y revenir qu'à 6 h 10. Le lendemain c'est à peu près la même chose, vous disparaissez entre minuit et 6 heures du matin. Vous êtes où pendant tout ce temps ?

— Je dors.

— D'accord, mais où ?

— Au sous-sol, dans la remise.

— Ça, c'est étrange, parce que vous n'apparaissez à aucun moment dans le couloir du sous-sol, qui lui aussi est filmé. La nuit suivante, vous êtes fidèle au poste, mais là votre petit manège devient vraiment intrigant. Vous sortez de l'immeuble environ toutes les heures pour y rentrer quelques instants après. Comme je suis curieux de nature, je me suis fendu d'une petite visite au restaurant d'en face, j'avais repéré la caméra qui veille sur leur devanture. Alors là, c'est encore plus étrange, on vous voit traverser l'avenue et camper sur le trottoir pour reluquer les fenêtres. Vous comptiez les pigeons aux balcons ?

– Vous avez une preuve que ce vol a été commis durant la nuit ?

– Mme Collins nous a confié qu'elle s'absentait deux heures l'après-midi, mais les cambrioleurs agissent rarement en plein jour. Et puis votre oncle nous a assuré qu'il fermait la porte de l'immeuble dès qu'il se rendait dans les étages, ce qui n'est visiblement pas votre cas.

– C'est faux, je le fais dès que le dernier occupant est rentré.

– Ce n'est pas ce que montrent les caméras, et ça ne plaide pas en votre faveur.

– Ce sont les avocats qui plaident, vous me suspectez ?

– Pas un larcin dans cet immeuble en quarante ans, je n'invente rien, c'est tonton qui le dit. Et paf, quelques jours après votre embauche, une effraction, et un collier disparaît. Enfin, effraction, c'est vite dit, notre cambrioleur est un vrai Houdini, les serrures n'ont pas été forcées. Remarquez, il est peut-être passé à travers le mur... à moins qu'il possède un double des clés... comme vous. L'un des propriétaires croit avoir aperçu un homme rôder en pleine nuit dans son salon. J'admets que vu l'état général du bonhomme, un juge exigera des analyses avant d'accepter son témoignage et je doute que l'on trouve un taux de sang suffisant dans son alcool. Mais vous m'avez menti en déclarant avoir dormi au sous-sol et j'ignore toujours où vous rôdiez. Si avec tout ça je ne vous colle pas en garde à vue...

– Vous allez me mettre en cellule ? s'inquiéta Sanji. Mais vous n'avez aucune preuve contre moi.

– Des preuves, pas encore, mais de sérieuses présomptions, oui. Alors tant qu'un avocat ne viendra pas vous déloger, vous allez profiter gratuitement de l'hospitalité de cet hôtel de police.

– J'ai la tête de l'emploi, c'est ça ? demanda Sanji en défiant Pilguez du regard.

– Ça mon vieux, si ce genre de tête existait, ça me faciliterait drôlement le travail. D'ailleurs je vous avoue qu'une chose me tracasse. Pour accumuler autant d'éléments à charge, il faut être un sacré abruti et vous m'avez l'air plutôt futé…

Pilguez ordonna à Sanji de le suivre. On allait remplir une fiche de renseignements et lui tirer le portrait.

– Je croyais que c'était toujours le mobile qui trahissait le coupable.

– Un collier de ce prix, ça fait un joli mobile, non ?

– Qu'est-ce que vous voulez que je fasse d'un collier ?

– Un receleur vous offrirait la moitié de sa valeur. Si je disposais d'une telle somme, croyez-moi, je saurais quoi en faire. Un quart de million de dollars, ça représente combien d'années de salaire pour un liftier ?

– Pour un liftier je n'en sais rien, mais pour moi, pas grand-chose.

L'inspecteur regarda Sanji dans le blanc des yeux et le confia à deux agents en uniforme. On recueillit ses empreintes, puis on le photographia de face et de profil.

Sanji demanda à passer un appel, l'agent l'ignora et verrouilla la grille de la cellule.

*

Le rush du matin s'achevait, Deepak soufflait enfin, quand son portable se mit à vibrer. Il soupira et monta au 8e.

– Vous ne descendez pas ? demanda-t-il en voyant que Chloé lui faisait face.

– Pourriez-vous laisser cette enveloppe en évidence sur le comptoir en partant ce soir ? répondit-elle avant de le remercier et de refermer sa porte.

Deepak ne posa aucune question. Il passa l'heure suivante les yeux rivés sur le prénom de son neveu écrit sur la missive que lui avait confiée Chloé.

*

À 18 heures, un taxi s'arrêta au croisement de Bleecker Street et de la 10e Rue. Sam en descendit, accompagné du responsable juridique de la firme.

– On répète une dernière fois, dit-il en avançant vers le commissariat.

– Ce que vous me demandez est tout à fait illégal.

— Ça ne le sera que si vous jouez mal votre rôle.

— Je ne suis pas avocat, bon sang !

— Vous faites du droit, non ?

— Mais ça n'a rien à voir !

— Ce qu'il y a à voir, c'est de faire sortir mon camarade illico presto, alors vous vous présentez comme son avocat, vous demandez de quoi on l'accuse, vous expliquez qu'ils n'ont aucune preuve contre lui et de ce fait aucune raison de le garder. Au besoin, vous les menacez d'aller vous plaindre à un juge, et hop ! vous me le ramenez.

— Et s'ils en ont des preuves ?

— Des preuves de quoi ? Si Sanji ramassait un billet de cent dollars par terre il irait le rapporter aux objets trouvés. C'est encore un délit de sale gueule, ils s'en sont pris au premier venu qui n'était pas blanc, voilà tout.

Le responsable juridique n'écoutait pas un mot de ce que Sam racontait, il marmonnait son texte.

— Je vous jure qu'après ça, vous m'en devrez une !

— Dites donc, rappelez-moi qui a organisé pour vous une rencontre avec la fille qui bosse au cinquième, Marisa, Matilda, Malika…

— Mélanie, et vous avez juste…

— Je me suis coltiné un dîner avec huit collègues pour que vous soyez assis à côté d'elle. Et si je n'avais pas passé la soirée à vanter vos immenses qualités de juriste, vous auriez eu zéro chance, alors maintenant faites vos preuves, sinon j'aurai de bonnes raisons de lui dire que je me suis un peu emballé sur votre compte. J'attends, et chaque demi-heure votre cote dégringole !

Trente-sept minutes plus tard, le responsable juridique ressortait du commissariat, en nage mais en compagnie de Sanji.

– Alors ? questionna Sam. Ne dis rien, je sais, c'est une bavure policière et une honte ! Pourquoi tu ne m'as pas appelé plus tôt ?

– Parce qu'on ne m'a pas autorisé à passer de coup de fil avant ce matin. L'inspecteur voulait m'avoir à l'usure, il espérait probablement des aveux.

– Des aveux de quoi ? Non, mais on rêve ! Je peux t'assurer que j'en connais un qui va porter plainte, tous nos rendez-vous de la journée annulés, tu imagines le préjudice ?

– À votre place, je n'en ferais rien, murmura le responsable juridique.

– Oh vous ça va, vitupéra Sam. L'avocat, c'était pour le commissariat, quand j'aurai besoin de votre avis je vous ferai signe.

– Comme vous voulez, mais votre ami est tout de même soupçonné d'avoir commis un vol dans l'immeuble où il travaille.

Sam le regarda, stupéfait.

– Quel immeuble, quel travail ?

– Liftier ! lâcha le juriste.

À deux doigts d'une apoplexie foudroyante, Sam se retourna cette fois vers son ami.

– Viens, il faut qu'on parle, marmonna Sanji.

*

Sanji n'avait rien avalé depuis la veille. Dévorant une pizza dans un restaurant du quartier, il raconta tout à Sam.

— Passer tes nuits dans un ascenseur... tu n'aurais pas pu trouver plus simple pour courir après une femme qui se déplace en fauteuil ?

— Ce n'était pas prémédité, c'est juste un enchaînement de circonstances.

— Quel genre de circonstances ?

— Tu te doutes bien que je n'ai pas piqué ce collier. Remarque, j'aurais pu, j'ai dormi dans le canapé de Mme Collins le soir où elle était absente.

— Tu as fait quoi ?

— En tout cas, ce n'est ni cette nuit-là ni celle d'avant que le cambrioleur a sévi, je l'aurais entendu.

— Ah, parce que tu t'es introduit dans d'autres appartements ?

— Chez M. Morrison, mais il ne s'est rendu compte de rien, il était ivre mort, je le sais, c'est moi qui l'ai couché.

— Mon réveil va sonner, et quand je te raconterai mon cauchemar, tu piqueras un fou rire.

— Demain cette affaire sera classée et tu n'as pas tort, on s'en amusera tous les deux.

— Alors avant de se marrer, laisse-moi te préciser deux-trois détails. Un cambriolage se produit dans un immeuble où tu... je n'arrive même pas à le dire... Tu as laissé tes empreintes dans l'appartement où il a été commis, tu n'as pas d'alibi, dis-moi aussi que tu as un double des clés et je te fais passer la frontière canadienne cette nuit. Tu sais comment fonctionne la justice dans ce pays ? Et arrête avec ce sourire idiot, il n'y a vraiment rien de drôle.

– Enfin, Sam, je suis innocent.

– Innocent... et étranger. Qu'est-ce qu'il vaut, ce collier ?

– À peu de chose près, le montant que tu voulais que j'investisse.

– Ça, ça doit rester strictement entre nous. Je vais t'engager un avocat, un vrai avocat, il démontrera facilement qu'avec ce que tu pèses, tu n'avais aucune raison de commettre ce vol.

– Donc, le liftier indien est coupable, mais si l'on découvre que c'est un homme argenté, alors il est blanc comme neige ? Si je devais m'en sortir comme ça, je me le reprocherais toute ma vie.

– Tu me fais chier, Sanji, avec tes principes. Moi aussi je joue ma peau, si mon patron apprend de quoi on t'accuse, je serai viré dans la seconde. Alors on va procéder à ma façon et on gérera tes remords ensuite.

– Je vais aller me coucher, j'y verrai plus clair demain. Merci pour tout.

Depuis son arrivée à New York, Sanji avait successivement passé ses nuits sur un canapé-lit meurtrier, sur la rosace en marbre d'un hall d'immeuble, dans les salons d'un alcoolique et d'une veuve absente, et pour finir sur le banc d'une cellule de neuf mètres carrés. Trop, c'était trop, et il alla dormir au Plaza.

*

Deepak était inquiet, à 21 heures Sanji n'était toujours pas là. Il appela Lali, qui n'avait pas eu la moindre nouvelle de son neveu de la journée. Deepak réfléchit à la manière de se sortir de ce pétrin. Après mûre réflexion, il fit un tour dans sa réserve et remonta suspendre à la poignée de la porte de l'ascenseur un petit écriteau qu'il n'avait encore jamais utilisé.

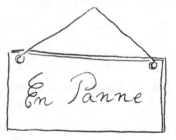

Puis il rentra chez lui.

*

22.

Un bain, un dîner servi au lit, un film en VOD
sur l'écran géant de sa suite et une longue nuit de
sommeil dans un *king size* avec trois oreillers. Une
nuit dans un palace qui aurait dû lui changer les
idées, de même que la conversation qu'il avait eue
au réveil avec Maître Woolward, l'avocat engagé
par Sam, aurait dû l'apaiser. Pour un simple vol
de bijou commis sans violence, Woolward doutait
que la police relève des empreintes ; sans preuve
ni motif, il voyait mal un juge accepter de le poursuivre. On ne pouvait préjuger des suites d'une
telle affaire, mais il lui avait assuré qu'il n'y avait
aucune raison de s'inquiéter outre mesure.

Et pourtant, Sanji se sentait coupable. D'avoir
manqué à ses obligations la veille au soir, de ne
pas avoir eu la courtoise élémentaire d'en aviser
Deepak, de bénéficier de la protection d'un
juriste qu'il n'aurait jamais pu payer s'il avait été
liftier. Il irait présenter ses excuses à son oncle ce
matin même. Avant cela, il se servit une tasse de

thé, passa rapidement sous la douche, s'habilla et, au moment de régler sa note, se demanda si Deepak l'accueillerait toujours sous son toit. En route vers le $\mathcal{N}$o 12, Cinquième Avenue, Sanji était plus préoccupé encore. Ce qui avait commencé comme un jeu se transformait de jour en jour en mystification. Autre promesse matinale, c'en était terminé des mensonges, il fallait qu'il parle à Chloé.

*

Deepak releva ses lunettes alors que son neveu entrait dans le hall.

— Tu as prévenu ta tante ? demanda-t-il d'un ton distant.

— Prévenu de quoi ?

— Que tu étais en vie, elle n'a pas fermé l'œil de la nuit, et pour cause, elle l'a passée à appeler tous les hôpitaux de la ville.

— Je suis désolé, j'ai perdu l'habitude de prévenir mes parents quand je ne rentre pas le soir.

— Et insolent en plus ! Je peux savoir pourquoi tu n'as pas appelé ? Quelle humiliation ! À cause de toi j'ai été forcé de mentir.

— Je n'ai pas pu le faire, car j'ai passé la nuit… au commissariat.

Deepak inspecta Sanji des pieds à la tête.

— Ils ont des prisons quatre étoiles maintenant ?

— Je suis allé me changer chez Sam.

– Je ne sais pas qui est ce Sam, soupira Deepak. Qu'as-tu dit à ce policier pour qu'il te mette en prison ?

– Moi, rien, mais quelqu'un qui m'avait conseillé de peser mes mots est allé raconter qu'il n'y avait jamais eu de cambriolage dans cet immeuble avant que j'y travaille.

– Je ne l'ai pas dit comme ça.

– C'est pourtant comme ça que l'inspecteur l'a entendu.

Deepak fronça les sourcils.

– Cette histoire est bizarre, le voleur n'est tout de même pas passé par les toits, alors par où est-il entré et comment est-il ressorti sans que ni toi ni moi l'ayons vu ou entendu ?

– Je n'en ai pas la moindre idée, répondit Sanji. Bon, je vous ai expliqué pour hier...

– Parce que c'est ta façon de me présenter tes excuses ? grommela Deepak en mettant la main dans sa poche. On m'appelle, attends-moi ici, je n'en ai pas pour longtemps.

Deepak revint quelques instants plus tard, en compagnie de Chloé. Il ouvrit la porte de l'immeuble et s'étonna qu'elle s'arrête dans le hall et reste campée devant son neveu, tout comme de voir Sanji la dévisager sans rien dire.

– Très chic, le costume, lâcha-t-elle avant de sortir.

Elle rejoignit Deepak sur le trottoir et refusa qu'il lui arrête un taxi, elle avait envie de prendre l'air et se rendrait au studio en métro.

Deepak fit demi-tour et manqua de peu de se faire bousculer par Sanji.

– Qu'est-ce qui te prend ?

– Elle est partie dans quelle direction ?

– Mes trois règles, tu as besoin que je te les rappelle ?

– À droite ou à gauche ? insista Sanji en agrippant son oncle par les épaules.

– En tout cas, pas à droite, répondit-il en s'époussetant.

Sanji courut vers la 9e Rue, se rattrapa de justesse à un panneau en amorçant un virage périlleux et sprinta jusqu'à la 6e Avenue.

– Attendez-moi, supplia-t-il, hors d'haleine.

Chloé, prête à s'engager sur le passage clouté, se retourna. Sanji la rattrapa et se posta devant son fauteuil.

– Je suis désolé de m'être comporté ainsi dans le hall, mais Deepak était là...

– J'ai suffisamment attendu comme ça hier soir, l'interrompit Chloé. Vous allez me mettre en retard, écartez-vous !

– Quand vous m'aurez dit ce que j'ai fait pour vous mettre en colère.

– J'ai l'air d'être en colère ?

– Franchement ? Oui.

– Je n'ai rien demandé, rien proposé, mais vous... c'était un jeu, un pari ? Réussir à séduire la fille en fauteuil ? Vous avez tout à fait le droit d'avoir changé d'avis, mais vous auriez pu avoir, sinon l'élégance, la courtoisie de me répondre.

– On m'a reproché pas mal de choses depuis hier, mais là, je n'y comprends rien.

– Le mot que je vous ai laissé sur le comptoir, vous ne l'avez pas lu peut-être ?

– Quand m'avez-vous laissé ce mot ?

– Hier soir, pour que vous le trouviez en arrivant. Je l'ai confié à Deepak, un homme fiable, lui. Alors ne me racontez pas d'histoires.

– J'aurais eu du mal à le lire, puisque j'étais en prison.

– De mieux en mieux ! À chaque fois que je vous vois, je vais de surprise en surprise. Vous avez renversé une femme ?

– Très drôle ! J'imagine que vous êtes au courant pour le collier, je suis le suspect numéro un.

– Dites-moi que vous êtes innocent !

– Je n'irai pas jusque-là, mais coupable, non. Que disait votre message ?

– Ça, vous n'êtes pas près de le savoir. Maintenant laissez-moi passer, je vais vraiment être en retard.

Sanji arrêta un taxi. Rompu à la manœuvre, il souleva Chloé de son fauteuil, le rangea dans le coffre et s'installa sur la banquette à côté d'elle.

– À l'angle de la 28e Rue et de la 7e Avenue, dit-il au chauffeur.

Ils arrivèrent dix minutes plus tard. Sanji accompagna Chloé jusqu'à la porte du bâtiment qui abritait le studio.

– Que racontait cette longue lettre ? insista Sanji.

– Que j'étais d'accord, répondit-elle en poussant la porte de l'immeuble.

– D'accord sur quoi ?

– Au sujet de votre théorie sur la fin du monde avec sa parenthèse de bonheur. Vous avez vingt-quatre heures pour trouver le moyen de vous racheter. Venez me chercher demain, à 17 h 30.

– Pourquoi pas ce soir ?

– Parce que je suis prise.

*

Il y a un paradoxe étrange dans les prémices d'une histoire d'amour. On se retrouve avec crainte, on hésite à dire à l'autre qu'il n'a cessé d'occuper nos pensées. On voudrait tout donner, mais on s'économise, on épargne le bonheur, comme pour le préserver. L'amour naissant est aussi fou que fragile.

*

Bien que très en retard, Sanji arriva à son rendez-vous l'esprit serein… Sam était habitué à sa ponctualité de Mumbaikar. Mais le voyant accoudé à la réception, Sanji s'attendit au pire. Décidément, la matinée s'annonçait lourde de reproches et de justifications, pourtant Sam ne lui fit aucune réprimande, au contraire, il avait l'air d'excellente humeur. Il ne pipa mot et attendit d'être dans l'ascenseur pour demander à Sanji de bien vouloir appuyer sur le bouton.

– Remarquable ! s'exclama Sam.

– Très drôle, répondit Sanji.

*

À la fin de la journée, Sanji alla assurer la relève de son oncle. La passation fit l'objet d'un bref échange courtois, et Deepak partit rendre visite à M. Rivera.

À l'hôpital, il hésita à lui parler de l'affaire du collier, mais Deepak ne savait pas mentir, et devant l'insistance de son collègue qui ne cessait de lui demander ce qui le préoccupait cette fois, Deepak lui raconta tout.

– Je ne savais même pas qu'elle possédait un bijou d'une telle valeur. Je suis certain que si ce n'était pas un cadeau de son mari, elle l'aurait vendu depuis longtemps. Elle ne roule pas sur l'or, expliqua Rivera.

– Je l'ignorais, je ne me mêle pas de leur vie, répondit Deepak, l'air absent.

– À quoi tu penses ?

– Comment quelqu'un a-t-il pu entrer sans qu'on le voie ? Nous sommes toujours fidèles au poste.

– Pas toujours, soupira Rivera.

– Je t'en prie, ne me pose pas la question ! Mon neveu n'y est pour rien.

– Je ne comptais pas te la poser.

– Ce que je veux, c'est que tu ne te la poses pas à toi-même.

– Alors qui et comment ?

– Lequel de nous deux est un spécialiste du roman policier ? À toi de trouver le coupable !

– Procédons avec méthode, suggéra Rivera en empruntant l'air d'un vieux limier. Le motif est évident, c'est l'argent. Maintenant, réfléchissons à la façon dont le voleur a procédé…

Assis sur son lit, M. Rivera se perdit dans ses pensées pendant que Deepak, sur sa chaise, sombrait dans un profond sommeil. Une heure plus tard, il sursauta en entendant son collègue s'écrier :

– Le coup a été fait de l'intérieur !

– Qu'est-ce que tu racontes ?

– Réfléchis, bon sang, si les flics avaient vu quelqu'un sur les enregistrements de la vidéosurveillance, ils seraient déjà revenus avec une photo pour que tu l'identifies. Donc, le voleur n'est ni entré ni sorti, et pour une bonne raison, il se trouvait déjà dans l'immeuble ! Puisque tu te portes garant de ton neveu, c'est forcément…

– Forcément quoi ?

– Rien, oublie ce que je viens de te dire, j'ai trop forcé sur les calmants ce soir.

– Qu'est-ce que tu racontes, tu n'en as pas pris un seul depuis que je suis là ?

– Il n'empêche que je suis fatigué et toi aussi.

Deepak avait compris le message, il attrapa sa gabardine et s'en alla plus perturbé encore qu'en arrivant.

L'état dans lequel il retrouva Lali n'apaisa en rien ses tourments. Sa femme était assise à la table de la cuisine, le couvert n'était pas dressé et elle n'avait rien préparé à dîner.

— Ils ont mis mon neveu en prison, balbutia-t-elle, au bord des larmes.

— C'était juste une garde à vue, mon amour, répondit Deepak en s'agenouillant devant elle.

Il serra Lali dans ses bras et la réconforta en lui offrant toute la tendresse dont il était capable.

— Ils ont fait ça pour l'intimider, ajouta-t-il, ils devaient espérer obtenir des aveux, mais Sanji n'a rien lâché puisqu'il est innocent.

— Évidemment qu'il est innocent. Ce pays était une Terre promise pour des immigrés comme nous. Nous avons travaillé comme des chiens, par devoir et reconnaissance, et regarde ce qu'ils nous font, les étrangers sont traités comme des criminels. Si c'est cela l'Amérique d'aujourd'hui, j'aime mieux rentrer en Inde.

— Allons Lali, calme-toi, ça ne durera pas.

— Si un homme aussi droit que mon neveu est arrêté par la police, que va-t-il advenir de nous ?

— Je te rappelle qu'il y a encore quelques jours, tu ne le connaissais pas.

— Mon sang coule dans ses veines, alors si je te dis qu'il est honnête, je te prie de ne pas mettre ma parole en doute !

— Tu veux que nous reparlions du traitement que nous a réservé ta famille ?

Lali repoussa sa chaise et sortit de la cuisine.

— Ce n'est vraiment pas le soir à essayer d'avoir raison ! cria-t-elle en claquant la porte de sa chambre.

Deepak haussa les épaules, ouvrit la porte du réfrigérateur et se servit les restes du repas de la veille, un gombo qu'il mangea froid, seul dans la cuisine.

Cette nuit-là, ce fut son tour de ne pas fermer l'œil. Il ressassait de sombres pensées. Lali avait peut-être raison. Pour boucler son enquête, la police n'avait pas besoin d'identifier le vrai coupable, mais d'en désigner un, et Sanji ferait parfaitement l'affaire.

*

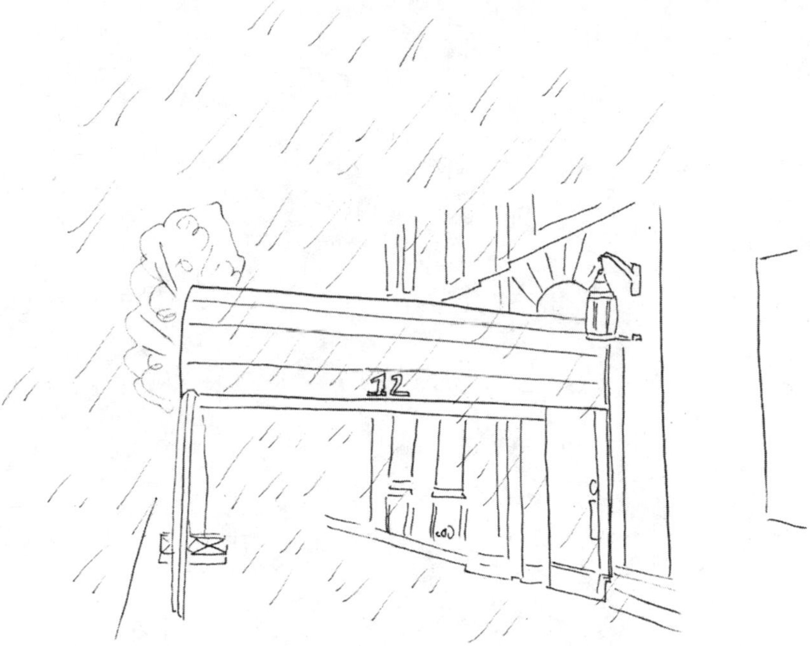
12

23.

Un orage tonnait sur la ville. Le rush du matin s'en trouvait perturbé. Le hall de Deepak avait pris des airs d'arche de Noé, tous les propriétaires, ou presque, y étaient bloqués.

Deepak, dont le parapluie s'était retourné aux premiers assauts des bourrasques, se faisait rincer par l'averse. En vaillant homme de peine, il s'évertuait à agiter la main dans l'espoir d'arrêter des taxis. La pluie ruisselait sur sa nuque, s'infiltrait sous sa redingote, trempait sa chemise qui lui collait au dos, et son uniforme avait perdu toute splendeur. Quand une camionnette projeta une gerbe d'eau saumâtre sur ses bas de pantalon, l'orage ne gronda plus seulement dans le ciel. Une colère sourde gagna Deepak et grandit de minute en minute. Et la voiture de police qui se rangea devant lui n'était pas faite pour le calmer.

– Nostalgique de la mousson ? ironisa l'inspecteur en baissant sa vitre. Je vous rapporte les enregistrements, ajouta-t-il en lui tendant un paquet, faites attention, ce n'est pas étanche. De

toute façon, nous n'avons rien trouvé d'inté-
ressant sur ces bandes.

Deepak le regarda fixement.

– J'ai du nouveau concernant votre enquête.

L'inspecteur coupa le contact. Il abandonna
son véhicule en double file et suivit Deepak vers
le hall où Mme Zeldoff, Mme Clerc, les Williams,
Mme Collins et le professeur Bronstein guettaient
une éclaircie. Les uns scrutaient les nuages noirs
par la porte vitrée, les autres tapotaient des messages sur leur portable, dans la nervosité et l'impatience générale.

Deepak se positionna devant son comptoir et
toussota pour requérir l'attention de tous.

– C'est moi qui ai dérobé le collier.

Soudain, plus personne ne songea à la pluie.

– Qu'est-ce que vous racontez ? s'inquiéta le
professeur. Deepak, pas vous, ça n'a aucun sens.

– Enfin de quoi je me mêle, laissez-le parler !
s'insurgea Mme Williams.

Alors Deepak vida son sac et expliqua les raisons
qui l'avaient poussé à commettre un tel acte. Sa
déception, le chagrin qui l'avait saisi quand on
avait voulu le remplacer par un vulgaire mécanisme, son humiliation quand on l'avait accusé
d'avoir saboté le matériel en question. On l'avait
traité comme un moins-que-rien, et en dépit de sa
dévotion, les propriétaires auxquels il avait tout
sacrifié avaient prouvé le peu de considération
qu'ils lui portaient, alors pourquoi ne pas se
servir ? Le vol de ce collier n'allait pas ruiner
Mme Collins, son assurance la dédommagerait.

Mais lui, quelle assurance couvrirait les vieux jours de son épouse ? Un an de salaire ?

– Je devrais exprimer des regrets, poursuivit-il, cela me vaudrait peut-être une remise de peine, mais je n'en éprouve aucun. Plus encore, je crois avoir pris du plaisir en vous rendant la monnaie de votre pièce, et quand je parle de pièce, c'est à peu de chose près ce que vous m'avez offert.

Deepak ôta sa casquette et sa redingote, qu'il disposa dignement sur le comptoir, avant de tendre ses poignets à l'inspecteur.

Pilguez sortit une paire de menottes de sa poche et renonça à les lui passer.

– Je crois que ça suffit comme ça, vous les mettrez avant d'arriver au commissariat, dit-il en attrapant Deepak par le bras.

Les propriétaires virent le liftier s'engouffrer à l'arrière de la voiture de police, si abasourdis que tous sortirent sous l'auvent pour suivre du regard le véhicule qui s'éloignait vers l'arche du Washington Square Park.

Quand ils rentrèrent dans le hall, Mme Williams prit un air excédé.

– Ne me dites pas que ça recommence et qu'il va falloir maintenant monter à pied dans la journée !

Le portable du professeur Bronstein se mit à sonner.

– Je vais me faire virer si j'arrive en retard au studio, je me fiche qu'il pleuve, je prendrai le métro s'il le faut, mais je t'en supplie, papa, dis à Deepak de monter me chercher !

Le professeur raccrocha. Ne voyant qu'un seul moyen de venir en aide à sa fille, il interpella ses voisins.

– S'il subsiste encore un peu d'humanité dans cet immeuble, j'aurais besoin de volontaires pour aider Chloé.

Mme Collins intervint la première.

– Ce qui vient de se passer ne vous a pas suffi ? s'exclama-t-elle. Allez ouste, on monte !

Cette démonstration d'autorité réussit à mobiliser les troupes. Même les Williams se joignirent au cortège.

Et bientôt, Chloé entendit un ramdam d'enfer derrière la porte de sa cuisine.

Chacun y allant de son avis, la descente se fit dans le plus grand désordre. Une véritable pagaille. Son père la porta dans ses bras jusqu'au 4e où M. Zeldoff le relaya. Mme Clerc s'était chargée du fauteuil aidée de Mme Williams qui se coinça les doigts dans les rayons d'une roue, ce qui lui valut de s'entendre dire par Mme Collins qu'elle n'était bonne à rien. Mme Zeldoff prit sa relève, un grand sourire aux lèvres. Réveillé par ce raffut, M. Morrison apparut en slip sur le palier et posa la question qu'il fallait éviter. Qu'était-il arrivé à Deepak ?

À l'étage inférieur, Mme Williams se fit une joie de clamer que ses soupçons étaient fondés, Deepak était passé aux aveux.

Et Chloé n'attendit pas d'être au 1er pour manifester son indignation.

– Jamais de la vie ! cria-t-elle, comment avez-vous pu le laisser faire une chose pareille, vous n'avez pas honte ?

Au rez-de-chaussée, M. Williams déposa Chloé sur son fauteuil. Un silence pesant régnait dans le hall.

– Elle a raison, reprit Mme Collins. Nous devrions avoir honte. Qui d'entre nous peut croire une seconde que Deepak soit un voleur ? Il s'est dénoncé par orgueil, parce que nous l'avons blessé.

– Ou pour protéger son neveu ! siffla Mme Williams.

Mais les regards qui fusèrent dans sa direction lui firent passer l'envie d'argumenter en ce sens.

– Bien, enchaîna Chloé, puisque nous sommes tous d'accord, il nous revient de le tirer de ce mauvais pas. Réunion générale à 18 heures au 8e étage ! Que quelqu'un prévienne M. Groomlat. Sans lui, rien de tout cela ne serait arrivé ! Et vous, monsieur Morrison, tâchez d'enfiler un pantalon d'ici là.

Personne n'osa contester à Chloé le premier taxi qui passa.

*

À midi, Sanji reçut un message sur son portable qui lui gâcha le reste de l'après-midi.

Impossible de vous voir ce soir. À demain. Je vous embrasse.

Chloé.

En arrivant au 𝒩° 12, Cinquième Avenue à 19 heures, pour une fois en avance, il s'étonna de trouver le hall désert et s'inquiéta de ne pas voir son oncle. Inquiétude qui grandit en constatant que l'ascenseur était au rez-de-chaussée, et que la porte de l'immeuble n'était pas verrouillée. Il se rua au sous-sol, inspecta la remise, appela Deepak à maintes reprises et monta aussi précipitamment au 8e étage.

M. Bronstein lui ouvrit la porte, des voix s'élevaient du salon.

– Mon oncle est avec vous ? demanda Sanji, haletant.

– Attendez ici une minute, je vous prie, il est préférable qu'elle vous explique la situation, répondit le professeur.

Chloé apparut quelques instants après dans le couloir.

Elle relata ce qui s'était passé au matin. Avant que Sanji ait le temps de réagir, elle lui assura que personne ne doutait de l'innocence de Deepak, ni des raisons qui l'avaient poussé à faire de tels aveux. Un plan avait été échafaudé pour le tirer d'affaire.

– Il va passer la nuit en cellule ? Mais vous vous rendez compte qu'il ne s'en remettra jamais !

Chloé prit la main de Sanji.

– Ne croyez pas que ce soit de l'arrogance de ma part, mais je pense en effet le connaître mieux que vous, depuis plus longtemps en tout cas. Deepak s'est infligé ce châtiment pour exprimer sa colère, la ressentir aussi. Juste avant votre arrivée, nous avons informé la police qu'il était innocent et que nous avions trouvé le coupable.

– Qui est ce salopard, que je lui torde le coup !

– C'est un peu plus compliqué que ça.

– Je dois prévenir ma tante. Quand elle va voir que son mari ne rentre pas, elle se fera un sang d'encre.

– Je m'en suis déjà occupée, allez plutôt la soutenir. Je l'ai rappelée tout à l'heure pour prendre de ses nouvelles, elle était en route vers le commissariat.

Mme Zeldoff passa la tête dans le couloir.

– Il me semblait bien vous avoir entendu, vous tombez à pic, je m'apprêtais à partir. Vous seriez gentil de me descendre au 2e.

Sanji la fusilla du regard et s'en alla sans lui répondre.

Chloé le suivit sur le palier.

– Ça va aller ?

– Ils ne le méritent pas !

– Ils s'en rendent compte aujourd'hui. Quand tout sera rentré dans l'ordre, je dînerai volontiers avec vous.

Sanji sourit tièdement et s'en alla.

*

Lali attendait sur un banc dans l'entrée du commissariat. Le policier de faction lui avait répété dix fois qu'elle n'avait pas le droit de rester là, mais à force de s'entendre répondre qu'il n'avait qu'à la jeter en cellule, comme ça elle serait avec son mari, il avait fini par se lasser. Après tout, si elle voulait passer la nuit ici, ça lui était bien égal.

Sanji vint s'asseoir près d'elle et la prit sous son bras.

– Ils le laisseront sortir demain matin, je te le promets.

– Tu es policier maintenant ?

– Je me suis inquiété en ne le trouvant pas dans son hall, alors je suis monté voir Chloé qui m'a raconté ce qui s'était passé.

– Tu ne l'appelles plus « mademoiselle » ?

– Les propriétaires étaient réunis chez elle, ils ont un plan, je ne sais pas lequel, mais ils semblaient confiants.

– Ne me parle plus de ces gens-là ! maugréa Lali.

– Tu lui as apporté des affaires ? demanda Sanji en découvrant une petite valise aux pieds de sa tante.

– Pour lui, pour moi, toutes nos économies aussi, pour payer sa caution, j'ai même pris nos passeports.

– Qu'est-ce que tu comptes faire avec ton passeport ?

– La malle ! Dès qu'il sera dehors. Je veux rentrer en Inde. Je l'avais prévenu qu'après toi, ils s'en prendraient à nous.

– Ils ne s'en sont pris à personne, Deepak s'est dénoncé. Mais sa confession n'est pas crédible. Laisse-moi te raccompagner chez toi, cet endroit n'est pas fait...

– Vas-y, dis-le, pour une femme de mon âge ?

– Pour ma tante.

Lali posa ses deux mains sur les joues de son neveu et se blottit contre lui.

– Je n'ai jamais dormi sans mon mari, tu comprends ?

Et Sanji passa la nuit sur ce banc, à veiller sur elle.

À l'aube, l'agent de faction s'approcha du distributeur de boissons chaudes, donna dans la caisse un magistral coup de pied qui fit chuter un gobelet, répéta la manœuvre et leur apporta deux cafés.

À 7 heures, l'inspecteur Pilguez entra dans le commissariat, s'arrêta devant Sanji, salua Lali et disparut dans son bureau.

À 9 heures, il revint pour les escorter tous deux dans une petite salle dont Sanji avait gardé de mauvais souvenirs et les pria de patienter.

La porte se rouvrit peu après, et Deepak put serrer sa femme dans ses bras.

– Rentrez chez vous, madame, ordonna Pilguez.

– Je ne bougerai pas tant que vous retiendrez mon mari, s'insurgea Lali.

– Votre mari est libre, mais nous avons encore une petite chose à faire, tous les deux.

– S'il te plaît, insista Deepak. Sanji, raccompagne ta tante à la maison, je vous rejoindrai un peu plus tard.

Sanji prit la valise d'une main et de l'autre le bras de Lali qui pour une fois accepta d'obéir.

*

La voiture de police se rangea devant le N° 12, Cinquième Avenue.

– Vous êtes certain qu'ils seront tous présents ? demanda l'inspecteur avant de descendre.

– Un samedi matin, ça ne fait aucun doute.

– Alors allez les chercher, je n'ai pas que ça à faire.

Mais Deepak ne voulait plus recevoir d'ordres. Il descendit au sous-sol se donner un coup de peigne et découvrit sa redingote repassée et suspendue dans son armoire.

Il enfila son uniforme et alla sonner à tous les étages.

*

24.

Le hall s'était à nouveau transformé en salle de réunion improvisée. Personne ne manquait à l'appel, même M. Morrison, en cette heure inédite pour lui, surprit tout le monde par sa présence.

– Pourrions-nous savoir ce qui nous vaut d'être convoqués par la police un samedi matin ? protesta M. Clerc.

– Vous auriez préféré venir au commissariat ?

Le murmure général ne laissa planer aucun doute quant à la réponse.

– J'ai connu des enquêtes au cours de ma carrière où, après plusieurs mois, je n'avais toujours pas de suspect, et voilà que j'ai neuf coupables ! Si j'en crois les aveux que l'on m'a faits ce matin, tout le monde ici ou presque aurait dérobé ce collier, une véritable bijouterie cet immeuble ! Mme Zeldoff s'est accusée la première. Je lui ai demandé comment elle avait procédé et elle m'a révélé avoir eu accès à l'appartement de Mme Collins en venant l'entretenir d'une histoire farfelue de vandalisme. J'ai reçu ensuite un appel de M. Morrison qui, invoquant un léger excès de boisson, se serait trompé d'étage et aurait confondu le collier avec l'une de ses cravates. Mme Clerc m'a également téléphoné pour me dire qu'elle était prête à se constituer prisonnière, à condition de garder pour elle les raisons qui l'avaient poussée à commettre ce forfait. Quel manque d'imagination, madame ! M. Bronstein aurait agi pour des raisons pécuniaires ; à ce qu'il paraît, les fins de mois sont difficiles au 8ᵉ. Mais la palme revient à Mme Williams qui se serait laissé emporter par la jalousie, son mari ne lui ayant jamais offert un bijou de ce prix-là. Comme je suis certain qu'aucun d'entre vous n'est en mesure de restituer ce fichu collier, j'aimerais comprendre ce qui vous a laissé penser que j'étais un parfait imbécile ?

Tant de regards se croisèrent qu'il aurait été impossible de les démêler.

– Deepak est innocent, clama M. Bronstein, mais comme il s'est accusé, nous n'avions d'autre possibilité que d'entraver l'enquête. Que vous nous croyiez ou non n'y change rien, avec autant d'aveux vous ne pouvez plus l'incriminer.

– Je pourrais tous vous inculper, pour obstruction à une enquête de police, fausse déclaration, complicité et pourquoi pas recel…

– C'est moi qui ai convaincu tout le monde, je suis le seul responsable, répondit le professeur.

– Faux ! objecta Chloé, c'était mon idée et je suis prête à en assumer les conséquences.

– Idée que je trouvais irresponsable et stupide, je vous l'ai fait remarquer ! siffla M. Williams. Je reconnais avoir eu un moment de faiblesse. Ma femme se plaint déjà de tout, alors imaginez mes soirées si nous sommes encore privés d'ascenseur.

– Vous ne m'ôterez pas de l'esprit que c'est son neveu qui a fait le coup, maugréa Mme Williams pour sauver la face.

– Vous êtes vraiment une toute petite personne, aigrie, frustrée, manipulatrice et méchante, lâcha Mme Zeldoff, à la surprise générale.

– Je vous interdis de parler sur ce ton à mon épouse !

– Je n'ai pas besoin de votre permission pour dire tout haut ce que chacun pense, enchaîna-t-elle, car plus rien ne pouvait l'arrêter. Vous formez une belle paire tous les deux, la raciste et le chroniqueur fielleux d'une chaîne de propagande qui fait commerce de la haine. Deux serpents venimeux.

Et l'assemblée n'était pas au bout de ses surprises.

– Le neveu de Deepak n'est pas votre voleur ! intervint M. Groomlat, ramenant le calme.

– Qu'en savez-vous ? demanda l'inspecteur.

– Vous croyez vraiment que j'aurais laissé la copropriété engager quelqu'un sans m'être renseigné au préalable ? Pour qui me prend-on ici ? Moi aussi j'ai mené une enquête, surtout après avoir été traité de négligent à cause de ce satané mécanisme.

– Quel mécanisme ?

– Aucun intérêt, on en a commandé un autre. Ce qui compte, c'est ce que j'ai découvert. Ce jeune homme que Mme Williams accuse à tort n'avait aucune raison d'aller chaparder le collier de Mme Collins !

– Chaparder ? s'insurgea Mme Williams, un collier d'un demi-million de dollars, rien que ça !

– Certes, mais le neveu de Deepak en pèse une cinquantaine de vos millions, il est plus riche que nous tous réunis, je sais de quoi parle, j'établis vos déclarations de revenus. Pourquoi un homme aussi fortuné s'est prêté à une telle comédie, ça, je n'en sais rien, mais comme ça vous arrangeait tous...

Les Williams, les Clerc, Mme Collins et M. Morrison, M. et Mme Zeldoff, l'inspecteur Pilguez, restèrent coi, et Chloé la première. Les visages se tournèrent vers le comptoir et chacun put constater que Deepak s'était éclipsé.

*

L'inspecteur repartit en promettant qu'il n'en avait pas terminé avec eux. M. Williams demanda s'il fallait reconduire Chloé au 8e, le professeur se retourna, l'air contrit, et découvrit que sa fille avait également disparu.

– À la bonne heure ! s'exclama M. Morrison, je vais finir ma nuit et qu'on ne me réveille que s'il se met à pleuvoir du whisky !

*

Le portable de Sanji vibra et un message s'afficha sur l'écran.

Où êtes-vous ?

Je dors.

Plus maintenant.
J'ai besoin de vous parler.

Pourquoi ne pas m'appeler ?

De vous voir ! Rejoignez-moi
dans notre salon de thé.

On avait dit un dîner !

Je peux vous retrouver
à Spanish Harlem.

Je n'y suis plus
depuis que Deepak est rentré.

Alors où êtes-vous ?

Au Plaza.

Qu'est-ce que vous faites
au Plaza ?

Je comble un déficit
de sommeil assez conséquent.

Quelle chambre ?

722.

*

Mme Collins toqua à la porte de la chambre de
M. Rivera. Elle entra dans la pièce et alla s'asseoir
sur le lit. M. Rivera posa son livre sur la table de
chevet et lui caressa la joue.

– Les médecins t'ont dit que je n'en avais plus
que pour quelques heures pour que tu aies l'air
aussi chamboulée ?

– Les médecins ne me disent rien puisque je ne
suis pas ta femme.

Rivera contempla tristement Mme Collins.

– C'est toi, n'est-ce pas ?

– Oui, cette fois l'infirmière n'y est pour rien,
répondit-elle.

– Mais pourquoi ?

– Parce que tout est ma faute. Ton accident,
ton épouse qui était seule pendant que nous nous
aimions, ses soins que tu ne pourras plus payer. Je
me sens si coupable.

– De m'avoir offert la tendresse dont je manquais à crever ou de m'avoir redonné goût à la vie ? J'ai soixante et onze ans, tu crois qu'à mon âge, je ne sais pas ce que je fais ? Ma femme a oublié que j'existe, chaque fois que je lui rends visite elle me prend pour le peintre ou le plombier, parfois pour son médecin quand elle est de bonne humeur. Sans toi, je n'aurais jamais tenu le coup. Il est temps que je te confie un grand secret. Je t'ai aimée le jour où je suis entré dans cet immeuble. Si tu savais le nombre de soirs où je redescendais dans mon hall en rageant de ne pas être ce mari que je venais de conduire au 5e étage. Et quand tu es devenue veuve, j'ai attendu longtemps avant d'oser…

– C'était un 21 mars, l'interrompit-elle. Tu m'as dit : « Madame Collins, vous êtes ravissante. » Je venais de fêter mes soixante-cinq ans, tu penses si je m'en souviens. Si tu savais le nombre de soirs où j'aurais voulu que ce soit toi qui rentres du bureau et me dises : « Bonsoir chérie. » La vie est parfois en retard, l'important c'est qu'elle arrive, n'est-ce pas ? Je suis tellement lâche, j'étais tétanisée quand ils ont arrêté ce jeune homme et je n'ai pas réagi. Mais après les aveux de Deepak, aussi courageux que grotesques, j'étais bien décidée à tout avouer à la police. Et puis mes voisins se sont dénoncés, alors j'ai cru que cette folie qui m'a prise allait finalement nous tirer d'affaire. L'inspecteur n'a pas dit son dernier mot, j'ai causé assez de torts comme ça. Je suis venue te dire au revoir, il est grand temps que j'aille me rendre à la police.

— Tu sais ce que m'a raconté Deepak l'autre soir ? Que ce serait original qu'un polar se termine sans que le coupable se fasse prendre. Sur le moment, je lui ai répondu que c'était stupide, mais peut-être qu'il a raison, ce n'est pas si idiot que ça.

*

Sanji attendait Chloé sur le parvis du Plaza.

— Vous avez renoncé à Spanish Harlem ?

— Pas exactement. Dès qu'ils ont libéré Deepak, j'ai raccompagné Lali chez elle. Quand il a appelé pour l'avertir qu'il rentrait, j'ai préféré les laisser seuls.

Chloé releva les yeux vers la façade luxueuse du Plaza.

— Pourquoi avez-vous prétendu être liftier ?

— Pour être auprès de vous la nuit, sans vous importuner. Et puis vous qui êtes convaincue que les gens ne voient que votre fauteuil, moi aussi j'avais de bonnes raisons d'avoir peur.

— Peur de quoi ?

— Je n'ai rien prétendu, c'est vous qui ne m'avez pas cru.

— Vous aviez peur que je vous juge ?

— J'avais peur qu'une femme comme vous ne puisse aimer un homme comme moi.

— C'est quoi un homme comme vous ?

– Un étranger qui vit à l'autre bout du monde, un homme qui est toujours en retard à ses rendez-vous, surtout en amour, et qui n'avait jamais ressenti ça avant de vous rencontrer.

– Ressenti quoi ?

– Comment allez-vous faire pour regagner votre appartement ? Vous voulez que je vous raccompagne, je peux prétendre être liftier au moins encore une fois ?

– Je n'ai pas du tout envie de rentrer chez moi.

*

Le jour où j'ai dormi dans un palace

Sanji m'a prise dans ses bras et m'a embrassée. Il s'est couché près de moi et m'a déshabillée sur le lit. C'était la première fois que je sentais son désir. Ses lèvres glissaient sur ma peau, sur mes seins, sur mon ventre, sa force et sa douceur étaient magnifiques, il sait. Il a baisé mes cuisses et nous avons fait l'amour.

Nous sommes restés dans la chambre jusqu'au matin suivant. J'ai appelé mon père et prétexté qu'en attendant le retour de Deepak, j'avais trouvé refuge chez un ami. Il n'a pas posé de questions et c'était mieux ainsi, je ne peux pas lui mentir.

*

Nous avons petit-déjeuné au lit ; la baignoire de la suite était si grande que nous nous y sommes baignés ensemble.

Je n'avais pas de vêtements de rechange, Sanji a voulu y remédier. C'est étrange pour un homme qui fait si peu cas de son apparence d'avoir autant de goût. Nous nous sommes promenés sur Madison Avenue, il a choisi une robe, une jupe longue, un haut, même un ensemble de lingerie et je me suis laissé faire.

Je me suis souvent moquée des scènes de cinéma où de jeunes amants vivent leurs premiers émois, grosse erreur, pour paraphraser Julia Roberts, très grosse erreur. La patinoire de Central Park était tout de même au-dessus de mes moyens, alors nous avons caboté sur le grand lac. Impossible de réfréner Sanji, qui tenait absolument à nourrir les cygnes. Dès qu'il en apercevait un, il mettait cap dessus. Jambes tendues, muscles bandés, il ramenait les bras vers son torse, me procurant un ravissement difficile à nier et la barque glissait sur l'eau comme si nous disputions une compétition d'aviron. Nous avons dévoré sur l'herbe ce qui restait de notre déjeuner, des sandwichs dépourvus de pain, puisque les cygnes s'en étaient régalés. Nous nous sommes enlacés sous ma couverture mais la chaleur était intenable et nous avons doré sous les rayons d'un soleil de printemps.

Nous avons pris le thé au Blue Box Cafe, chez Tiffany. Dans ce salon d'un bleu unique, j'aurais voulu porter une petite robe noire aux bretelles divines, savoir fredonner des mots de tous les jours à bord d'un cabriolet, croire un instant que j'étais Audrey Hepburn, même si je n'aurais pour rien au monde échangé Sanji contre George Peppard.

Sanji voulait absolument voir New York du haut de l'Empire State Building. Nous n'en étions plus à une carte postale près et nous sommes passés devant tout le monde sans faire la queue. Il fallait bien que ma vie ait aussi de temps en temps ses avantages.

Nous avons rejoint South Sea Port, pour embarquer sur un bateau-taxi à la tombée de la nuit. Depuis l'Hudson River, la vue sur le quartier des affaires de Manhattan révèle des chefs-d'œuvre d'architecture moderne. Sanji a failli se faire un torticolis quand nous sommes passés sous le pont de Brooklyn et, alors que nous nous approchions de la statue de la Liberté, il avait l'air d'un enfant émerveillé. Il m'a promis de me faire découvrir un jour les merveilles de Mumbai, j'ai baissé les yeux et je n'ai rien dit. Je ne voulais pas penser au lendemain.

Nous avons dîné chez Mimi, un restaurant français de SoHo, la cuisine était exceptionnelle. J'ai tenu à l'inviter ; Sanji a objecté que c'était contre ses principes, mais il a accepté de peur de paraître vieux jeu.

Nous sommes revenus au Plaza à minuit, Sanji m'a informée qu'il reprendrait son service le lendemain. Je ne pouvais pas rester éternellement prisonnière dans ma ville à cause d'un ascenseur. Et comme mon père partait faire une conférence au Texas, je lui ai proposé de me rejoindre lorsque tous les propriétaires seraient rentrés chez eux.

Nous nous sommes blottis l'un contre l'autre et avant que le sommeil m'emporte j'ai compris ce qui m'avait manqué peut-être encore plus que mes jambes : la tendresse.

*

25.

Lundi matin tout sembla redevenir normal. À 6 h 15, Deepak entra au $\mathcal{N}$° 12, Cinquième Avenue par la porte de service. Vêtu de son uniforme il lissa ses cheveux et ajusta sa casquette avant de jeter un coup d'œil dans le petit miroir accroché à la porte du cagibi. Puis il monta au rez-de-chaussée astiquer la cabine. D'abord le bois verni avec un chiffon doux et de l'encaustique, puis, avec un autre chiffon, la manette en cuivre.

L'heure de pointe se déroula dans un silence inconnu en trente-neuf ans. À chaque voyage, on entendait le ronronnement du moteur, le sifflement du contrepoids et le léger grincement de la grille qu'il avait pourtant graissée.

Ce lundi s'annonçait sous le signe des résolutions et Deepak fut le premier à déclarer la sienne.

Il alla sonner peu avant 10 heures à la porte de M. Groomlat et présenta sa démission.

– Je resterai à mon poste jusqu'à ce que le kit soit réceptionné et installé, dit-il sans afficher la moindre émotion.

Le comptable parcourut la lettre que Deepak lui avait remise.

— Et votre exploit ? questionna-t-il.

— Vous étiez au courant ?

— Tout le monde est au courant.

— C'est ma femme qui a donné un sens à ma vie, le reste n'était qu'orgueil, répondit Deepak en s'en allant. Je vous demande juste une chose : si l'envie leur prenait, dissuadez-les d'organiser un verre d'adieu, je ne le souhaite pas.

Lorsque Chloé apparut dans le hall peu après 10 heures, dans une jolie robe qu'il ne l'avait encore jamais vue porter, Deepak la complimenta et lui confia qu'il quitterait ses fonctions dans six semaines au plus tard. Cette fois, c'est lui qui lui prit la main.

— Nous garderons de merveilleux souvenirs, mademoiselle, vous avez beaucoup compté pour moi. Je n'oublierai jamais ce que vous avez fait.

Voyant des larmes perler sous ses paupières, Deepak en resta là.

*

Sanji fit part de sa résolution à Sam, qui l'écouta sans l'interrompre.

— Tu as fini ? demanda-t-il enfin.

— Je crois t'avoir tout expliqué.

— Une petite question me turlupine depuis le jour où tu m'as fait goûter ce hamburger infect. Tu te drogues ?

– Ce n'est pas drôle.

– Ce qui est tordant, c'est que tu veuilles m'envoyer gérer ta société en Inde et prendre la tête de la filiale américaine.

– C'est une idée pleine de bon sens. Ici, tout est à développer, là-bas...

– En d'autres termes, je deviendrai ton patron ?

– En d'autres termes, oui !

– C'est tentant. Et comme je parle l'hindi couramment, diriger une entreprise de plus de cent salariés serait la chose la plus évidente du monde. Je me vois déjà en réunion commerciale !

– Tout le monde est bilingue à Mumbai.

– Oui, enfin pour ceux qui comprennent votre anglais. Et cette fille que tu as rencontrée n'est évidemment pour rien dans ta décision.

– Elle est pour beaucoup dans cette décision. Lali aussi.

– Qu'est-ce que ta tante vient faire là-dedans ?

– C'est une longue histoire. Alors, tu es d'accord ?

– Ma première instruction en tant que patron est de te demander de me laisser tranquille, va te promener, ou plutôt non, dit-il en griffonnant une adresse sur une feuille de papier, va visiter ces bureaux, ils sont à louer et le loyer me semble raisonnable. J'ai besoin de réfléchir. Avant de partir, pense à signer les contrats de M. Mokimoto. Gerald te les remettra.

– Gerald ?

– Mon futur assistant, son bureau est au fond du couloir, tu ne peux pas le rater.

Sam se posta à la fenêtre et attendit de voir Sanji monter dans un taxi. Il l'avait envoyé chez Ikea, dans le New Jersey, et avant que son ami ne se rende compte de la supercherie il aurait la matinée pour lui.

*

À 11 heures, Sam entra dans le hall du $\mathcal{N}$° 12, Cinquième Avenue et demanda à être conduit au 8ᵉ étage.

– Vous êtes attendu ? s'inquiéta Deepak.

– Je suis un ami de Sanji, répondit Sam.

*

Sur le chemin du retour du New Jersey, Sanji laissa un message incendiaire à Sam. S'il n'était pas fichu de lui communiquer une adresse correcte dans la banlieue de New York, il allait connaître de sérieux problèmes à Mumbai ! En dépit d'une circulation intense, il arriva juste à l'heure au rendez-vous qu'il avait fixé à Maître Woolward, son avocat.

*

À 19 heures, Sanji alla prendre la relève de son oncle qui l'informa de sa décision.

– Plus rien ne t'oblige et il ne tient qu'à toi de choisir le soir où tu arrêteras. Je préférerais, par correction, que les propriétaires en soient avisés quarante-huit heures au préalable. Je ne te remercierai jamais assez de ce que tu as fait pour nous. Enfin, surtout pour moi. Je ne sais pas si je pourrai te rendre un jour la pareille.

– Moi, je sais comment, répondit Sanji. Je connais quelqu'un qui pourrait me transmettre son lancer inimitable au cricket.

Deepak le regarda avec une fierté manifeste.

– Tu es sérieux ?

– Je reconnais que c'est beaucoup demander, mais qui ne tente rien n'a rien.

– Dimanche, sur la pelouse à 14 h 30, et viens avec une tenue de joueur digne de ce nom, sinon pas de leçon, c'est bien compris ?

– Lali est au courant que vous avez démissionné ?

– Elle savait avant moi que j'allais prendre cette décision.

– Et l'ascension du Nanda Devi ?

– Je finis par penser que c'est le nombre d'années durant lesquelles j'en ai rêvé qui donne un peu de valeur à mon renoncement. Ne répète pas ça à Lali, je lui ai juré de ne jamais devenir tout à fait adulte.

Deepak tapota l'épaule de Sanji et, sous l'emprise d'une émotion subite, il s'abandonna à lui donner une accolade.

Après avoir quitté son neveu, il fila à l'hôpital.

*

— Tu as fait ce qu'il fallait, tonna M. Rivera.

— Tu dis ça parce que je ne t'ai pas laissé le choix. J'aurais dû te consulter avant, mais ça n'aurait rien changé.

— Têtu comme tu l'es, je m'en doute, et puis tu m'en vois soulagé. Hier soir, j'ai aussi décidé de prendre ma retraite ; maintenant que les soins de ma femme sont assurés, je peux me le permettre.

— Si tu le peux, alors pourquoi t'en priver ? répondit Deepak d'un ton détaché en prenant le journal qui traînait au pied du lit.

Sa nonchalance exaspéra Rivera, au point qu'il se redressa et lui ôta le magazine des mains.

— Tu ne me demandes pas comment j'en ai les moyens ?

Deepak regarda sa montre et afficha un sourire narquois.

— Je pensais que tu tiendrais au moins cinq minutes. Je vais mettre ça sur le compte des médicaments.

— J'ai un secret à te confier, mais il doit rester entre nous, tu le promets ?

— C'est un peu le principe des secrets, non ?

— Je t'avais bien dit que le coup avait été fait de l'intérieur…

— C'est ça ton grand secret ? l'interrompit Deepak en poussant un soupir.

— Tu vas me laisser finir ! Le collier n'a jamais été volé, c'est une escroquerie à l'assurance. Elle a pris ce risque pour moi et je veux me consacrer entièrement à elle.

– Merci de la confidence, mais je l'avais compris depuis longtemps.

– Comme si j'allais te croire ! ricana M. Rivera. Ce que tu peux être fier !

– Un proverbe indien dit la chose suivante : « Qui vole un œuf ne tarde pas à manger la poule. » Tu veux un secret qui ne soit pas de polichinelle ? C'est ta maîtresse qui a saboté le kit, Mlle Chloé était sa complice et c'est moi qui ai effacé les preuves.

Devant l'air ébahi de son collègue, Deepak récupéra le journal au pied du lit et se leva.

– Un peu de lecture pour le métro, je te laisse à tes romans policiers, je vais retrouver ma femme.

*

Sanji attendit minuit pour verrouiller la porte de l'immeuble. Quelques minutes plus tôt, il avait escorté M. Morrison, et comme ce dernier avait voulu engager la conversation dans l'ascenseur, Sanji lui avait hurlé dans les oreilles pour prévenir tout assoupissement intempestif.

Il grimpa au 8e étage et sonna chez Chloé, à trois reprises, mais la porte resta close. Dépité, il en conclut qu'il avait trop tardé, elle avait dû s'endormir. Triste qu'elle ne lui ait pas envoyé de message, il descendit passer la nuit dans le hall.

*

À l'arrivée de Deepak au matin, Sanji fila vers son premier rendez-vous. En quittant l'immeuble, il releva les yeux vers les fenêtres du 8e étage, espérant apercevoir la silhouette d'une femme qui lui manquait déjà beaucoup trop.

Maître Woolward l'attendait attablé dans une cafétéria près de ses bureaux, porteur de nouvelles qu'il jugeait excellentes.

– Vos oncles n'ont pas tardé à répondre au courriel que je leur ai adressé. Ils ont si peur de vous voir siéger au conseil d'administration du Mumbai Palace Hotel qu'ils vous proposent un marché : 5 % de vos parts, et ils sont prêts à financer vos projets en Amérique.

– Dites-leur que je refuse, répondit Sanji.

– Vous ne voulez pas y réfléchir ?

– Inutile, ils voulaient la guerre, je leur en offre deux. Ce qu'ils redoutent désormais, c'est la procédure en restitution d'héritage que j'ai engagée en Inde. Dans quelques mois, ma tante récupérera ce qui lui revient, et ensemble, nous formerons un actionnariat à parts égales avec ces vieux filous.

Sanji remercia Woolward et fila vers son deuxième rendez-vous de la journée, à Spanish Harlem.

Son troisième rendez-vous fut avec un agent immobilier de SoHo.

Sanji souhaitait louer un loft avec vue sur l'Hudson River.

Son dernier rendez-vous le ramena au $\mathcal{N}$° 12, Cinquième Avenue.

*

– Tu es drôlement en avance, s'exclama Deepak en voyant son neveu.

– Jamais content ! Je ne suis pas venu vous relever, je monte au 8ᵉ.

– Elle n'est pas là, répondit Deepak.

– Ce n'est pas grave, je vais l'attendre.

Deepak toussota et ouvrit le tiroir de son comptoir.

– Mlle Chloé m'a demandé de te remettre ceci, dit-il en lui tendant une lettre.

– Mieux vaut tard que jamais ! Elle est un peu datée et je sais ce qu'elle contient.

– J'en doute, soupira Deepak, elle me l'a confiée ce matin.

Sanji s'empara de l'enveloppe et s'éclipsa sous l'auvent.

Sanji,

De nous deux, c'est moi l'égoïste ; celle qui ne t'a jamais posé de questions sur ton passé, sur les raisons qui t'ont conduit à New York. Je ne savais rien de ton enfance ni du chemin que tu as parcouru. Sam est venu me voir ce matin. Ne lui reproche pas de s'être comporté en ami. La décision que tu as prise, ce projet fou que tu lui offrais était tout à son avantage et il fallait un cœur de juste pour l'exposer comme il l'a fait.

Nous n'avons jamais parlé de ce qui m'est arrivé, cela m'a plu. Je n'ai voulu en parler à personne, même à la thérapeute qui m'a enseigné son métier, l'essentiel consistait à se reconstruire. Mais cette parenthèse de bonheur que j'ai vécue depuis le jour où je t'ai croisé dans un parc mérite que je me confie à toi. Oui, tu m'as plu dès que tu t'es assis sur ce banc, sinon crois-tu vraiment que je t'aurais adressé la parole de façon si spontanée ? J'avais raison, il y a toujours un air de musique qui marque le moment d'une rencontre.

Alors voici l'histoire du jour où ma montre s'est arrêtée.

Nous étions des milliers sur la ligne de départ. Et dire que quelques semaines plus tôt, je devais m'envoler vers Florence – mais la vie en a décidé autrement. La matinée s'annonçait belle, le ciel était d'un bleu resplendissant, une brise légère serait mon alliée. Certains couraient pour des associations, d'autres pour ravir leur famille ou, comme moi, pour se prouver qu'on est capable de se surpasser, plus encore que de dépasser d'autres concurrents. C'est cela l'esprit d'un marathon.

14 h 47, Commonwealth Avenue, un virage à droite dans Hereford Avenue, un autre à gauche.

14 h 48, j'entrais enfin sur Boylston Street, la dernière ligne droite. Des drapeaux de tous les pays flottaient dans la brise, derrière les barrières, le public nous criait des encouragements, des bravos, des « plus que cent mètres », « plus que cinquante », « tu peux le faire », « tu vas y arriver », « on est avec toi »…

14 h 49, je sautillais pour continuer d'avancer, à bout de forces, comme un pantin désarticulé, mais résolue à ne pas abandonner si près du but. Je me suis approchée des barrières pour reprendre mon souffle, sans gêner ceux qui se trouvaient derrière moi, et soudain...
À 14 h 50, une bombe a explosé et m'a soulevée de terre.

Une fumée âcre flottait sur le trottoir où le souffle m'avait projetée. Durant quelques secondes, je n'ai pas cru que le sang dans lequel je baignais était le mien, et puis un homme s'est précipité sur moi, il a ôté sa ceinture, sans que je comprenne ce qu'il me voulait. Sa bouche articulait des mots, que je ne discernais pas encore, assourdie par un sifflement strident. Je me suis redressée, et je l'ai vu poser un garrot au-dessus de mes genoux, il criait à quelqu'un d'appuyer de toutes ses forces sur mes chairs éclatées. Le sang giclait au rythme des pulsations de mon cœur. J'ai détourné la tête, et vu des corps démembrés dont les vêtements brûlaient, j'ai entendu des hurlements, des gémissements, et j'ai pensé que j'allais bientôt mourir et que je ne visiterais jamais Florence. Et puis je n'ai eu d'yeux que pour les autres, non par courage, mais d'être témoin de l'horreur qui m'entourait me laissait croire que rien de tout cela n'était vrai, et cela me maintenait en vie. On m'a portée sur une civière, des gens couraient dans tous les sens, une femme a dit que mes lèvres bleuissaient, que j'avais perdu trop de sang, un voile opaque s'est posé sur moi, je me suis sentie aspirée à l'intérieur de mon corps et puis plus rien.

C'est étrange, mais le souvenir le plus marquant est d'avoir vu mes parents réunis quand je me suis réveillée à l'hôpital, et les larmes de mon père.

Sanji, pas plus que je ne voulais renoncer à cette course, je ne peux te laisser renoncer à ce que tu as construit.

Il suffit de très peu de temps pour apprécier la valeur d'un homme comme toi. Tu m'as demandé un jour par défi si la distance entre nous était celle d'un océan ou de huit étages. Elle est bien plus grande que cela, quarante centimètres exactement.

Il est temps que je visite Florence. Quand tu liras cette lettre, je me serai envolée vers l'Italie. Il y a tant de choses que je me suis promis d'accomplir. C'est grâce à toi ou de ta faute, car dans la chambre du Plaza où nous nous sommes aimés, tu m'as rendu ma liberté et tu m'as donné des ailes.

Il y a tellement de gens qui se ratent pour de mauvaises raisons, c'est toi qui me l'as appris, mais nous avons fait le contraire, et les moments de bonheur que tu évoquais, nous les avons vécus. Je les garde en moi, comme je garderai toujours une part de toi.

Pardonne-moi de t'écrire au lieu de te dire cela de vive voix, je ne suis pas douée pour les au revoir.

Un jour, j'irai me promener dans les rues de Mumbai, nous respirerons le même air et je sais déjà que cela me rendra heureuse. Qui sait, peut-être nous croiserons-nous dans un parc.

Tendrement et infiniment.

Chloé.

*

– Elle est partie ce matin en emportant une valise. Elle m'a fait jurer de ne pas t'appeler, expliqua Deepak en rejoignant Sanji sous l'auvent.

Sanji replia la lettre et la glissa dans sa poche.

– J'ai été stupide.

– Trois règles, je t'avais demandé de respecter trois petites règles, c'était si difficile ?

– Oui, répondit Sanji.

– Attends-moi ici, je reviens dans un instant.

Deepak réapparut après avoir passé sa tenue de ville.

– Viens, Lali nous attend à dîner. Puisque Mlle Chloé n'a plus besoin de mes services, les autres n'auront qu'à prendre l'escalier.

Sanji héla un taxi, mais Deepak était un homme d'habitudes et ils rentrèrent en métro à Spanish Harlem.

Lali avait mis trois couverts, et préparé le plat préféré de son mari.

Le début du repas fut silencieux, mais sous l'œil inquisiteur de sa tante, Sanji finit par se livrer.

– C'est toi qui aurais dû lui parler, pas Sam ! protesta Lali. Toi qui aurais dû lui dire que tu voulais être avec elle plus que toute autre chose.

– Qu'est-ce que cela aurait changé ?

– Tout, imbécile. Tu n'as donc rien retenu de ce que je t'ai raconté ?

— Je peux savoir ce que tu lui as raconté ? demanda innocemment Deepak.

Lali fit comme s'il n'existait pas et continua de s'adresser à son neveu.

— Et pourquoi cela fonctionnerait toujours à sens unique, pourquoi devrions-nous être ceux qui doivent tout quitter pour aller vivre dans un autre pays ? s'emporta-t-elle.

— Lali, mêle-toi de tes affaires, intervint Deepak.

— Parce que le sort de mon neveu, ce n'est pas mes affaires ? Quand nous avions son âge, tu n'aurais pas aimé qu'un membre de nos familles nous épaule ?

— C'est grand, Florence ? demanda Sanji.

Lali se tourna vers son mari, avec un air autoritaire.

— Certainement pas ! s'exclama Deepak.

— Je te donne une minute ! ordonna-t-elle en lui confisquant son assiette.

Deepak s'essuya les lèvres, posa rageusement sa serviette sur la table et, pour la première fois en trente-neuf ans de carrière, il enfreignit la plus sacro-sainte de ses trois règles.

— Mlle Chloé est chez sa mère dans le Connecticut. Pour ta gouverne, après avoir incité ta tante à vivre sans moi, je m'étais ravisé et lui avais proposé que nous partions construire une vie ensemble, mais que valent les conseils d'un vieux liftier ? Et puisque tout fout le camp, je vais me coucher !

*

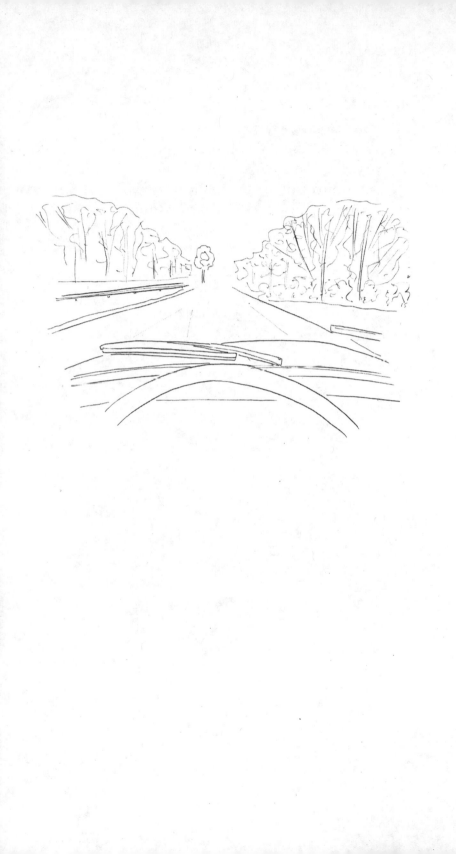

26.

L'aube se levait sur le Merrit Parkway.

Quand la voiture arriva à Greenwich, les phares éclairaient encore la route dans la pâleur rosée du jour.

Au bout d'un long chemin, une maison en bois clair apparut derrière des pins argentés.

Mme Bronstein ouvrit la porte et observa Sanji sur le perron. Il s'excusa d'être si matinal. Elle sortit un paquet de cigarettes de la poche de sa robe de chambre et lui demanda s'il avait du feu, avant de mettre la main sur son briquet.

Elle inhala une bouffée et le toisa à nouveau.

– Pas si matinal, nous avons passé la nuit au salon à parler. Vous pouvez la rejoindre, je reste là, ma fille m'interdit de fumer à l'intérieur.

Les braises rougeoyaient dans l'âtre de la cheminée. Sanji demanda à Chloé si elle souhaitait qu'il remette une bûche, elle préféra qu'il vienne s'asseoir près d'elle.

Personne ne fut témoin de leur conversation, bien que Mme Bronstein se fût manifestée peu après et eût suggéré à sa fille d'aller visiter Mumbai quelques semaines, plutôt que de se morfondre sur son canapé.

Deux-trois semaines de bonheur, qu'avait-elle à y perdre ?

Et comme elle ne manquait pas de lettres, elle cita un proverbe indien avant d'aller se coucher : « En amour, les mendiants et les rois sont égaux. »

*

Épilogue

Lali et Deepak ont quitté Spanish Harlem. Lali siège au conseil d'administration du Mumbai Palace Hotel. Deepak a pris le commandement d'une brigade de liftiers et veille au parfait entretien des trois ascenseurs manuels. Il a accompli son exploit six mois après son arrivée et rêve maintenant au Kangchenjunga, qui culmine à 8 586 mètres.

M. Rivera s'est installé à une altitude plus modeste, au 5e étage du *N*o 12, Cinquième Avenue. Souhaitant officialiser leur liaison, Mme Collins en a parlé sous le sceau du secret à Mme Zeldoff.

Lorsque ses voisins le croisent dans l'ascenseur, chacun attend respectueusement qu'il appuie sur le bouton.

Quant à Chloé et Sanji...

Mumbai, 24 mai 2020

Ton père m'a tenu la main pendant que je te mettais au monde.

Je m'éveille sur un lit d'hôpital où, pour la seconde fois, ma vie est bouleversée.

Nous avons tous des parcours de vie faits de hauts et de bas, comme le rappelle chaque matin ton grand-oncle Deepak.

J'ai appris une chose que je ne soupçonnais pas. Quand nous touchons à ce que l'on croit être le pire, la vie nous cache une merveille insoupçonnée : elle… Et tu en es la preuve.

Ce journal est pour toi.

Ta maman.

P.-S. : Lundi 13 avril, à 14 h 50… Pourquoi, je ne le comprendrai jamais. Mais « Long live Boston ».

*

Remerciements

Pauline, Louis, Georges et Cléa.
Raymond, Danièle et Lorraine.

Susanna Lea.
Emmanuelle Hardouin.
Cécile Boyer-Runge, Antoine Caro.
Caroline Babulle, Élisabeth Villeneuve, Lætitia Beauvillain, Sylvie Bardeau, Lydie Leroy, Joël Renaudat, Céline Chiflet, toutes les équipes des Éditions Robert Laffont.
Pauline Normand, Marie-Ève Provost, Jean Bouchard.
Léonard Anthony, Sébastien Canot, Danielle Melconian, Mark Kessler, Xavière Jarty, Julien Saltet de Sablet d'Estières, Carole Delmon.
Laura Mamelok, Cece Ramsey, Kerry Glencorse.
Brigitte Forissier, Sarah Altenloh.
Tom Haugomat.

Et au restaurant Mimi où j'ai observé tant de New-Yorkais.

www.marclevy.info
www.laffont.ca
www.versilio.com

Ce volume a été composé et mis en pages
par ÉTIANNE COMPOSITION
à Montrouge.

MARQUIS

Québec, Canada

Imprimé au Canada